The Prayer

The
PRAYER

Band 3 der Tagebuch-Morde

Thriller

Isabel Ludschoweit
Johanna Finkernagel

Dieser Titel ist auch als E-Book erhältlich!

1. Auflage
Taschenbuchausgabe Februar2025
Copyright der Originalausgabe 2025 by Isabel Ludschoweit
und Johanna Finkernagel
Covergestaltung: Johanna Finkernagel
Verlag: BoD · Books on Demand GmbH, In de Tarpen 42,
22848 Norderstedt, bod@bod.de
Druck: Libri Plureos GmbH, Friedensallee 273,
22763 Hamburg
ISBN: 978-3-7693-1234-8
Instagram: @crime.author.duo
E-Mail: crime.author.duo@gmail.com

Liebe Leser*innen,

Dieses Buch enthält potenziell triggernde Inhalte.

Dazu findet ihr eine Triggerwarnung auf S.338/339

Wir wünschen ein schönes Leseerlebnis!

Prolog

MICHAEL:

Langsam werfe ich einen Blick um die betonierte, kalte Ecke, um zu sehen, ob es tatsächlich funktioniert hat.

Ja!

Ich streife die Seiten meiner gelben Maske glatt, damit auch bloß kein Gas zwischen meiner Haut und der Maske in meine Atemwege gelangt. In meiner apokalyptischen Montur – bestehend aus einer Maske mit zwei Filtern an meinen Wangen, die mich wie ein Alien aussehen lassen – setze ich einen Fuß vor den anderen, als würde ich um Tretminen herumtänzeln, immer bereit den nächsten Angriff abzuwehren.

Der Anfang lief schonmal wie am Schnürchen. Jetzt muss ich nur noch hoffen, dass auch der Rest nach Plan verläuft.

Als das Gas anfing, sich über die Lüftung zu verteilen, öffneten sich alle Türen automatisch, sodass sich die Menschen, die verdonnert worden waren in dieser Dreckshölle zu leben, in Sicherheit bringen und Schutz suchen konnten – *wie gnädig von der Gefängnisleitung.* Jedoch hatte kein anderer, sei es Wache oder Insasse, eine Gasmaske bei sich, um diese fantastische Möglichkeit zu nutzen und zu fliehen. *Soll mir recht sein.* Dann bin ich eben der Einzige, der entkommt. So wichtig sind mir die anderen Menschen nicht – und das ist schon sehr untertrieben! Was interessiert mich das Schicksal eines anderen Menschen? Außer selbstverständlich das Schicksal von Kim und unser zukünftiges gemeinsames Leben. Es sei denn, sie schießt nochmal auf mich, dann ist es ihr Tod und wir werden erst unter der Erde vereint sein. Wenigstens kann uns Noah da nicht in die Quere kommen.

Durch die tödliche Wirkung, die das Gas hat, kann ich mich einfach durch die Gänge schleichen. Selbst wenn ich gesehen werde, schaffen es die Wachen nicht zu mir, bevor sie durch das Inhalieren des Gases einfach umkippen. Sie atmen ein und das Gas verteilt sich in ihrem Körper. Ehe sie merken, dass sie sterben und sich bewegungsunfähig versteifen, zieht sich das Gesicht ekelhaft zu Fratzen zusammen. Von den meisten Opfern ertönt noch ein Schrei, der jedoch leider kläglich in einem Lufthauch mündet. Erbärmliche Weise zu sterben, die macht so gar keine Freude. Wie die Dominosteine fallen die Menschen im Inneren des Gebäudes um. Einer nach dem anderen landet mit dem Gesicht auf den Betonboden. Keiner kann sich retten.

Mit einer ähnlichen Rasanz verliefen auch die Ereignisse der letzten Monate. So kurz war ich davor gewesen, dass Kim endlich mir gehört hätte. Doch natürlich musste *Noah* auftauchen und mal wieder alles ruinieren. Bei dem puren Gedanken an seinen Namen stellen sich mir die Nackenhaare auf und meine Kiefer pressen sich fest aufeinander. Ich kann gerade noch ein wütendes Knurren unterdrücken. Er denkt immer, dass alles ihm gehöre, er muss immer alles kaputt machen und sich immer das nehmen, was *ich* will. Er gehört endlich fortgeschafft, ein für alle Mal.

Wie soll Kim denn wissen, was für sie gut ist? Immerhin hat Noah sie mit seinen nervigen Dumpfbacken und seiner ach so reinen Seele vollkommen infiltriert. Sie hatte gar keine andere Möglichkeit, als vor Noahs Augen auf mich zu schießen. Er hatte es ihr nicht anders eingetrichtert. Und trotzdem werde ich es kein weiteres Mal dulden. Wobei ich immer noch das Bild von Kim mit der Waffe in der Hand vor meinem inneren Auge sehe: In ihrer Unterwäsche steht sie vor mir, der wunderbare Kontrast zu ihren katzenhaft grünen Augen, die mich keinen Bruchteil einer Sekunde aus ihrem Blick verschwinden lassen. Sie hatte nur Augen für mich. So stelle ich mir das Paradies auf Erden vor. Und dann drückte sie ab. *Wow, kann diese Frau schießen!* Sie hat genau getroffen. Die Ärzte im Krankenhaus hatten ganz schön Mühe, mich wieder zusammenzuflicken und dabei am Leben zu erhalten.

Ganze Arbeit!

Ich schleiche weiter durch die Gänge des Gefängnisses in Richtung Ausgang, stets darauf bedacht, nicht über eine Person, die am Boden liegt, zu stolpern, da die Gefahr, dass meine Maske verrutschen würde, einfach zu groß ist.

Draußen steht wie geplant ein Subaru Outback in einem hässlichen Grün. *Na ja, die Farbe spielt schließlich keine große Rolle.* Ich bücke mich unter meinen neuen fahrbaren Untersatz und ziehe die Schlüssel, die in dem hinteren

Radkasten versteckt sind, heraus. Ich richte mich auf, wische meine schmutzigen Hände an meinem abgenutzten Gefängnisoverall ab.

Bevor ich vor der Kälte um mich herum fliehe und mich ins Auto setze, hole ich mir aus dem Kofferraum die Sporttasche, in welcher eine neue Garnitur an Klamotten auf mich wartet, sowie eine Brille und ein Bart, den ich mir aufkleben kann. Die Brille ist mit Fensterglas ausgestattet, aber sie wird trotzdem ihrer Aufgabe nachkommen und mich für andere Leute unsichtbar machen. Es ist erstaunlich, wie viel so eine kleine Veränderung ausmachen kann, um nicht mehr erkannt zu werden.

Nachdem ich mir die Klamotten über den Overall gestreift habe, versuche ich den Motor zu starten. Er braucht mehrere Anläufe, bis er endlich zündet. Ich verdrehe die Augen und presse meine Kiefer aufeinander. *So ein Schrottteil.* Aber Hauptsache ich komme von diesem Gefängnis weg in meinen neuen Unterschlupf.

Kapitel 1

KIM:

Ein dumpfer Schlag ertönt und keine Sekunde später stehen Michael und ich umzingelt in der Mitte des Raumes. Eine Horde Polizisten, die mit Schutzwesten ausgerüstet ihre Maschinenpistolen auf uns richten, bilden eine Front vor dem einzigen Ausgang dieses Raumes, sodass es für Michael kein Entkommen gibt. Er nimmt sich ein Messer und drückt es mir gegen die Kehle, sodass ich mir einen geschockten Schrei nicht verkneifen kann. Sofort schweift mein Blick über die Kollegen und Scham überkommt mich, als ich merke, wie sie mich – nur mit Unterwäsche bekleidet – anstarren, weil sie gerade noch rechtzeitig gekommen sind, bevor Michael ...

Endlich bleibt mein Blick hängen und Noah sieht mir in die Augen. Es fühlt sich an, als würden zehn Zentner Last von mir abfallen. Er ist gekommen und er wird mich retten. Daran ist nicht zu zweifeln. Seine Augen sprühen nur so vor Zorn und sind trotzdem klar und fokussiert.

„Lass sie gehen!", ruft Noah mit fester Stimme. Ich blinzle die nächste Sturmflut an Tränen weg, als Michael mir das Messer so fest an meine Kehle drückt, dass sich eine hauchdünne Blutlinie an meinen Hals bildet und sich langsam auf meiner Haut hinabschlängelt.

„Nein, Kim gehört mir!", ruft Michael zornig und zieht mich mit sich einen Schritt nach hinten, wo jedoch eine

Kommode an der Wand steht, sodass das Messer in dem kurzen Augenblick, in dem Michael gegen die Kommode läuft, mir noch stärker in den Hals schneidet. Unwillkürlich reiße ich meine Arme an seine Hand mit dem Messer, um sie ein Stück von meinem Hals wegzuziehen und schreie vor Schmerz auf, doch Michael drückt es mir nur noch fester ins Fleisch. Ich huste und versuche, nach Luft zu schnappen. Die Blutlinie wird dicker und immer mehr Blut rinnt meinen Hals entlang und tropft auf meine Brust.

Michael zieht mich noch dichter an sich heran, doch für einen kurzen Moment verrutscht ihm das Messer. Ein Ploppen durchzuckt den Raum und Michael knickt nach hinten ein. Bevor mein Kopf begreift, was hier vor sich geht, bewegen sich meine Beine wie von allein in Noahs Richtung. Erleichtert greife ich seinen Arm und halte ihn mit einem Wimmern in der Kehle einfach fest. Ansonsten würde ich vermutlich zusammenklappen.

„Alles wird wieder gut", flüstert Noah mir zu und ich bin dankbar, dass er da ist. Aber dies kann sich erst erfüllen, wenn Michael endlich eingesperrt oder tot ist, wobei ich das zweite bevorzuge. Michael hat so viel Schaden angerichtet. Nicht nur bei Noah und mir, sondern bei so vielen Familien, die seinetwegen eine Tochter, einen Sohn, Mutter, Vater, Freunde verloren haben.

Ich löse mich und ziehe Noahs Dienstwaffe aus seinem Holster, was er nicht zu bemerken scheint. Sein Blick fixiert den keuchenden Michael, der halb an der Kommode, halb auf dem Boden hängt. Erst als meine Augen Michael anvisieren, bemerke ich das Blut, das seine Wade hinunterläuft.

Verdient, *denke ich.* Karma gibt es also doch und Karma ist eine verdammte Bitch.

„Leg das Messer weg, Michael. Das Spiel ist aus", ruft Noah seinem Zwilling zu.

„Nein, Kim gehört mir. Du wirst sie niemals kriegen", erwidert dieser.

„Zu spät." Noah deutet auf mich und ich bemerke seinen kurzen Blick und wie er mich angesehen hat. Michael hat gegen Noah keine Chance!

„Kim, mein Engel ...", setzt Michael an.

Nein! Er soll einfach die Klappe halten, mich in Ruhe lassen. Ich will nicht seine Geliebte sein, ich will ihn auch nie mehr sehen!

„Waffe weg", rufe ich und wie im Zeitraffer lässt mein Hirn alles nochmal Revue passieren.

Janine Mann, Harold Finke, Silas Bassett, Samuel Kling, Niklas Wellerstein, Milla Angel, Joseph Peters, der Praktikant, die Familie, die zwei Kinder, Sebastian und Julius ...

All diese Menschen hat Michael auf dem Gewissen und ich bin mir sicher, dass noch weitere folgen würden, wenn er könnte.

Ich schließe meine Augen und drücke ab!

Mit einem Schrei wache ich auf und Noah neben mir ist in höchster Alarmbereitschaft. Meine Hand wandert unwillkürlich zu meinem Hals, an dem nichts mehr von dem Schnitt, den Michael verursacht hat, zu sehen ist. Ich fahre mit meinen Fingerspitzen über meine Kehle und bilde mir ein, dass da noch etwas wäre, aber … *nichts.*

Erschrocken stellt Noah fest, dass ich mal wieder einen dieser Alpträume hatte, die mich seit vielen Monaten plagen. Und das, obwohl Michael eingebuchtet und verurteilt wurde. *Nie wieder* wird er das Gefängnis von außen sehen. *Nie wieder* wird ein Sonnenstrahl seine Haut berühren und *nie wieder* wird er sich mir nähern können. Dafür sorgt der Hochsicherheitstrakt in dem Gefängnis, das ein paar Hundert Meilen von meinem Zuhause entfernt liegt.

„Es tut mir leid", flüstere ich Noah schuldbewusst zu, der mir sanft über meine zerzausten Haare streicht. Meinen Kopf halte ich gesenkt, weil es mir unangenehm ist, immer noch nicht von den vergangenen Ereignissen losgekommen zu sein. Alle in meinem Umfeld haben mittlerweile mit dieser Hölle abgeschlossen, doch mich verfolgt es weiterhin. Noah schläft nachts eigentlich sehr friedlich, würde er nicht von meinen panischen Schreien jedes Mal geweckt werden. Es ist nicht immer der gleiche Traum. Es sind verschiedene Sequenzen der Vergangenheit, doch alle beinhalten denselben Protagonisten. Es ist immer Michaels kalter Blick, der sich durch meinen Traum in mein Bewusstsein bohrt und mich angsterfüllt hochschrecken lässt.

„Pscht, alles gut, mein Schatz", brummt Noah beruhigend und zieht mich näher an sich heran. Ich lege meinen Kopf an sein Schlüsselbein und versuche, meine stoßweise Atmung wieder etwas zu regulieren.

Eine Weile verharren wir so, ich an seine Seite geschmiegt und er mit der Hand über meinen Rücken kreisend, ehe ich mich aus dem Bett erhebe, um im Dunkeln auf die Toilette zu gehen. Ich bin derzeit so gestresst, dass ich nicht mal meine Periode pünktlich bekomme. Das ganze Spektakel um Michael ist zwar jetzt abgeklungen und er verrottet im Gefängnis, aber die Albträume sind geblieben und halten mich – und leider auch Noah – weiterhin auf Trab. Durch meine Therapie, die ich vor einigen Monaten angefangen habe, lerne ich Methoden, um mit solchen Problemen besser umzugehen, aber sie zu kennen und sie anzuwenden, sind zwei verschiedene Paar Schuhe. Einige Augenblicke später schleiche ich wieder ins Schlafzimmer und kuschle mich unter meine Decke und an Noah. Er möchte gerade seine Nachttischlampe ausknipsen, als sich die Tür, die ich hinter mir geschlossen hatte, einen Spalt öffnet und ein kleiner, müder Nicky ins Schlafzimmer tapst.

„Ihr seid ja auch wach", nuschelt er erstaunt. „Ich kann nicht schlafen, ich habe Angst." Er umklammert fest seinen Teddy und steht noch immer im Türeingang. Ich löse mich etwas von Noah und winke den kleinen Jungen herüber, sodass er sich zwischen Noah und mich kuscheln kann. So ist er wenigstens jetzt von allen Seiten gut behütet und nicht so wie vor ein paar Wochen, als Michael ihn – getarnt als Noah – von der Schule abgeholt und in eine verlassene Gegend gebracht hatte, um ihn dort gegen mich einzutauschen.

Wie schlimm das für Nicky gewesen sein muss, zumal er dachte, dass Michael sein Vater wäre. Wir haben ihn nach dem traumatischen Ereignis zu einem Kinderpsychologen geschleppt, aber so wie es scheint, hat Nicky keinen Schaden davongetragen und es sehr gut verarbeitet. Hoffen wir, dass es so bleibt und er nicht später noch irgendeine posttraumatische Belastungsstörung entwickelt. Aber im Moment ist davon nichts zu merken.

„Du musst nie wieder Angst haben, okay? Wir sind alle hier und wir passen alle auf dich auf, verstanden? Dir wird nichts mehr passieren", beruhige ich den kleinen Jungen und ernte dafür einen dankbaren Blick von Noah. Wir haben Nickys Entführung noch nicht so gut wie verarbeitet wie er selbst.

„Kriege ich noch einen Gute-Nacht-Kuss?", fragt er müde und zieht die Decke bis zur Nasenspitze hoch, als er es sich zwischen uns gemütlich gemacht hat.

„Aber natürlich", antworte ich und drücke ihm nach Noah einen Kuss auf die Stirn.

„Schlaf gut", murmle ich noch und greife Noahs Hand, die auf Nickys Bauch ruht.

Die bereits halboffenstehende Tür öffnet sich noch einen Spalt weiter, als Elena den Raum betritt.

„Ich weiß, ich bin schon zu alt dafür, aber kann ich auch dazu kommen?"

„Selbstverständlich", antwortet diesmal Noah. „Du wirst niemals zu alt sein, um sowas zu fragen oder dazuzukommen."

Auch Elena hat in den letzten Monaten viel durchmachen müssen. Und das nicht nur weil Michael auf freiem Fuß gewesen ist, sondern auch wegen des Verlusts ihres Babys. Die Eileiterschwangerschaft hat sie ziemlich mitgenommen. Als sie ins Krankenhaus eingeliefert wurde, weil die Eileiter durch das falsch eingenistete Ei gerissen ist, habe ich mir furchtbare Sorgen gemacht. Natürlich haben mir die Ärzte jegliche Informationen vorenthalten, weil ich nicht mit Elena verwandt bin, sondern „nur" die Freundin ihres Vaters. Ich müsste sie adoptieren und dafür müssten Noah und ich heiraten, woran in den letzten Monaten mit Michael nicht zu denken war. Nach einigen Gesprächen mit Elena und Nicky und nachdem wir einen Anwalt für Familienrecht konsultiert haben, haben wir uns für eine „Vollmacht zur Wahrnehmung sorgerechtlicher Entscheidungen" entschieden. Auch Elena war damit einverstanden, was mich sehr glücklich macht. Am Anfang konnte sie nicht ganz verstehen, warum Noah und ich darüber nachdenken und wieso nicht einfach alles so bleiben kann, wie es war. Als ich ihr jedoch meine Beweggründe geschildert habe, hat sie es verstanden. Und auch wenn es nicht mehr lange dauert, bis sie volljährig wird und ihre eigenen Entscheidungen treffen kann, hat sie der Vollmacht zugestimmt. Mit diesem „Vertrag" bin ich dazu berechtigt, Nicky, auch ohne, dass Noah vorher mit allen Lehrkräften spricht, von der Schule abzuholen. Ich bekomme Informationen aus der Schule und im Falle eines Falles vom Krankenhaus – was meiner Meinung nach der wichtigste Aspekt ist.

Ich rücke noch ein Stück an den Rand, sodass Elena sich ebenfalls zu Noah und mir ins Bett kuscheln und sich zwischen Nicky und mich quetschen kann.

Gott sei Dank wären das dann alle Mitglieder der Familie, ansonsten müsste einer demnächst auf den Boden umziehen.

***

KIM:

„Das ist nicht dein Ernst, Tucker."

„Doch, ich habe es selbst von Mia gehört, die es gehört hat, als Schmitz und Kuti sich unterhielten, die es wohl von …"

„Das ist keine Quelle, Tucker", erkläre ich. „Flurfunk ist Klatsch und Tratsch und nichts weiter."

„Der Flurfunk wusste aber auch, dass du und Noah zusammenkommen würdet", sagt Tucker stolz und stellt seine Kaffeetasse auf seinem Schreibtisch ab, um seine Arme protzig hinter seinem Kopf zu verschränken.

„Das waren reine Spekulationen und Mias Hoffnungen, die sie niemandem vorenthalten wollte."

„Was wollte ich niemandem vorenthalten?", stößt nun auch Mia vor Dienstbeginn zu Tucker und mir an den Schreibtisch.

„Deine Hoffnungen, dass Kim und Noah zusammenkommen würden", fasst mein ehemaliger Partner zusammen.

Mia verdreht die Augen: „Ihr seid füreinander bestimmt, das hat jeder gesehen und das hat nichts mit Hoffnung zu tun, obwohl du durch dein ständiges Grübeln fast alles verbockt hättest. Aber das ist dir zu verzeihen. Dafür bin ich ja schließlich da."

„Habt ihr auch die Einladung von Pavlovic und Sanders bekommen?", wechselt Tucker abrupt das Thema.

„Dass die zusammen sind, verstehe ich aber wirklich nicht. Sanders ist so alt, griesgrämig und muffig und sie ist so … nett."

„Mia", tadele ich meine beste Freundin. „Sie lieben sich und das sollte doch wohl reichen. Außerdem geben sie ein sehr schönes Paar ab, finde ich."

„Wenn du meinst", antwortet Mia mürrisch, noch nicht völlig überzeugt.

„Ich finde es schön. Sie tun sich gut und sie sind beide sehr glücklich. Dir hat man bestimmt auch oft erzählen wollen, dass du nicht zu Abby passt, sondern lieber Tim heiraten solltest."

„Touché."

Tim war ihr Freund, bevor sie mit Abby zusammengekommen ist. Er hatte damals auch hier auf diesem Revier gearbeitet und die beiden waren das Vorzeigepärchen am Arbeitsplatz. Na ja. Zumindest so lange bis Mia festgestellt hat, dass sie auch auf Frauen steht. Sie lernte Abby durch einen Fall kennen, bei dem es um Kunstraub in einem Museum ging. Zu der Zeit hatte Abigail nämlich noch als Fachangestellte für romantische Kunst im örtlichen Museum „Kunst durch die Zeiten" gearbeitet. Erst vor ein paar Jahren wandte sie diesem Job den Rücken zu und ist nun als Freiberuflerin unterwegs. Sie nimmt an einem Kunstwettbewerb nach dem anderen teil und ist kein unbekanntes Gesicht mehr in unserer Stadt. Als Reaktion darauf, dass Mia ihre jetzige Frau kennenlernte und sich immer mehr zu ihr hingezogen fühlte, verließ Tim die Stadt und wurde anschließend in einen anderen Ort versetzt. Ihre Trennung vor ein paar Jahren war ein ziemlicher Schock für alle, die sie kannten. Nichtsdestotrotz bin ich froh, dass Mia Abby gefunden hat. Sie sind einfach füreinander bestimmt und ich wüsste nicht, was ich schon so oft ohne sie getan hätte.

„Was machst du da?", fragt Mia Susan Schmitz, die seit ein paar Monaten nun zu unserer eingeschworenen Clique zählt. Sie läuft – ihren Blick auf den Handybildschirm fixiert – schnurstracks an uns vorbei in Richtung Teeküche.

Ein bisschen lauter ruft Mia nun: „Hey! Stehengeblieben, Officer Schmitz." Susan zuckt zusammen und dreht sich zu uns um.

„Äh, was?"

„Was gibt es denn so Spannendes, dass du uns nicht mal ‚Hallo‘ sagen kannst?“

Sie wird rot und erwidert ein einfaches „Hallo“. Die Situation scheint ihr sichtlich unangenehm zu sein und sie lässt ihr Handy schnell in ihrer Hosentasche verschwinden, ehe sie zu uns herübergelaufen kommt.

„Was hast du gerade gemacht“, fragt Mia weiter, ohne zu merken, wie peinlich Schmitz diese Frage ist.

„Nicht so wichtig.“

„Bitte?“

„Ich habe mit jemandem geschrieben.“

„Echt wem? Kennen wir ihn? Ist es einer von der Arbeit?“ Susans Farbton wird noch ein wenig dunkler.

„Du musst nicht antworten“, sage ich. Sie schenkt mir ein verschmitztes Lächeln.

„Doch“, brüllen Tucker und Mia wie aus einem Munde.

„Ihr seid unfassbar …!“ Ich schüttle den Kopf.

„Okay, aber ihr dürft nicht lachen. Ich habe ihn auf einer Dating-App kennengelernt.“

„Das ist doch toll. Darüber habe ich auch schon Menschen kennengelernt. Das ist doch total normal heutzutage. Wie heißt er denn? Und die viel wichtigere Frage: Sieht er gut aus?“

„Mia“, tadele ich meine beste Freundin erneut. Oft merkt sie gar nicht, wie aufdringlich oder oberflächlich sie manchmal ist. Auch wenn sie es nicht böse meint, nehmen es einige Menschen leider immer wieder falsch auf.

Susan hat sich vor zwei Monaten erst von ihrem damaligen Freund getrennt. Er war ein echtes Arschloch, hat sich nicht wirklich um sie gekümmert. Die ganze Beziehung war eher ein Parasitismus und Susan war der Wirt. Der Typ hatte keinen Job, aber auch nicht die „Lust", sich einen Job zu suchen. Das Wort „Arbeit" war ihm fremd. Er hat Susan von vorne bis hinten ausgenutzt, doch sie war wortwörtlich blind vor Liebe und hat immer wieder neue Ausreden gefunden, sich nicht von ihm zu trennen: „Er braucht mich doch." „Er hat sonst niemanden." „Eigentlich liebt er mich. Er zeigt das nur anders als normale Männer."

Doch als sie ihm dann endlich gesagt hatte, dass es so nicht weitergehen kann, hat er seine sieben Sachen gepackt und sich aus dem Staub gemacht. Susan bekam lediglich eine SMS, in der es hieß, er könne nicht damit leben, dass sie ihn nicht so liebt, wie er ist und sie ihn ständig versucht, zu ändern, woran er leider kaputtgehe. Im Großen und Ganzen also ein riesiger Arsch.

„Er heißt Luke und er sieht nicht schlecht aus."

„Was heißt „nicht schlecht"? Ist das so eine Beschreibung, die Kim für Noah benutzen würde, obwohl wir alle wissen, dass Noah besser als „Nicht schlecht" aussieht?"

„Ich bin anwesend. Ich kann dich hören, Mia."

„Ja, ja."

„Ähm, ich bin mir nicht ganz sicher, was ihr jetzt von mir hören wollt." Hilflos sieht Susan in die Gruppe.

„Am besten zeigst du uns ein Bild", fordert nun Tucker Schmitz auf, die mir einen gequälten Blick zuwirft.

„Du musst nicht antworten", forme ich mit meinen Lippen hinter Tuckers Rücken.

„Kim, hör auf, uns in die Arbeit zu pfuschen", sagt Mia und dreht sich mit einem vielsagenden Blick zu mir um. Das Bild, das sich vor mir auftut, ist schon grotesk. Schmitz steht eingekesselt in der Falle von zwei gierigen Hyänen, die sich schon ungeduldig die Lefzen lecken. Unsicher zieht Susan ihr Handy aus der Hosentasche, das sie so schnell dort drin verschwinden hat lassen, wieder heraus.

„Aber danach lasst ihr mich in Ruhe?"

Mia und Tucker nicken übertrieben, sodass allen klar sein sollte, dass dies erst der Anfang ist.

„Okay, ich zeige euch ein Bild. Aber wir haben uns erst zweimal getroffen. Das ist noch nichts Spruchreifes, verstanden?"

„Wir versprechen, wenn wir das Bild gesehen haben, lassen wir dich in Ruhe. Aber wir wollen Updates." Schmitz entsperrt ihr Gerät, sucht kurz und hält ihnen dann den Bildschirm entgegen.

„Oh mein Gott", entfährt es Mia. „Der sieht ja mehr als gut aus."

„Manchmal bin ich mir nicht sicher, ob du wirklich nicht auf Männer stehst."

„Manche Männer empfinde ich als anziehend, aber niemand kommt je auch nur ansatzweise an Abby heran."

Schmitz hält nun auch mir das Foto entgegen. So ungerne ich mich bei sowas äußere, muss ich Mia zustimmen. Der Typ auf dem Bild sieht wirklich verdammt gut aus. Er hat braune kurze Haare, die – nicht übertrieben, sondern gutaussehend – gegelt sind, blaugraue Augen und einen sehr gepflegten Bart.

„Und auf welcher App habt ihr euch gefunden?"

„*LoveBirds*."

„Diese App gibt es immer noch?", fragt Tucker erstaunt.

„Offensichtlich."

„Wo bleibt ihr denn?" Noah kommt angelaufen. „Wir haben eine Besprechung und die Hälfte der Leute ist noch nicht da. Auf jetzt."

$$***$$

KIM:

„Wir waren gerade auf dem Weg", flunkere ich und die Gruppe setzt sich in Bewegung. Wir folgen Noah in einen Raum, der wirklich nur sehr karg möbliert ist und dadurch sehr traurig wirkt und nehmen schnell Platz. Nach ein paar Sekunden kommen auch noch ein paar andere Kolleginnen und Kollegen dazu und setzen sich auf einen Stuhl. Noah schaut streng in die Runde, weshalb einige seinem Blick auszuweichen versuchen. Instinktiv frage ich mich, was los ist, aber da dies ausnahmsweise die Besprechung unseres Chefs ist, weiß Noah vermutlich auch nicht, worum es geht. Ich kann aber verstehen, dass er dieses Meeting schnell hinter sich bringen möchte, denn ich kenne keinen Menschen, der gerne Zeit mit unserem Chef verbringt.

Als ich heute Morgen auf dem Weg zum Präsidium gewesen bin, habe ich mit vielem gerechnet. Dies ist in meinem Beruf nur logisch, immerhin kann jeder Tag etwas Unvorhergesehenes bereithalten, was das Leben einiger auf den Kopf stellt – eine ausgeraubte Wohnung nach einer traumhaften Urlaubsreise, ein verschwundener Geliebter kurz vor dem zehnten Jahrestag, ein blutig verstümmelter Körper auf den weißen Fliesen im Badezimmer. Es passiert viel und es passiert jedem, darauf bin ich immer vorbereitet, wenn ich morgens zur Arbeit fahre. Womit ich heute allerdings nicht gerechnet habe, ist zu lernen, wie laut das Ticken einer Uhr sein kann, wenn in einem mit dreizehn Menschen gefüllten Raum keiner etwas zu sagen hat oder besser sagen kann. Zwölf Kollegen und ich, doch jeder scheint seine Stimme irgendwo ganz weit weg verloren zu haben, außerhalb des Besprechungszimmers mit dieser entsetzlich lauten Uhr.

Tick tack ...

Noah neben mir hat gerade seine Kaffeetasse an die Lippen führen wollen, doch er ist mitten in der Bewegung erstarrt und verharrt nun so. Mia und Tucker zu meiner Rechten blicken mit weit aufgerissenen Augen geradeaus und rühren sich ebenfalls nicht mehr, wobei sie nicht mal zu blinzeln wagen. Alle anderen im Raum verhalten sich ganz ähnlich, keiner macht einen Mucks, ja gar eine

Bewegung, als könnten wir so die Zeit zum Stillstand bringen.

Tick tack …

Die Uhr macht mir schmerzlich bewusst, dass dies nicht funktioniert, doch auch ich fühle mich, wie in einer Blase gefangen, an der alles abprallt, solange ich sie nicht zum Zerplatzen bringe.

Dieser seltsame Moment im Besprechungszimmer, in welches uns Noah vor einigen Minuten gescheucht hat, um eine wichtige Durchsage zu machen und seitdem wir in diesem Schockzustand gefangen sind, kann kaum mehr als ein paar Sekunden gedauert haben, doch in meinem Kopf kommt es mir vor wie unzählige Minuten. Fünf einfache Worte. Schier wahllos aneinandergereiht. Man könnte sie verdrehen, austauschen, einen neuen Satz bilden. Ihre Bedeutung dringt nur langsam zu mir durch und doch verstand ich sie in dem Moment, als sie ausgesprochen wurden.

Michael. Ist. Auf. Freiem. Fuß.

„Kim, ist alles in Ordnung?", wendet sich Noah an mich.

In Ordnung? Soll das ein Witz sein?

„Nichts ist in Ordnung!", keife ich ihn an und bereue es nicht einmal. „Ich wüsste nicht, wie irgendetwas in Ordnung sein soll."

Ich stürme durch das Foyer und Noah mir hinterher. Er hat Probleme, mit mir mitzuhalten, doch das lässt mich nicht langsamer werden.

„Tut mir leid, ich weiß, nur … Wo willst du eigentlich hin? Jetzt warte doch einmal." Mit einigen schnellen Sätzen springt er vor mich, um mich zum Stehen zu bringen, doch in meinem Zustand kann mich gerade nichts halten, nicht einmal er. Das Blut in meinen Adern ist am Kochen und ich spüre, wie ich dringend etwas brauche, auf das ich unkontrolliert einschlagen kann. Wie ein Rammbock dränge ich mich an ihm vorbei und Noah macht keine Anstalten, mich festzuhalten. Offenbar hat er kapiert, dass dies gerade genau das Falsche wäre.

„Bitte. Ich muss kurz für mich sein." Eigentlich will ich ihn nicht von mir stoßen, aber erst muss da einiges aus mir raus, was sich seit Monaten angestaut hat und am liebsten wäre es mir, er wäre dabei nicht anwesend.

„Gib mir eine halbe Stunde, mehr verlang ich gar nicht."

Ich bin endlich stehengeblieben und schaue Noah eindringlich an, der meinen Blick erwidert.

„Okay."

Ich nicke dankbar, dann rausche ich in Richtung Treppe davon und lasse ihn im Foyer stehen.

Meine bandagierte Faust knallt gegen den Sandsack und ich spüre den festen Widerstand unter meinen Knöcheln. Es tut gut. Noch einmal schlage ich zu und nochmal und nochmal. Schweiß rinnt mir die Schläfe hinunter, aber ich höre nicht auf, mache immer weiter.

Er ist wieder draußen, schießt es mir durch den Kopf.

Ich sehe meine Umgebung nicht mehr, nehme nur noch den roten Kunststoff wahr. Er dellt sich mit jedem Hieb ein und kehrt dann wieder in seine Ausgangsform zurück.

Er wird wieder Menschen wehtun. Ich schlage fester zu. Intensiver. Mit mehr Wut.

Er wird versuchen, meinen Liebsten nah zu kommen. Ein Feuer in meiner Brust lodert immer heißer und immer heller. Es scheint mich zu verbrennen, doch das ist mir egal.

Es wird niemals aufhören, ehe ich ihn nicht eigenhändig umbringe. Ein rasender Schrei entfährt meiner Kehle, getrieben von blankem Zorn und Hass. Mein Hals brennt, doch ich begrüße den Schmerz. Je länger und lauter ich schreie und je härter ich auf den Boxsack eindresche, desto weiter löst sich der Knoten in meiner Brust. Ich fühle mich freier, beschwingter, stärker!

Mein Schrei verebbt und ich höre auf, zu schlagen. Erschöpft und außer Atem sinke ich gegen den baumelnden roten Sack und keuche. Ich erinnere mich nun wieder, wo ich bin: im Trainingsraum der Polizeiwache. Es hat gutgetan, alles rauszulassen, denn mein erschöpfter Kopf sieht endlich wieder klarer, als hätte ich eine hohe Mauer eingerissen und nun sehe ich endlich das Licht dahinter. Nicht, dass es irgendetwas Gutes an der Situation gäbe, aber immerhin ist meine Wut weg oder zumindest für den Moment verbraucht.

Ich kann es immer noch nicht fassen. Michael ist wieder draußen!

„Scheiße!", entfährt es mir und ich rutsche auf dem Boden, immer noch schwer atmend.

„Von meiner Seite ebenso ein Scheiße", höre ich jemanden hinter mir und zucke zusammen. Schon denke ich, Noah wäre mir doch gefolgt, aber als ich den Kopf drehe, sehe ich Martin Bush hinter mir stehen. In seinem perfekt gebügelten grauen Hemd passt er so gar nicht in den Trainingsraum und bildet optisch einen starken Kontrast zu mir in meinen durchgeschwitzten Sportsachen und den zerzausten Haaren.

„Oh, ich dachte, ich wäre allein."

„Keine Sorge, das sind Sie auch. Nach diesem Gebrüll wird sich keiner mehr hier hinein trauen." Er lächelt und ich werde etwas rot, obwohl dies mit meinem eh schon geröteten und verschwitzten Gesicht nicht auffällt.

„Ich musste mich nur etwas abregen", erkläre ich mich peinlich berührt und stelle mich mühsam wieder auf. Meine Beine sind ganz wackelig, aber ich fühle mich dennoch gut und irgendwie unverwundbar.

„Ich verstehe, ich habe es auch eben erfahren. Es muss schlimm sein. Zu wissen, meine ich, dass er schon wieder entwischt ist."

Ich seufze, dann nehme ich mir ein Handtuch und trockne mein Gesicht etwas.

„Hier." Bush reicht mir eine Wasserflasche, die aus dem Getränkeautomaten im Foyer stammt.

Ich greife gierig danach. In meiner Hetze habe ich nicht an etwas zu trinken gedacht und bin ihm nun sehr dankbar.

Es zischt beim Öffnen und ich nehme sechs große Schlucke, wobei sich fast die halbe Flasche leert.

„Es ist beschissen", antworte ich schließlich und Bush nickt. „Ich meine, wir haben so lange hinter ihm hergejagt, so viele Opfer gebracht und als wir ihn endlich hatten, war das wie eine finale Entlohnung. Die ganze Anstrengung, all die Last fiel ab und ich fühlte einen endgültigen Neustart kommen. Und wofür? Damit wir alles nochmal machen? Damit er uns wieder auslacht? Damit alles umsonst war?"

Ich tigere beim Sprechen auf und ab, während die Augen meines Kollegen mich mitleidig verfolgen.

„Es tut mir leid, aber das ist unser Job, nicht wahr?", erwidert er leise.

„Ja, aber ich stand noch nie vor so einer schwierigen Aufgabe wie bei diesem Fall." Ich werfe einen Blick auf die Uhr an der Wand und bemerke erschrocken, dass ich seit über vierzig Minuten hier unten bin. Ich entschuldige mich schnell bei Bush und sprinte mit meiner Restenergie die Treppe empor und in Richtung Noahs Büroplatz.

Immer noch verausgabt und mit den nassen Trainingssachen erreiche ich ihn an seinem Schreibtisch. Er tut so, als würde er seine Ablagen sortieren, doch ich erkenne sofort, dass er mit den Gedanken woanders ist.

„Tut mir leid, das war keine halbe Stunde." Ich ziehe mir einen Stuhl im Gehen heran und setze mich neben ihn.

„Was? Oh, stimmt … naja. Geht … geht es dir wieder einigermaßen gut?", fragt er vorsichtig.

Ich versuche mich an einem Lächeln. „Ja, es musste einiges raus, denke ich."

„Verstehe."

Wir schweigen. Was sollten wir groß erzählen, die Fakten sind klar.

„Also geht es wieder los. Alles von vorne?" Noahs Blick geht ins Leere.

„Scheint so."

Unser Chef hat uns alles erläutert. Am Donnerstag vor drei Tagen hat es einen Gasangriff in dem Gefängnis gegeben, in welchem Michael untergebracht worden war. Durch die Rohre war es durch das gesamte Gebäude geleitet worden. Kohlenmonoxid. Farblos, geruchlos, tödlich. Alle Insassen und die Wärter haben es zunächst unbemerkt eingeatmet und sind schlussendlich bewusstlos geworden und gestorben. Ohne Hilfe führt die Vergiftung zum Tod. Allerdings fehlte eine Leiche. Ein Insasse war geflohen. Michael war weg. Wie das Gas in die Rohre gelangt ist, wer ihm geholfen hat oder wie er davongekommen ist, ist alles noch ungeklärt.

„Hey, Kim", sagt Noah plötzlich und wir sehen uns fest in die Augen. In seinem Blick liegt etwas Bedrohliches, was zuvor nicht da gewesen ist.

„Ja?"

Er blickt sich im Büro um, doch wir sind allein in dieser Etage. Die anderen sind alle schon ausgeflogen.

„Wenn wir ihn diesmal kriegen … dann bringen wir ihn um. Egal was kommt, er muss sterben, damit das ein Ende hat."

Ich sehe ihn mit derselben Ernsthaftigkeit und Überzeugung an. Dann nehme ich seine Hand und drücke sie einmal fest. „Wir zögern nicht mehr, wir *töten* ihn."

Damit war unsere Vereinbarung besiegelt. Wenn wir etwas verändern wollten, müssen wir selbst zu *Mördern* werden.

Kapitel 2

FRIDA:

So süß. Schüchtern, sich immer wieder umblickend stand er da. Der eine Arm hing an der Seite herunter, der andere war vor seiner gutaussehenden Brust verschränkt.

Verunsichert.

Ja, so konnte ich ihn wahrscheinlich am treffendsten beschreiben.

Verunsichert.

Dabei hatte er eigentlich gar nichts, weshalb er verunsichert sein musste. Er sah gut aus, war niedlich und ein echter Gentleman. Er konnte wahrscheinlich jede haben und trotzdem hat er ein Profil auf einer Dating-Seite.

Glück für mich, Pech für alle anderen.

„Geh da nicht allein hin", „Nimm mich mit", „Sag mir wenigstens, wo ihr euch trefft, damit ich in der Nähe bleiben kann", hatte Jacky gesagt, nachdem ich ihr ein Bild von M. gezeigt hatte.

„M.".

Wie mysteriös.

„So gut wie auf diesem Profilbild sieht keiner in Echt aus, Frida. Das muss dir doch klar sein", versuchte Jacky mich von dem Date abzubringen.

Nein, es war mir nicht klar und nein, es war auch nicht so. Wieder legte sich ein triumphierendes Grinsen in mein Gesicht. Jacky wollte M. doch nur für sich haben. Sie war auch auf dieser Dating-Seite registriert und hatte nach rechts gewischt, aber es hatte bei ihnen nicht gematched. Bei M. und mir aber schon.

„Ist irgendwas? Habe ich was falsch gemacht?", fragte er von der anderen Tischseite.

Verunsichert.

„Nein. Ich denke nur gerade daran, wie meine Freundin wohl reagiert, wenn sie erfährt, dass du in Real Life genauso aussiehst wie auf deinem Profilbild."

„Wieso sollte ich auch anders aussehen?", fragte M. ganz unschuldig.

„Du bist nicht auf vielen Dating-Plattformen, oder?"

„Nicht wirklich, das hier ist heute auch eher etwas experimentell. Nachdem mein Bruder mir meine Freundin ausgespannt hat und ich jetzt zwei Jahre allein gewesen bin, dachte ich mir, es wäre wieder an der Zeit, selbst auf die Suche zu gehen."

„Oh nein, welcher Bruder spannt seinem Bruder denn die Freundin aus?"

„Meiner offensichtlich."

„Das tut mir leid. Auch wenn es mich irgendwie froh macht, denn ansonsten hätten wir uns nicht kennengelernt", argumentierte ich lächelnd.

„Das stimmt." Nun grinste auch er. Es war ein Grinsen, das mein Herz schmelzen ließ. Jacky hätte einiges zu schlucken, wenn ich ihr von diesem Date erzählen würde.

Ein Kellner räumte unsere leeren Teller ab und ein paar Minuten später brachte man uns ein köstliches Dessert. M.

hatte wirklich einen guten Geschmack, als er unser Essen bestellt hatte. Einen Nudelteller hatten wir. Denn M. liebte Nudeln über alles.

Als wir fertig mit dem Essen waren, liefen wir noch eine Weile durch den angrenzenden Park, ehe M. mich mit zu sich nehmen wollte. Es war sehr idyllisch mit diesem tollen Mann Hand in Hand durch die Nacht zu spazieren.

***

MICHAEL:

Zu spät, denke ich und warte ungeduldig vor dem Restaurant. Suchend blicke ich mich um. Es waren erstaunlich wenige Leute unterwegs. Für einen Freitagabend hätte ich mehr Andrang auf das Restaurant erwartet. Immerhin sind Menschen ziemlich gefühlsduselig und „brauchen" diese körperliche und seelische Nähe. Pfui! Einfach nur ekelhaft.

Endlich erscheint die Frau, mit der ich heute Abend verabredet bin.

Lächeln, du musst freundlich sein.

Widerlich.

Die Frau kommt näher und erwidert mein Lächeln. Wir gehen in das Restaurant hinein und sie hört einfach nicht auf, zu quatschen. Wenn sich dieser Plan nicht lohnt, dann wird es Tote regnen. Und eins steht fest, diese Frau würde nicht mehr lange leben. Es ist eine Befreiung für diese Welt, wenn sie das Diesseits verlässt und niemals wiederkehrt.

Sie grinst mich schräg an. Was geht bloß mit dieser nervigen Frau ab?

Beruhige dich, Michael. Du musst das jetzt durchziehen. Für Kim.

Ich atme tief durch und stelle mir also vor, dass nun Kim vor mir sitzen würde.

Ihre kastanienbraunen Haare liegen leicht gewellt auf ihrer Schulter und ihre smaragdgrünen Augen funkeln mir katzenhaft entgegen. So würde sich arbeiten lassen.

„Ist irgendwas? Habe ich was falsch gemacht?", gehe ich auf ihr dummes Grinsen ganz unschuldig ein – fast schon verunsichert. Dabei weiß ich selbstverständlich, dass ich nichts falsch gemacht habe.

Ich mache niemals etwas falsch!

Ich bin *perfekt*!

„Nein. Ich denke nur gerade daran, wie meine Freundin wohl reagiert, wenn sie erfährt, dass du in Real Life genauso aussiehst wie auf deinem Profilbild."

„Wieso sollte ich auch anders aussehen?", erhalte ich weiter den anstrengend lieben Schein der Unschuld.

„Du bist nicht auf vielen Dating-Plattformen, oder?"

„Nicht wirklich, das hier ist heute auch eher etwas experimentell. Nachdem mein Bruder mir meine Freundin ausgespannt hat und ich jetzt zwei Jahre allein gewesen bin, dachte ich mir, es wäre wieder an der Zeit, selbst auf die Suche zu gehen." Natürlich war das gelogen. Nur weil Noah mir Kim weggenommen hat, würde ich nicht auf die Suche nach einer anderen Frau gehen. Natürlich hole ich mir Kim zurück, denn ich kriege immer das, was mir gehört.

„Oh nein, welcher Bruder spannt seinem Bruder denn die Freundin aus?"

„Meiner offensichtlich." Und er würde dafür büßen!

„Das tut mir leid. Auch wenn es mich irgendwie froh macht, denn ansonsten hätten wir uns nicht kennengelernt", sagt sie lächelnd.

„Das stimmt", erwidere ich, obwohl es nicht stimmt. Immerhin entscheide ich hier, was passiert und was nicht. Wenn ich sie nicht ausgesucht hätte, wären wir uns nie begegnet. Ich mache die Regeln und ich bin der Spielleiter.

***

MICHAEL:

„Eine Sache, von der viele Menschen eine falsche Vorstellung haben, ist das Konzept des Blutverlustes. Wie oft habe ich schon in Romanen von Opfern gelesen, die literweise Blut verlieren und dennoch weiterkämpfen, sich hilfesuchend in den nächsten Ort schleppen oder nach einem kurzen Krankenhausbesuch wieder auf den Beinen stehen. Filme, in denen der Held so schwer verwundet wird, dass sein Blut in kürzester Zeit wasserfallartig aus seinem Körper strömt und er nichtsdestotrotz seine Mission erfolgreich vollendet – im Zweifelsfall auch noch sausexy dabei aussieht."

Lächerlich, denke ich mir dabei.

„Erstens bezweifle ich, dass die Autoren oder Produzenten jemals einen echten Menschen verbluten sehen haben und zweitens auch nicht gewappnet wären für diese grausame Realität, welche sie in ihren Werken so verzerren und romantisieren.

Natürlich hängt, wie schnell dein Opfer stirbt, auch damit zusammen, wie ausgewachsen es ist. Kinder halten selbstverständlich viel weniger Blut in ihren zarten Körpern und können schon nach nur einem Liter abkratzen. Eine ausgewachsene, große Frau hingegen kommt mit einem Liter noch klar, zumindest bis auf weiteres. Ihr Körper beinhaltet ungefähr fünf Liter an Blut und hat mit einem Liter erst um die zwanzig Prozent verloren. Eineinhalb Liter sollten schon problematischer werden. Der Puls wird schwächer und der Blutdruck sinkt, vielleicht fällt sie ins Koma – angenehmer wäre es für sie, vor allem, wenn niemand die Blutung jetzt noch stoppt. Spätestens ab zwei Litern sollte die Frau jedenfalls tot sein.

Du hast natürlich noch ein ganz anderes Problem, aber sei erst mal beruhigt, denn bisher hast du erst einen halben Liter vergossen."

Frida starrt mich aus glasigen Augen an, ihr Kopf hat die Farbe einer Tomate und ich kann mir vorstellen, dass der Blutdruck bald die kleinen Äderchen in ihren Augen platzen lässt. Nicht mehr lange und sie blutet wortwörtlich aus jedem Loch.

Ich muss bei der Formulierung lachen und erhebe mich aus der Hocke.

Mein Vortrag scheint sie leider nicht sonderlich interessiert zu haben, aber was soll's, immerhin ist sie eh bald Geschichte. Einen ganz schönen Weg mussten wir auf uns nehmen, um an diesen abgelegenen Ort zu kommen, aber nach dem Essen konnte ich sie mit dem Versprechen auf mein Bett für diese Nacht zu einfach hier raus locken. Bei der Finsternis sieht man sowieso nichts.

Prüfend ziehe ich an dem Strick, der Frida in Position hält, woraufhin ein in Agonie getränktes Stöhnen ihrer Kehle entweicht.

Jetzt heißt es nur noch warten. Ich versuche, meine Vorfreude zu unterdrücken, aber es fällt mir schwer, immerhin ist das der Auftakt meiner neuen Serie und ich kann mich kaum im Zaum halten.

Blut soll es regnen ...

Ich prüfe den Pegel des Kanisters, der sich stetig füllt. Gleich ist der erste Liter voll und ich muss ihn austauschen. Ihre anfänglichen Bewegungsversuche haben dafür gesorgt, dass einiges danebengegangen ist, doch je mehr Blut sie verliert, desto schlaffer wird ihr Körper und die Fluchtversuche sind schon längst versiegt.

Das hölzerne Gerüst steht schon bereit und wartet auf seinen Einsatz.

Der Baum wird ebenso einen hübschen Effekt haben – was zählen wird, ist das Timing, aber ich rechne damit, dass die Leiche frühestens um sechs, spätestens halb sieben gefunden sein sollte, immerhin ist das der einzige Weg zur

Schule und um diese Zeit treffen in der Regel die ersten Lehrkräfte und die Schülerschaft ein.

Ich nehme Nagel und Hammer in die Hand sowie das Seil, das zur Unterstützung dienen wird. Bald kommt der beste Teil meines neuen Werkes. Aufregung kitzelt in meinem Bauch, als würden sich tausend kleine Ameisen durch meine Gedärme fressen. Ich könnte aufschreien vor Ekstase.

Ich sehe erneut zu Frida und erkenne, dass es an der Zeit ist, den Kanister zu wechseln. Was im Gegenzug für Frida bedeutet, dass ihre Zeit immer schneller abläuft.

***

Ich habe gesündigt!

O Michael, bitte vergib mir, denn ich habe gesündigt! Ich weiß, ich soll keine anderen Männer neben dir haben, denn du bist der einzig wahre, der einzige, an den ich glaube und der einzige, den ich liebe. Mit ganzen Herzen. Du bist mein Ein und Alles.

Dass ich etwas mit Noah angefangen habe, war ein Fehler und ich bereue ihn zutiefst.

So erbitte ich deine Vergebung!

Ich gelobe, dich von nun an auf ewig zu lieben und zu ehren. An keinem anderen Mann werde ich jemals

wieder meine Augen weiden, denn du bist der Größte
und der E6inzige für mich.
Bitte vergebe mir meine Sünden!

Kapitel 3

KIM:

Ich erschrecke, als plötzlich jemand hinter mir gegen die Tür hämmert. *Verdammt*, zucke ich zusammen und lasse das Stäbchen, das ich nur eine Sekunde zuvor noch in meinen Händen gehalten habe, in der Tasche meiner Sweatjacke verschwinden.

Es klopft erneut.

„Hey, alles gut da drin? Wie lange brauchst du denn noch?"

Ich wische mir mit dem Handrücken die Tränen aus dem Gesicht. Langsam ziehe ich mich am Waschbecken hoch, sodass ich theoretisch die Badezimmertür, hinter der ich gesessen habe, wieder öffnen könnte.

„Bin gleich fertig", antworte ich Noah, der ungeduldig vor der Tür steht.

„Wir brauchen dringend ein zweites Bad", vernehme ich seine Stimme von draußen, während ich den Wasserhahn aufdrehe und mir das fließende Wasser ins Gesicht spritze. Als ich das Wasser wieder abstelle und mir mit einem Handtuch das Gesicht getrocknet habe, werfe ich noch einen Blick in den Spiegel. Meine rotverquollenen Augen sind nicht mehr ganz so schlimm, aber dass ich geweint habe, werde ich wohl oder übel nicht verbergen können. Ich lege meine Finger an das Türschloss und atme tief durch. Mit einer leichten Bewegung des Handgelenks ist die Tür offen. Ich senke meinen Kopf, sodass ich auf den Boden schaue und meine Augen durch die offenen Haare verdeckt sind, und gehe an Noah vorbei durch den Flur.

„Kannst rein", raune ich ihm noch zu.

„Kim?" Mich packt eine Hand am Oberarm und zwingt mich stehen zu bleiben. „Ist alles gut? Fühlst du dich nicht wohl?"

„Mir geht es gut." Noahs Finger wandern an mein Kinn und üben leichten Druck aus.

„Schau mich an. Bitte." Ich gebe nach und hebe meinen Kopf. Verdutzt sieht er mir in die Augen. „Du hast geweint", stellt er fest.

„Ja, aber nicht so wichtig. Es geht schon wieder."

„Was ist los?"

Er würde nie aufhören, bis ich ihm etwas sage, was er mir glaubt und das ihn so weit zufriedenstellt, denke ich nach.

Die Wahrheit würde ich erstmal vorläufig für mich behalten, bis ich weiß, wie ich damit umgehe.

„Es ist nur …", ich breche ab. Das, was ich ihm jetzt sagen werde, ist zwar weder gelogen noch ausgedacht, aber diese Leier habe ich schon so oft gebracht … „Michael hat so unfassbar viele Menschen auf dem Gewissen. Er hat nicht nur Erwachsene umgebracht und gefoltert, sondern auch Nicky entführt, mich fast ver…", diesen Satz bringe ich noch immer nicht zu Ende und werde es wahrscheinlich auch nie. Nicht mal in meinen Therapiesitzungen kann ich dieses Thema ansprechen. „Und jetzt ist er wieder frei, läuft hier irgendwo herum, beobachtet uns vielleicht und wartet nur auf den nächsten Moment, dir, mir oder den Kindern etwas zu tun. Michael wird weitermorden. Das ist so verdammt klar und trotzdem können wir nichts tun, als warten. Und selbst wenn er sich zeigt, spielen wir erneut sein Spiel! *Wie viele Menschen müssen noch sterben?*" Noah tritt einen Schritt näher und schließt mich fest in seine Arme. Ein Schluchzen lässt mein Körper erbeben und ich lehne mich gegen Noahs Brust. Mit einem Mal fühle ich mich so unendlich schwach. Und wie immer ist Noah da, der mich hält.

„Pscht … Du musst aufhören, dir die Schuld für all das zu geben. Dass Michael dich will, hast du nicht zu verantworten. Genauso wenig wie die Opfer, die er umgebracht hat. Ihr Blut klebt nicht an deinen Händen, sondern allein an seinen. Was mit Nicky passiert ist, ist auch nicht deine Schuld. Ich weiß, dass du was anderes denkst. Michael hat erst dich, dann Nicky hereingelegt. Es ist nicht deine Schuld und ich verspreche dir, dass wir ihn kriegen, sobald er sich zeigt. Hörst du? Wir kriegen ihn!"

Ich nicke.

Trotzdem ist das der beschissenste Moment, um ein Kind zu bekommen ...

***

KIM:

„Du siehst irgendwie nicht wirklich gesund aus, Kim. Geht es dir gut?" Mia wirft mir einen Blick zu, aus dem große Besorgnis spricht.

„Mir geht es gut", lüge ich und lege unbemerkt meine Hand an meinen Bauch.

„Ist klar. Ich gehe Noah fragen", sagt sie und macht auf dem Absatz kehrt. Ich zucke unbekümmert mit den Schultern, immerhin weiß Noah genauso wenig wie Mia. Wobei ich das schleunigst ändern sollte. Schließlich ist Noah nicht gerade wenig an meiner derzeitigen Situation beteiligt. Er würde sich vermutlich freuen. *Aber tue ich das?* Ich sollte es eigentlich. Nur ist es so, dass ständig schreckliche Dinge in dieser Welt passieren: Es werden Kriege geführt, Arme ausgebeutet, bei Problemen weggesehen. Von der aktuellen Klimasituation will ich gar nicht erst anfangen.

Menschen werden entführt. Kinder werden entführt. Nicky ist entführt worden. Diese Ungewissheit, ob man einen geliebten Menschen zurückbekommt – LEBENDIG – lässt einen nicht mehr atmen. Das Gefühl der Angst, dass Nicky bei seiner Entführung hätte sterben können, flammt wieder unter meiner Haut auf und das Brennen lässt mich diese Erinnerung noch einmal durchleben. Doch er ist nicht gestorben. Ich konnte ihn retten. Wenigstens einen, denn Colin ist und bleibt tot. Für *immer*! Ich kann nicht nochmal jemanden so verlieren, wie ich ihn verloren habe.

Bin ich bereit, die Verantwortung für ein Kind, ein Baby, ein Leben zu tragen?

Bin ich bereit, einen Menschen in diese grausame Welt zu setzen?

Ich merke, wie ich mir meine Arme immer fester um den Bauch schlinge und zudrücke. Schnell erinnere ich mich daran, zu atmen. Meine Finger greifen die Computermaus, die vor mir auf dem Schreibtisch liegt und unwillkürlich beginnt mein Zeigefinger mit dem Rädchen in der Mitte zu spielen, um mich abzulenken.

***

NOAH:

Um 6:58 Uhr erreicht uns ein Notruf und signalisiert mir, sofort anzurücken – eine Leiche wurde gefunden.

Kim ist momentan mit einem Einsatzteam im Nachbarort und untersucht den Fall einiger vermisster Jugendliche. Nach Aussagen der Freunde scheint es sich aber bloß um ein durchgebranntes Teenie-Pärchen zu handeln, das vermutlich schon bald wieder auftauchen wird. Aller spätestens, wenn ihnen klar wird, dass es kaum Erspartes dabeihat und man schon dabei ist, ihre Handykoordinaten zu orten. Früher war das Abhauen wirklich einfacher.

Dementsprechend mache ich mich allein auf den Weg, was natürlich nicht stimmt, denn es sind immer noch genügend andere Kollegen parat, gerade bei so einem

Einsatz. Irgendwie habe ich mich daran gewöhnt, Kim immer an meiner Seite zu haben, in jener Zeit vor Michaels Inhaftierung. Ich sollte mich nicht beklagen, ermahne ich mich. Immerhin wird es, jetzt da er wieder auf freiem Fuß, wahrscheinlich viele neue Tatorte geben, zu denen Kim und ich gemeinsam fahren werden. Diese von Ungewissheit geplagte Zeit wird erneut auf uns zukommen.

Ich erreiche einen Highway, zu dessen linker Seite sich ein Waldstück erstreckt und auf der rechten Koppeln und Felder liegen. Die Straße ist der Zugang zu einer kleinen Privatschule weiter außerhalb der nächsten Stadt, doch in Anbetracht, dass die Eltern der Schüler stinkreich sein müssen, werden die kleinen Rabauken vermutlich von einem Chauffeur jeden Tag hierher kutschiert. Und ausgerechnet dort soll vor wenigen Minuten eine Lehrkraft einen schrecklichen Fund gemacht haben. Vielleicht, aufgrund der Umstände, handelt es sich um einen Raubmord, denn, wie gesagt, bis auf die reichen Kids und deren Elitelehrkräfte nimmt sonst niemand so einen Weg auf sich. Aber ich sollte mir erst mal den Tatort anschauen, bevor ich voreilige Schlüsse ziehe.

Schon bald biege ich einige Meter in das Waldstück ab und erreiche kurz darauf ein prächtiges Schulgebäude mit gotischen Spitzbogenfenstern.

Schon aus einiger Entfernung erkenne ich einen Haufen verängstigt zusammengescharrter Schüler in ihren dunklen Schuluniformen.   Einige   Erwachsene, höchstwahrscheinlich das Lehrpersonal, versuchen hektisch für Ruhe zu sorgen und wuseln durch die Menge.

Ich fahre mit dem Wagen vor und kaum habe ich angehalten, steht auch schon eine ältere Frau mit dünner Hakennase vor meinem Fenster. Ich steige aus und werde sofort von ihr belagert: „… ist absolut pervers und schädlich für unseren guten Ruf. Stellen Sie sich nur vor, ein Schüler hätte sie gefunden."

Ich hebe abwehrend die Hände und versuche mir einen Überblick zu verschaffen. Dabei erkenne ich auch das geparkte Auto, mit dem Sanders kurz vor mir eingetroffen sein muss.

„Entschuldigen Sie, aber …", versuche ich es, doch werde schon wieder von ihrer krächzenden Stimme unterbrochen.

„Ihre Kollegen sind schon hinterm Haus, wir versuchen gerade die Kinder …"

„Sind Sie die Lehrkraft, die den Fund gemeldet hat?", unterbreche ich sie nun ebenfalls und sie hält kurz inne. Ihre kleinen Knopfaugen schielen an mir vorbei und ich drehe mich um, um eine deutlich jüngere Frau zu erblicken, welche mit angespanntem Körper auf einer Steinbank sitzt. So vornübergebeugt, erinnert sie mich an einen umgedrehten Haken.

„Ms. Holl hat sie entdeckt, als sie heute Morgen eintraf und hinten am Gebäude aufschließen wollte."

Ich gehe auf die Frau zu, die nicht älter als ich zu sein scheint. Eine weitere Frau im Hosenanzug sitzt neben ihr und streicht ihr beruhigend über den Rücken, während sie ihr etwas zumurmelt. Als sie mich erblickt, steht sie auf und kommt mir einige Schritte entgegen.

„Guten Morgen, ich bin Sabrina O`Brian, die Rektorin der Schule." Sie streckt mir die Hand entgegen und ich ergreife sie.

„Noah Jordan. Wie ich höre, hat Ms. Holl die Lei… den Fundort zuerst entdeckt." Ich bremse mich mitten im Satz, als mir auffällt, dass besagte Lehrkraft mit geröteten Augen zu mir aufschaut und offenbar zuhört. Keineswegs will ich sie noch mehr verstören, als sie nicht ohnehin schon zu sein scheint.

„Richtig. Sie kam nach eigener Aussage um circa 6:12 Uhr an und machte wenig später ihren üblichen Rundgang", bestätigte die Rektorin. „Ms. Holl ist sehr ehrgeizig und immer die Erste, die morgens schon für Vorbereitungen vor Ort ist, manchmal noch bevor der Hausmeister oder ich hier sind. Dieser hat sich die Woche über übrigens krankgemeldet, weswegen sie tatsächlich die Allererste war."

Ich nicke und gehe vorsichtig auf die blasse Frau zu und kniee mich behutsam vor sie hin. „Hallo, Ms. Holl. Sie haben einiges durchgemacht und leider müssen Sie Ihre Aussage später noch einmal zu Protokoll geben, daran lässt sich nichts ändern. In Kürze jedoch sollte ein weiterer Wagen mit einem Team an Seelsorgern hier vorfahren und sich Ihrer sowie der Schülerschaft und den Lehrkräften annehmen." Wie zur Bestätigung meiner Aussage fährt hinter mir besagtes Auto vor und vier Leute steigen aus. Ich nicke einem von ihnen zu und bald darauf kümmert er sich um Ms. Holls Wohlbefinden, während Sabrina O`Brian mich hinter das Schulgebäude begleitet.

„Sie müssen wissen", erklärt sie mir auf dem Weg über eine Grünfläche, welche mit antiken Steinskulpturen gespickt ist, die frei von jeder Witterung gehalten werden, „unsere Schule ist eine der renommiertesten im ganzen Land. Wir liegen extra weit abseits des herkömmlichen Lebens, um unseren Schülerinnen und Schülern eine ablenkungsfreie und klare Sphäre zum Lernen zu schaffen. Wir gedenken, sogar noch ein paar weitere Gebäude anzubauen und die Schule zu einem Internat umzufunktionieren. So können fortan auch Kinder und Jugendliche von weiter weg oder gar international hier residieren. Wir nehmen an Charity-Veranstaltungen teil und engagieren uns jährlich im Tierschutz. Wie Sie sehen, liegt uns also sehr viel an der Repräsentation unserer Einrichtung und dieser … Zwischenfall könnte schwerwiegende Flecken auf unserem weißen Imagetuch hinterlassen."

Ich sehe die hochgewachsene Frau mit dem Pagenschnitt an und versuche zu verstehen, worauf sie hinauswill.

Klar möchte sie den Ruf ihrer Schule wahren, aber so etwas hätte überall passieren können. Ob sie befürchtet, dass der Todesfall auf sie und ihre Stellung zurückfallen könnte?

„Wenn es um Diskretion geht, dann ...", versuche ich den Faden aufzunehmen.

„Nicht nur."

Wir erreichen den Rand des kleinen Waldstücks, welches die Schule umgibt und ein Pfad, der bereits mit Absperrband versehen ist, führt mich auf die Spur meines Einsatzkommandos.

Bevor wir jedoch den Trampelpfad betreten, bleibt O´Brian stehen. Ihre scharfen Augen mustern mich intensiv und lassen mich wie aus dem nichts frösteln.

„Es geht auch um die Repräsentation nach außen. Ich habe über Sie gelesen, Jordan. Ein Mordfall ist schlimm genug, aber ein ungelöster ... Ich habe die Erwartung an Sie und ihre Teamkameraden, dass sie den Fall so schnell wie möglich und dabei möglichst sauber lösen, um somit unsere Institution positiv dastehen zu lassen. Das Letzte, was ich gebrauchen kann, wäre ein Team unachtsamer Ermittler, die durch ihre Nachlässigkeit das Lösen des Falles torpedieren. Das würde das Ende der Schule bedeuten. Keiner würde sein Kind auf einen immer fortwährenden Tatort schicken. Ich möchte die Sache einfach so schnell wie möglich vom Tisch haben und sie zu den Akten legen, verstanden?" Und mit diesen netten Worten macht sie auf dem Absatz kehrt und stöckelt davon.

Eine Weile stehe ich da und schaue ihr nach, bis sie hinter dem Gebäude verschwunden ist, dann klappe ich meinen Mund wieder zu und schlucke meinen sich aufsteigenden Ärger hinunter. Als hätte ich nicht genug Probleme ... Was dachte sie sich eigentlich, wer wir sind. Dann fiel es mir wie Schuppen von den Augen.

Ich habe über Sie gelesen, Jordan.

Ich gebe mir innerlich eine Ohrfeige. Verdammter Constantin! Natürlich haben die Zeitungen über Michaels Mordserie geschrieben und auch unsere Namen in Bezug auf die Ermittlungen genannt. Beziehungsweise die meisten erfolglosen Ermittlungen. Und jetzt, da Michael wieder auf freiem Fuß ist, muss sie unsere Abteilung für völlig unfähig halten.

Ich stöhne laut auf, bevor ich mich wieder fasse und zum Waldstück drehe.

Dieser Fall sollte hoffentlich schnell abgehakt sein und ich kann mich aus der unangenehmen Position befreien. Während ich dem Trampelpfad etwa fünfzehn Meter folge, bin ich noch guter Dinge. Denn falls es sich hier weit draußen tatsächlich um Mord handelt, geht es höchstwahrscheinlich um nächtliche Landstreicher, nicht mehr und nicht weniger.

Dieser Hoffnungsschimmer zerplatzt allerdings schneller, als die emotionale Klatsche von eben, als ich den Tatort zu sehen bekomme.

Die Bäume öffnen sich zu einer Lichtung, ganz in Grün getaucht. Ein idyllischer kleiner Ort, an dem man bestimmt gut im Schatten sitzen und lernen kann. Allerdings wird diese Idylle gebrochen von der grausigen Szene, mit der ich ganz sicher nicht gerechnet habe. Mitten auf der Lichtung steht eine große Ulme mit breitem Stamm. Meinte ich nicht eben noch, die Lichtung erstrahle in schönem Grün? Dieser Baum bildet die Ausnahme, denn seine Blätter sind seltsam rot gefärbt, nicht wie das rot des herbstlichen Laubs, sondern eher, als hätte jemand sie mit Farbe angepinselt. Auch das Gras im Radius von zwei Metern um den Baumstamm herum ist seltsam dunkel gefärbt.

Dies ist allerdings nicht das Erschreckendste, denn an dem wuchtigen Stamm hängt eine leblose Frau. Wobei hängen hier der falsche Ausdruck ist. Ein horizontales Brett wurde am Holz befestigt, an welches je links und rechts ein Arm gefesselt wurde. Ihr Körper, der nebenbei bemerkt splitterfasernackt ist, hängt in der Stammmitte herunter und scheint blutleer zu sein. Dies verrät zumindest die blasse und eingefallene Haut. Der Mund der Toten ist aufgeklappt und ich sehe einige Fliegen um ihren Kopf herumschwirren.

Je näher ich komme, desto mehr Details fallen mir ins Auge. Beispielsweise, dass ihre Augen irgendwie nicht mehr da zu sein scheinen, aber irgendwie doch? Dann tritt Sanders zu mir und begrüßt mich in seiner üblichen Laune.

Sein Team an Kollegen ist schon dabei sich Notizen zu machen und knipst eifrig Bilder für die Fallakten. Scheinbar warten wir auch noch auf die Spurensicherung, um den Leichnam zu investigieren.

Bevor ich noch einen Schritt näher wagen kann, um mir jedes Detail des Tatorts einzuprägen, werde ich aufgehalten. Ein großer, dürrer Mann mit Vollbart reicht mir einen Schutzanzug. Ich blicke ihn fragend an und er wirft mir einen Blick zu, der von oben an mir heruntergleitet. Ich schlüpfe hinein und stülpe mir ebenfalls ein Schutzteil über je einen Schuh. Als ich jetzt zu dem Kollegen hochschaue, sieht er mich prüfend an, kehrt mir dann jedoch den Rücken zu, was ich als Signal interpretiere, um meinen ursprünglichen Weg fortzusetzen.

„Was zur Hölle ist hier passiert?", frage ich völlig überrumpelt. Ich sehe die Leiche wieder an und meine Härchen auf den Unterarmen stellen sich auf. Ich versuche, die Gänsehaut wegzuschlucken, aber das verstörende Antlitz der jungen Frau im Baum bleibt. Damit hatte ich gewiss nicht gerechnet, als ich vorhin hierher gefahren bin.

„Tja, dass wüssten wir selbst gerne, aber kommen Sie mal mit und schauen Sie sich das näher an."

Ich folge ihm bis an den Baum und merke, dass das Gras zu meinen Füßen regelrecht durchweicht ist. Nass, rot, klebrig …

„Ist das etwa alles Blut?", stoße ich hervor und betrachte die roten Blätter über mir mit neuem Ekel.

„Jepp. Ms. Holl hat uns völlig aufgelöst erzählt, dass zu dem Zeitpunkt, als sie die Leiche gefunden hat, der gesamte Baum „geblutet" hätte und tropfenweise rote Flüssigkeit auf den Boden geregnet sei."

Ausgerechnet in diesem Moment spürte ich etwas Nasses an meiner Schulter und zucke reflexartig zusammen.

„Ach so, und es tropft teilweise immer noch nach, sollte ich vielleicht erwähnen", fügt Sanders trocken hinzu. Auch auf seiner Uniform sind ein paar dunkle Flecken auszumachen.

Na, herrlich ...

Auf einmal bin ich dem stummen Mann von vorhin sehr dankbar, dass er mich abgefangen hat, damit ich mir noch eine Garnitur Schutzklamotten überziehe.

„Warum ist Ms. Holl eigentlich diesem Trampelpfad gefolgt? Mir wurde gesagt, sie wolle aufschließen."

„Wenn man etwas weitergeht, kommt man an einen Kunstschuppen, dort befinden sich auch gerade zwei unserer Leute. Wir dachten erst, es sei Farbe, aber das konnte ein einfacher Bluttest schnell ausschließen. Die Spurensicherung sollte übrigens jeden Moment hier auftauchen."

Sanders wendet sich wieder der Frauenleiche zu. Jetzt erst erkenne ich, dass in ihre Handflächen und Füße Nägel gehauen sind und an ihren Armen und am Dekolleté tiefe Schnitte prangen.

Was zur Hölle ist hier passiert, denke ich erneut. Kein Wunder, dass die Rektorin um den Ruf der Schule besorgt ist. Das hier ist schlimm, richtig schlimm.

Und was noch viel schlimmer ist, ist die Tatsache, dass so eine perverse Art, jemanden zu ermorden und anschließend zu präsentieren, ganz Michaels Handschrift trägt. Warum jedoch so weit hier draußen?

„Ist die Frau hier angestellt gewesen?", frage ich, um sie identifizieren zu können.

Sanders nickt und kramt in seiner Innentasche nach einem Zigaretten-Etui.

„Frida Hendrix. 27 Jahre alt. Sekretärin der Schule."

Daher also die Verbindung zum Ort.

Aber warum ausgerechnet sie?

Vielleicht ziehe ich zu voreilige Schlüsse. Anzunehmen, es wäre Michael, nur weil dieser wieder frei durch die Weltgeschichte streunt? Allerdings wäre so eine Inszenierung genau sein Markenzeichen. Eine Sache lässt mich jedoch stutzig werden: Wenn es wirklich Michael wäre, der den Mord verübt hat, wo war dann der Brief? Er hinterlässt doch sonst immer eine adressierte Nachricht an uns. Eine Leiche ohne Geschichte passt nicht zu ihm und dementsprechend bin ich innerlich gerade sehr zerrissen und weiß nicht, was ich von all dem halten soll.

In dem Moment trifft endlich die Spurensicherung ein und beginnt damit, ihrer Tätigkeit nachzugehen. Ich fühle mich nutzlos, nur herumzustehen und mir den Kopf darüber zu zerbrechen, ob es nun Michael war oder nicht.

„Ich werde jetzt Ms. Holls Aussage aufnehmen", entschuldige ich mich und verlasse diesen gottlosen Ort des Todes mit mehr Fragezeichen als Antworten.

***

NOAH:

„Gekreuzigt?" Kim setzt die Kaffeetasse ab und blickt mich über den Rand ihres Computers hinweg an.

„Ja, es war wirklich abartig grotesk."

Die Zeugenaussage von Ms. Holl hat nicht wirklich Neues ergeben. Sie traf um 6:22 Uhr an der Schule ein und begann damit die nötigen Räume aufzuschließen, wobei sie als Kunstlehrerin auch den Kunstschuppen entsperren wollte und um circa 6:30 Uhr auf die Leiche stieß. Nach eigener Aussage hätte sie angefangen, zu schreien und sich für sicherlich ein bis zwei Minuten nicht bewegen können. Nachdem der paralysierende Schockzustand endlich nachgelassen hätte, sei sie sofort zurück ins Hauptgebäude gerannt und habe den Notruf gewählt. Interessanter wird es schon, wenn man sich den Kunstschuppen etwas genauer ansieht. Denn der war nicht nur aufgebrochen, als meine Kollegen ihn durchsucht haben, sondern ihm wurden auch einige Materialien entnommen. Darunter ein paar Seile, ein Holzbrett, Hammer und Nägel …

Offenbar hat sich der Täter an dem Inventar bedient, um seinen Mord zu vollbringen. Einzig die Waffe, mit welcher er Frida Hendrix die Schnittwunden verpasst hat, war nicht aufzufinden und schien vom Mörder selbst zu stammen.

Hendrix wurde den Tag zuvor von dem Kollegium das letzte Mal dabei gesehen, wie sie um 15:45 Uhr das Sekretariat verließ. Laut eigener Aussage hätte sie an dem Abend noch eine Verabredung mit einem Mann gehabt und wolle noch genug Zeit haben, sich zu Hause zurechtzumachen. War es vielleicht ein Mord aus Eifersucht? War jener Mann derjenige, der sie umgebracht hat oder war ein Dritter im Spiel? Das restliche Team versucht gerade herauszufinden, um wen es sich bei der Verabredung gehandelt hat, denn dies hatte Frida offenbar nicht erwähnt. Auch Familie und Freunde werden nun befragt.

Seitdem ich Kim über all das informiert habe, hat sich ein sorgenvoller Ausdruck in ihr Gesicht geschlichen.

„Noah … Ich weiß, dass ist jetzt reine Spekulation, aber findest du nicht auch, dass so eine Brutalität …"

„… für Michael spricht? Ja, das war auch mein erster Gedanke, aber nur weil er wieder aus dem Gefängnis heraus ist, sollten wir nicht anfangen, überall Phantome zu sehen. Sein größtes Markenzeichen, ein Brief in irgendeiner Form, hat schließlich gefehlt."

Kim runzelt die Stirn. Meine Worte scheinen sie nicht sonderlich zu beruhigen, aber wer konnte es ihr verübeln. Ich bin ja selbst zwiegespalten, was den Fall bisher betrifft.

„Na komm, Wilson sollte inzwischen mit der Obduktion durch sein. Holen wir uns ein paar mehr Informationen und dann sehen wir vermutlich schon etwas klarer." Ich nicke ihr ermutigend zu und sie erwidert mein Lächeln, wenn auch nur etwas halbherzig.

„Dass du dem Kerl mal freiwillig einen Besuch abstattest, hätte ich nie für möglich gehalten", witzelt sie und ich verziehe das Gesicht.

„Man kommt oft nur schwer drum rum."

Wir gehen gemeinsam durch das Treppenhaus hinunter, während ich mich ebenfalls nun nach ihrem Fall erkundige. Sie winkt bloß ab.

„Der ist abgeschlossen. Die beiden Ausreißer kamen wieder und damit war die Sache geklärt. Es lag keine Entführung vor und die Eltern sind beruhigt."

„Das ist doch schön zu hören", meine ich.

„Ja, nur ist es immer anstrengend alle Infos zu sammeln, Aussagen aufzunehmen und dabei noch die Eltern zu beruhigen, die natürlich komplett panisch waren. Und das alles nur, damit sie nach kurzer Zeit von selbst zurückkommen."

Ich lache auf. „Da hat sich wohl jemand mehr Arbeit gewünscht."

Wir erreichen die Kellerräume, in welchen Wilson sein Autopsie-Reich errichtet hat.

„Ich wollte mich bloß etwas länger damit beschäftigen, dass …"

Ich unterbreche sie, indem ich eine Hand hebe und Kim verstummt augenblicklich. Ich lausche genauer in die Stille hinein. Ja, ich habe mich nicht geirrt. Da sind Stimmen. Oder besser eine. Hat Wilson Besuch? Normalerweise kommt niemand freiwillig hier hinunter, wobei Kim und ich ja auch auf dem Weg zu ihm sind. Vielsagend blicke ich sie an und wir erreichen die Tür zu Wilsons Tartarus. Nun verstehe ich auch genauere Gesprächsfetzen.

„…muss die ganze Zeit kopfüber gehangen haben."
„Mmh."

Tatsächlich scheint irgendwer bei ihm zu sein. Vorsichtig luge ich um die Ecke.

„Was glauben Sie, wie viel Blut die Dame verloren haben muss, um den ganzen Baum zu benässen?"

„Mmmh."

„Ganz genau, bis zu fünf Liter mindestens."

Wilson steht mit dem Rücken zu uns über den Obduktionstisch gebeugt. Er trägt einen weißen Kittel und spricht in seiner üblichen aufgekratzten Stimme. Als ich die Person neben ihm erkenne, schlage ich mir abrupt die Hand vor den Mund. Kim, die meine Geste missverstanden haben muss, macht einen schnellen Schritt an mir vorbei, um sich einen Überblick über die Szene zu verschaffen. Im Gegensatz zu mir, kann sie sich allerdings nicht rechtzeitig zurückhalten und prustet lauthals los, woraufhin sich beide Personen zu uns umdrehen.

„Ah, da sind Sie ja und ich kann endlich gehen."

„Nichts da", hält Wilson Sanders auf und greift nach seinem Arm. „Ich bin doch noch gar nicht mit meinem Befund fertig."

Sanders, der scheinbar nichts lieber als weit weg möchte, dreht sich gequält zu dem schlaksigen Rechtsmediziner mit der kirschroten Brille um.

„Aber dafür sind doch jetzt die beiden …"

„Ach kommen Sie, Sanders. Ich bin mir sicher, was Wilson zu sagen hat, bringt uns alle weiter." Ich mache mir einen Heidenspaß daraus, den Kommissar etwas aus der Reserve zu locken.

„Aber ich …"

„Prima, dann kommen Sie mal her", trällert Wilson begeistert dazwischen.

Während wir zu ihnen gehen, säuselt Kim mir belustigt ins Ohr: „Jetzt hast du ihm echt den Tag versaut."

Sie so fröhlich zu erleben, erfüllt mich mit einem stolzen Kribbeln, daher tut es mir sehr leid für Sanders, aber ich bereue nichts.

Zu viert versammeln wir uns alle um Frida Hendrix' Leichnam und Wilson beginnt sogleich aufgeregt zu erzählen.

„Also, erst einmal das Offensichtliche vorweg. Ihr Körper. Komplett blutleer." Er seufzt. „Tolle Arbeit, wirklich."

Sanders räuspert sich und gibt Wilson zu verstehen, nicht dauernd abzuschweifen.

Dieser scheint die Aufforderung entweder nicht zu bemerken oder ignoriert sie absichtlich.

„Die Leiche muss dafür vollständig entleert worden sein, deswegen auch die tiefen Schnitte an Armen und Dekolleté." Er fährt mit seinem Finger die ausgefransten Schnittwunden entlang. „An sich nicht tief genug, um tödlich zu sein, jedoch verliert das Opfer so viel Blut in kurzer Zeit. So viel Blut, literweise, ach. Dementsprechend muss die Leiche die gesamte Zeit kopfüber gehangen haben. Darauf deuten auch die Spuren an ihren Fuß- und Handgelenken, die von zwei Seilen stammen müssen. Der Körper wurde also gefesselt und aufgehängt, damit er durch die Schnitte ausblutet." Er schaut uns erwartungsvoll an, als sollten wir in Anbetracht der Umstände freudig aufspringen, die Arme in die Luft reißen und losjubeln. Als nichts davon passiert, grummelt Wilson etwas enttäuscht über unsere mangelnde Begeisterung, ehe er weiterspricht.

„Die Augen, schaut euch wenigstens die Augen an."

Mir ist am Tatort schon aufgefallen, dass mit ihnen etwas nicht stimmt, denn sie sind irgendwie geschwollen und rot angelaufen.

„Sie sind geplatzt! Naja, nicht der Augapfel, aber die Adern. Demnach muss das Opfer auch aus ihnen geblutet haben."

„Mhm." Gott, jetzt klinge ich wie Sanders vor wenigen Minuten.

Dieser scheint innerlich mittlerweile mit der Obduktion abgeschlossen zu haben und starrt bloß resigniert an die weiße Wand, während Wilson seine Nase bis zum Anschlag ins Gesicht der Frau schiebt und mit den Fingern die Lider probeweise auf- und zuklappt.

„Wirklich widerlich, ach ja."

Er richtet sich auf und strahlt uns an. „Und wissen Sie, was das Beste ist?"

Kim und ich schauen bloß achselzuckend zurück, befürchten jedoch Schlimmes.

„Das gesamte Blut hat der Täter in irgendeinem Behälter aufgefangen und es später auf den Baum gespritzt. Das Blut der Blätter und das auf dem Boden stimmen mit dem Fridas überein. Das haben meine Proben bestätigt."

Kim hebt eine Augenbraue und schaut zu mir.

„Du hast mir noch gar nicht erzählt, wie das Blut auf den Baum gekommen sein soll", fragt sie.

Scheinbar hatte ich das während meiner Berichterstattung ausgelassen.

„Achso. Gartenschlauch. Wurde später zwischen den Hecken entdeckt."

Ein überraschtes Einschnappen von Luft seitens Wilson. „Gartenschlauch?", ruft er betört aus, als hätte ihm jemand ein schmutziges Geheimnis erzählt.

„Jordan", stöhnt jetzt Sanders. „Warum mussten Sie das vor ihm erwähnen?"

Sechs Minuten später verlassen wir drei die Autopsie und schaudern immer noch über Wilsons Vortrag über den Gebrauch von Gartenschläuchen, die er einmal im Darm einer Leiche gefunden haben soll.

Sanders ist sofort abgehauen und bereut vermutlich gerade irgendwo gewisse Lebensentscheidungen, während Kim und ich uns auf den Rückweg zu den Büroräumen machen.

„Die Leiche … die Art", beginnt sie. „Selbst wenn ich mich sehr daran versuche, objektiv zu bleiben, mein Gefühl sagt mir, dass es sich hierbei um Michael handelt. Ich weiß nicht, was es ist, aber ich denke, wir werden bald wieder von ihm hören."

Ich lasse ihre Worte zwischen uns stehen, denn ich kann nichts drauf erwidern. Ich könnte ihr höchstens mitteilen, dass es mir genauso geht, obwohl ich versuche, das Gefühl zu unterdrücken. Wie eine Luftblase taucht es immer wieder an der Oberfläche auf.

Allerdings, wenn es auch nur die geringste Möglichkeit gibt, ihr etwas von der Sorge zu nehmen, dann ergreife ich diese und momentan ist es das Beste für uns beide, erst einmal nicht an das Schlimmste zu denken.

* * *

NOAH:

„Noah?", vernehme ich Kims Stimme hinter mir im Großraumbüro.

„Ich bin hier", rufe ich aus der Teeküche, in der ich gerade meine leere Kaffeetasse in die Spülmaschine gestellt habe.

„Können wir gehen? Ich habe Elena schon dazu überredet, Nudelwasser aufzustellen, sodass du deine sagenumwobenen Spaghetti Carbonara kochen kannst."

„Hatten wir nicht gestern erst Nudeln?" Ich trete aus der Küche und bleibe direkt vor ihr stehen.

„Nein", sagt Kim gedehnt, doch das Funkeln in ihren Augen lügt nicht. „Ich weiß nicht, wovon du sprichst", grinst sie und ich kann einfach nicht anders, als mich davon anstecken zu lassen. Ich greife ihre Hand und wir verlassen das Präsidium.

„Danke, mein Schatz, dass du mit dem Nudelwasser angefangen hast", löse ich meine Tochter am Herd ab.

Sogar mit der Eier-Käse-Mischung hat sie schon begonnen, sodass ich ihr Werk nur noch vollenden muss.

„Ich esse aber nicht mit. Bin noch verabredet. Ach, und Oma hat angerufen, Nicky möchte doch dort übernachten. Oma bringt ihn dann morgen wieder hierher."

„Aha. Und wann kommst du wieder?"

„So gegen elf", ertönt Elenas Stimme aus dem Badezimmer, in das sie soeben verschwunden ist.

„Na, dann essen wir wohl nur zu zweit", sagt Kim und drängt sich zwischen den Herd und mich, um mir einen flüchtigen Kuss auf die Lippen zu hauchen.

„Bin weg, tschüss." Überstürzt verlässt Elena die Wohnung. Ich schnappe mir mein Handy von der Theke in der Küche und texte zwei Kollegen, die auf Elena aufpassen sollen, seit Michael wieder draußen ist, dass sie ihren Job machen und sie nicht aus den Augen lassen sollen. Um meine Tochter nicht zu beunruhigen, habe ich ihr noch nichts von Michaels Flucht erzählt. Doch natürlich lasse ich sie seitdem nirgendwo unbewacht hingehen. Die Kollegen sind in Zivil unterwegs und sollen sich so bedeckt halten, dass Elena nichts merkt.

„Das trifft sich aber gut, dass Elena jetzt weg ist, denn ich muss dringend mit dir reden."

Verunsichert drehe ich mich zu Kim um.

„In welchem Sinne reden?", hake ich mit zusammengezogenen Brauen nach.

„Können wir erst essen, bitte?"

„So schlimm?", frage ich. Nun beginnt sich doch langsam mein Bauch zusammenzuziehen.

„Nein ich habe nur tierisch Hunger", lächelt sie und drückt liebevoll meinen Oberarm. „Und außerdem soll man Nudeln nicht warten lassen."

„Von wem hast du das denn?", lache ich.

„Na, von mir. Von wem denn bitte sonst? Also die Spaghetti werden mir das nicht zugeflüstert haben. Obwohl …" Sie streicht sich ihr Haar hinters Ohr und hält den Kopf an den Herd, auf dem das Nudelwasser kocht. „Warte … Ah, doch jetzt. Siehst du, jetzt haben sie es auch nochmal bestätigt."

„Du bist verrückt."

„Jap. Nach Nudeln und nach dir", gibt sie zu und küsst mich erneut, ehe ich mich dem Essen wieder widmen muss, weil die Soße mit einem Zischen und einem leicht angebrannten Geruch unbedingt wieder nach meiner Aufmerksamkeit verlangt.

„Was möchtest du denn jetzt sagen?", schlinge ich mein letztes Bisschen hinunter.

„Ich weiß nicht, wie ich anfangen soll. Ehrlich gesagt, habe ich auch ein bisschen Angst."

„Angst vor was? Meiner Reaktion?"

„Den generellen Umständen, dass ich es nicht wirklich beeinflussen kann und es einfach auf mich zukommt, ohne dass ich mich vorbereitet fühle."

Ich schiebe meinen Stuhl ein Stück zurück und reiche Kim die Hand, die sie sofort ergreift. Ich ziehe sie zu mir herüber, sodass sie sich seitlich auf meinen Schoß setzen kann.

„Erzähl es mir einfach. Wir werden eine Lösung finden, aber so, ohne jegliches Wissen, kann ich dir nicht wirklich helfen."

Sie atmet einmal tief durch.

„Ich bin schwanger", nuschelt sie schnell und ich habe Mühe, sie zu verstehen.

„Du bist was?"

„Schwanger", sagt sie nun lauter.

„Wirklich?", frage ich und drehe ihren Kopf zu mir herüber. In ihren Augen flackert die Angst, die sie vorhin beschrieben hat.

„Es ist der denkbar ungünstigste Augenblick, ein Kind zu kriegen. Michael ist gerade wieder draußen, die Wohnung ist zu klein und sind wir beide überhaupt bereit für einen Säugling? Bin ich bereit, um Mutter zu werden?"

„Kim, ja. Ja, sind wir. Du machst das jetzt schon fantastisch mit Elena und Nicky und wieso solltest du es bei deinem eigenen Kind anders machen?"

„Elena und Nicky musste ich nicht großziehen. Das waren du und Marion …"

„Stopp", unterbreche ich sie. „Das mag wohl sein, aber du kommst an Elena auf eine Weise heran, die ich wahrscheinlich niemals verstehen werde und Nicky liebt dich abgöttisch. Ja, Marion und ich haben die zwei mehr oder weniger zu dem herangezogen, was sie jetzt sind, aber du bist nicht unbeteiligt. Elena hat sich deinetwegen verändert – zum Positiven."

„Bist du dir sicher?"

„Mehr als alles auf der Welt. Ich liebe dich und unser Kind werde ich genauso lieben."

Kim lächelt etwas hoffnungsvoller und ich lege meine Arme um sie. Sie lehnt sich in die Umarmung und wir verharren für einen Moment in dieser Position, bis sich Kim ruckartig löst.

„Was machen wir mit Elena?" Verdattert sehe ich sie an. Die Panik scheint in ihr zu wachsen. „Wir können ihr nicht sagen, dass wir ein Kind kriegen, nachdem sie ihres …" Sie spricht es nicht weiter aus, doch ich weiß, worauf sie hinauswill.

„Auch das schaffen wir. Elena wird darüber hinwegkommen. Sie wird sich auf ein kleines Geschwisterchen freuen. Ich denke, bei dir ist es anders, als wenn jetzt eine ihrer Freundinnen schwanger wäre."

„Vielleicht hast du Recht. Nichtsdestotrotz möchte ich es noch eine Zeit lang für mich behalten, wenn das für dich okay ist." Ich nicke und Kim schmiegt sich wieder an mich.

Kapitel 4

KIM:

„Mein Neffe." Er hält ihn in den Händen.

„Geh sofort weg von ihm", keife ich, doch Michael lacht mich bloß aus.

„Der Kleine hat ein Recht darauf, seine Familie kennenzulernen. In mir ist die gleiche DNA wie in meinem Bruder, *biologisch gesehen ist dieses Kind also auch mein Sohn."*

„Nein. Das ist er nicht und das wird er auch niemals sein!" Ich öffne die Schublade in der Küche, in dem das Besteck untergebracht ist, und ziehe ein Messer hervor, ehe ich schreiend auf Michael und meinen Sohn zu renne. Er geht einen Schritt auf die Seite, sodass ich gegen die Wand hinter ihm laufe. Bevor ich mich wieder aufrappeln kann, um meinen Sohn zu retten, schlingt sich die helle Tapete um meine Arme und Beine, sodass ich an der Wand festhänge. Ich strample und versuche wild um mich zu schlagen, doch es bewegen sich lediglich meine Fingerspitzen. Ich bin gefangen und Michael, der noch immer mein Kind auf dem Arm hält, schaut belustigt zu mir herüber. Er wendet sich dem Kind zu, das sich anschickt, gleich loszuweinen, und beginnt es auf seiner Hüfte zu schaukeln.

„Blut, Blut. Räuber saufen Blut. Raub und Mord und Überfall sind gut. Hoch vom Galgen klingt es, hoch vom Galgen klingt es: Raub und Mord und Überfall sind gut",

singt er leise und das Kind beruhigt sich. Ich zittere und fühle mich so hilflos.

„Noah", schreie ich laut durch die Wohnung, die mir mit einem Mal so fremd vorkommt. Das Kinderbett steht im Wohnzimmer und auch sonst ist alles, wie es vorher gewesen ist, aber das Gefühl, das in mir aufkommt, wenn ich in mich gehe, ist nicht mehr das gleiche wie zuvor. Der Ort lässt mir eine Gänsehaut über die Haut fahren und ein riesiger Schatten der Angst legt sich über mich, gegen den ich keine Chance habe, zu gewinnen.

„Papa wird nicht kommen", lacht jemand von der Seite. In der Stimme klingt tiefste Bosheit und Zufriedenheit mit. Ich neige meinen Kopf zu der Seite, von der ich die Stimme wahrzunehmen gedacht habe. Doch da ist nichts. Ich drehe mich wieder zu Michael um.

Auf einmal ist es Elena, die mein Kind hält.

„O Elena, pass auf. Michael ist hier. Bring dich und dein Geschwisterchen in Sicherheit und rufe die Polizei. Schnell!", fordere ich sie auf. Sie bleibt stehen und ein schelmisches, böses Grinsen breitet sich auf ihrem Gesicht aus.

„Das ist nicht mein Geschwisterchen. Es sollte mein Kind sein. Aber du ... Du hast mir alles genommen, was du nur konntest. Meinen Vater, mein Leben, mein Kind. Sogar Nicky vergöttert dich, aber in Wahrheit bist du die größte Heuchlerin, die die Welt je gesehen hat. Du gehörst nicht hierher."

„Da gebe ich der kleinen Göre Recht. Du gehörst zu mir. Ich liebe dich, wir sind füreinander bestimmt. Solange du das nicht einsiehst und endlich akzeptierst, wirst du weiter das Leben anderer zerstören. Nicht nur das deiner Familie, *sondern auch das von fremden Menschen, die komplett unschuldig sind und nichts damit zu tun haben.*

Ich habe dich gewarnt, Kim Foster. Du bist schuld, wenn Menschen sterben!"

***

MATHILDA:
Wow, dachte ich mir, als M. um die Ecke bog. Groß, muskulös, elegant, sexy. Er strahlte schon von Weitem viel Autorität aus, aber nicht so eine, vor der man Angst hat, sondern eine Kraft, der man vertrauen kann. Er würde sich durchsetzen, aber dabei niemanden verletzen. Die Liebe und Wärme, die von ihm ausging, erreichten mich schon, bevor er nah genug war, um ihn begrüßen zu können. Ein wohliges Kribbeln durchlief meinen Körper und ich fühlte mich in seiner Gegenwart sofort pudelwohl. Es war eigentlich nicht meine Art, mich mit Männern zu treffen, die ich online kennenlernte, denn man weiß ja nie, was auf einen zukommen könnte. Doch bei ihm hatte ich eine Ausnahme gemacht und ich bereute nichts.

Das war wahrscheinlich der erste Mann, der nicht bei seinem Profil auf *LoveBirds* gelogen hatte. Okay, er war aber auch einer der Typen, die es gar nicht nötig hatten.

„Hallo, schön dich zu sehen. Ich bin Mathilda", begrüßte ich ihn. Er überreichte mir einen Strauß mit Margeriten und wir gingen in das Lokal hinein. Er zog mir den Stuhl zurück und als ich mich hingesetzt hatte, schob er mich wieder an den Tisch heran.

„Danke", erwiderte ich und lächelte ihn breit an. Das Lächeln, das er mir daraufhin schenkte, ließ alles andere um mich herum verblassen. Es reichte bis zu seinen Augen und dieser attraktive Mann wirkte mit einem Mal noch viel schöner.

Was hatte ich ein Glück.!

„Wollen wir uns den Nudelteller teilen?", fragte er mich, als wir ein wenig später die Karte durchsahen. Einen teuren Wein hatte er schon bestellt und ich hielt nicht davon ab. Das würde der beste Abend meines Lebens werden.

„Ich mag keine Nudeln …"

„Wie, du magst keine Nudeln? Wer mag denn bitte keine Nudeln?", reagierte er entsetzt.

„Ich mag keine Nudeln. Ich esse lieber Reis oder Kartoffeln", schob ich hinterher.

„Verdammt", murmelte er und ich war mir nicht ganz sicher, was er meinte.

„Habe ich was falsch gemacht?", fragte ich daher entschuldigend.

Ein „Ja" ertönte, wie aus der Pistole geschossen. Erschrocken sah ich ihm in die Augen. „Nein, natürlich nicht", erwiderte er nun sanfter. „Es ist nur so, dass ich mir diesen Abend mehrfach vorgestellt und durchgespielt habe und immer haben wir Nudeln gegessen. Ich wollte doch nur alles richtig machen. Ich liebe Nudeln und ich dachte, bei dir wäre es vielleicht auch so. Es tut mir …"

„Du brauchst dich nicht zu entschuldigen. Ich finde das sehr süß."

„Echt?"

„Na klar. Welche Männer machen sich denn Sorgen, etwas falsch zu machen und spielen dafür ganze Abende durch?"

„Wahrscheinlich mehr, als die Frauen denken."

„Das kann durchaus sein. Trotzdem entpuppen sich die meisten Männer früher oder später als fieses Arschloch."

„Woher weißt du, dass es bei mir anders ist?" „Das weiß ich nicht, ich hoffe es nur inständig. Nenn mich ruhig naiv, aber so bin ich eben."

„Das finde ich schön."

„Danke. Aber wenn es dir so wichtig ist, würde ich sehr gerne mit dir den Nudelteller essen."

„Nein, dass musst du doch nicht."

„Ich möchte es trotzdem gerne machen", sagte ich und M. griff meine Hand fester.

***

MICHAEL:

Wie schön, sie steht schon da. Immerhin muss ich bei dieser Verabredung keine zehn Minuten warten.

Lächeln nicht vergessen. Du bist freundlich! Stell dir vor, Kim stünde da.

Ihre Haare heute in einen Zopf gebunden. Eine Strähne an der Seite ist geflochten, mündet aber ebenfalls im Zopf mit den anderen Strähnen. Ihr Kleid ist dunkelgrün, geht bis kurz über das Knie und betont ihre wunderbaren Augen so gut. Ein bisschen Make-Up hat sie sich ins Gesicht gepudert, erkenne ich, als ich näherkomme. Ihr roter Lippenstift scheint neu und der Lidschatten ist auf das Kleid abgestimmt.

Perfekt!

Diese Frau macht mich wahnsinnig!

„Hallo, schön dich zu sehen. Ich bin Mathilda", begrüßt mich die junge Frau, die vor dem Restaurant auf mich wartet, etwas schüchtern.

Nein, du bist Kim, denke ich mürrisch.

Ich überreiche ihr den Strauß mit Margeriten, den ich extra noch gekauft habe. Kim hatte vor zwei Tagen welche auf ihrem Esstisch platziert und sich augenscheinlich sehr gefreut. Ob sie von Noah kamen, weiß ich nicht. Leider kann ich sie nicht mehr so oft besuchen wie in ihrer alten Wohnung. Noah und das ausgebaute Sicherheitssystem am Haus machen es mir beinahe unmöglich, dass ich mich Kim in der Wohnung nähern kann.

Wir beide gehen in das Lokal hinein und setzen uns. Ein Kellner bringt uns die Karte, doch natürlich weiß ich, was ich nehme. Ich weiß auch, was Kim nimmt.

„Wollen wir uns den Nudelteller teilen?" Vor meinem inneren Auge sehe ich schon, wie Kim vor Freude die Augen aufreißt und mir küssend um den Hals fällt.

Tja, ich bin nicht wie Noah.

Ich mag Nudeln!

„Ich mag keine Nudeln …", trällert sie, als wäre es das normalste der Welt.

WAS?! NEIN! Natürlich mag sie Nudeln. Ich schaue die Frau, die mir gegenübersitzt, scharf an.

Es ist nicht Kim!

Vor mir sitzt nicht Kim, sondern Mathilda.

Mathilda Stewart.

Und sie mag keine Nudeln!

„Wie, du magst keine Nudeln? Wer mag denn bitte keine Nudeln?", mache ich meiner Empörung Luft.

„Ich mag keine Nudeln", antwortet sie keck. „Ich esse lieber Reis oder Kartoffeln."

Pfui.

„Verdammt", murmele ich frustriert.

„Habe ich was falsch gemacht?" Ihre Stimme wurde leiser und sie formulierte die Frage entschuldigend.

„Ja", antworte ich und könnte mich im gleichen Moment selbst ohrfeigen.

Du musst nett sein. Sie soll dir vertrauen! Zumindest so lange, bis du sie umbringst.

Scheiße!

„Nein, natürlich nicht", antworte ich daher noch und überlege mir eine Ausrede, wie ich das schnell wieder geradebiegen kann, ohne dass ich wie ein Idiot dastehe.

„Es ist nur so, dass ich mir diesen Abend mehrfach vorgestellt und durchgespielt habe und immer haben wir Nudeln gegessen. Ich wollte doch nur alles richtig machen. Ich liebe Nudeln und ich dachte, bei dir wäre es vielleicht auch so. Es tut mir …" Ich würde mich niemals entschuldigen. Sie wird mich unterbrechen in drei, zwei, eins …

„Du brauchst dich nicht zu entschuldigen. Ich finde das sehr süß."

„Echt?", spiele ich meine absolut nichtvorhandene Überraschung. Menschen sind doch alle gleich. So vorhersehbar.

„Na klar. Welche Männer machen sich denn Sorgen, etwas falsch zu machen und spielen dafür ganze Abende durch?"

„Wahrscheinlich mehr als die Frauen denken."

„Das kann durchaus sein. Trotzdem entpuppen sich die meisten Männer früher oder später als fieses Arschloch." Bei mir würde sie es erst merken, wenn sie sich nicht mehr retten könnte. Wenn ihr Schicksal besiegelt ist, würde sie es bereuen. Alles! Wahrscheinlich würde sie dann auch Nudeln mögen!

„Woher weißt du, dass es bei mir anders ist?"
„Das weiß ich nicht, ich hoffe es nur inständig. Nenn mich ruhig naiv, aber so bin ich eben."

Naiv!

„Das finde ich schön." Das ich sowas mal sagen würde. Ein eiskalter Schauer läuft mir über den Rücken.

Widerlich.

„Danke. Aber wenn es dir so wichtig ist, würde ich sehr gerne mit dir den Nudelteller essen."

Oh ja, das wirst du.

„Nein, dass musst du doch nicht."

„Ich möchte es trotzdem gerne machen", sagt sie und ich greife ihre Hand fester.

***

MICHAEL:

Dann ran ans Werk, denke ich mir und betrachte die Frau, die regungslos in der Ecke ihrer eigenen Wohnung hockt. Dieser Ort sollte eigentlich Sicherheit, Geborgenheit und ein Gefühl der Vertrautheit vermitteln. Ich kann mir ziemlich sicher sein, dass diese Frau diese drei Dinge gerade nicht empfindet. Ich habe diese Dinge auch nie empfunden, als ich noch *zu Hause* gelebt hatte. Mein Vater hatte sich alle Mühe gegeben, mein trautes Heim zur reinsten Hölle auf Erden zu machen und das im wahrsten Sinne des Wortes. Immer war er betrunken und immer hat er all seine Wut, die Noah in ihm auslöste, auf mich projiziert.

„*Dasselbe Gesicht, fast die gleiche Person*", erinnere ich mich an seine scharfen Worte. Den Satz hat er mir beinahe jeden Tag ins Gesicht gelallt, damit ich auch bloß nicht vergesse, warum ich so zu leiden hatte. Dabei konnte ich am wenigsten dafür, dass meine Mutter bei Noahs Geburt gestorben war. Ich hätte es auch lieber gehabt, sie kennenzulernen, aber Noah hat mir diese Möglichkeit mit seiner Geburt für immer verwehrt.

Ein Wimmern ertönt aus der Ecke und befördert mich ins Hier und Jetzt.

Nicht vergessen, warum du hier bist.

„Hallo, Mathilda", lache ich böse. „Bist du jetzt auch erfreut, mich zu sehen oder war das nur vorhin vor dem Restaurant so?" Ein weiteres Wimmern klingt aus der Ecke.

Wie Musik in meinen Ohren, seufze ich innerlich. *Ach, habe ich das vermisst im Knast.*

Ich würde es ganz langsam machen, nehme ich mir vor. Sie soll leiden und ich will endlich mal wieder ein bisschen Spaß haben. Spaß, der mir die letzten Monate verwehrt worden ist.

„Du magst also keine Nudeln", beginne ich die Tortur. „Wusstest du, Mathilda, dass ich Menschen, die keine Nudeln mögen, noch lieber und vor allem langsamer und qualvoller umbringe?" Sie sieht zu mir auf. Entsetzen ziert ihre weitaufgerissen Augen.

Man, fühlt sich das gut an.

„Ich hätte da wirklich ganz zauberhafte Ideen. Ich könnte dich mit Nudeln vollstopfen, bis du dich erbrichst und dann nach deinem Tod dein Blut durch Tomatensoße tauschen. Ziemliche Sauerei, aber das würde ich schon wieder sauber kriegen. Ich kriege eine Menge sauber. Die Mengen, die ich schon an Blut weggewischt habe, kannst du dir gar nicht vorstellen, Mathilda." Erneut fährt sie zusammen, als ich ihren Namen erwähne. „Auch gut ist die Vorstellung, dir die Haut abzuziehen – natürlich nur teilweise, wir wollen ja nicht, dass du direkt am Anfang stirbst. Wo wäre da denn der Spaß? Natürlich erstmal nur an den Armen und den Beinen. Mit den Hautlappen könnte ich dann verschiedene Nudelformen darstellen. Anschließend würde ich dir den Gallengang abklemmen, deine Galle herausnehmen – selbstverständlich auch dies bei Bewusstsein, es gibt immerhin mittlerweile gutes Zeug, dass Leute bei Bewusstsein hält – und dann deine Galle, vielleicht auch noch eine deiner Nieren zu Hackfleisch verarbeiten. Und mit ein wenig Blut, das du mir dann spendest, haben wir et Voilà ein mehr oder weniger vollständiges Nudelgericht." Ich stöhne vor in mir aufkommenden Glücksgefühlen. „Aber leider habe ich Pläne, Mathilda. Und an Pläne muss man sich halten. Immer. Stell dir vor, keiner würde sich mehr an Pläne halten. Es wäre das reinste Chaos auf dieser Welt. Daher wirst du leider auf andere Weise sterben müssen. Aber sei nicht traurig, sterben wirst du so oder so heute Abend."

Damit beende ich meinen Monolog und verfrachte die junge Frau in ihre Badewanne und binde ihre Fesseln an die Halterung des Duschkopfes. Ich lasse ein bisschen Wasser hinein und hole, während das warme Wasser die Wanne füllt, eine geschlossene Box aus meiner Tasche, die noch im Flur steht.

„Keine Sorge, ich habe nicht vor, dich zu ertränken. Das Wasser soll es nur unseren kleinen Freunden gemütlicher machen." Mit diesen Worten drehe ich das Wasser auch schon wieder ab und öffne vorsichtig die Box, deren Inhalt ich im nächsten Augenblick in die Wanne kippe. Vier kleine Frösche machen es sich auf Mathilda gemütlich.

***

Ich habe gesündigt!

O Michael, bitte vergib mir, denn ich habe gesündigt! Ich weiß, ich soll nichts mit deinem Ebenbild anfangen. Noah ist lediglich eine billige Kopie deiner Selbst und versucht dich nachzumachen. Ich habe es nun durchschaut und ab jetzt werde ich nicht mehr auf diese Masche hereinfallen, denn du bist der einzig Wahre, der einzige, an den ich glaube und den ich liebe. Mit ganzen Herzen. Du bist mein Ein und Alles.

Es tut mir unendlich leid, dass ich Noah für dich hielt, obwohl du so viel besser bist als er, als alle Menschen. Meine wahren Gefühle haben sich nun entblößt und führen mich zu dir.

Ich gelobe, dich von nun an auf ewig zu lieben und zu ehren.

Ich werde dich nicht mehr wie Noah sehen oder Noah wie dich. Ich werde nur noch dich sehen und Noah als das Böse!

Bitte vergebe mir meine Sünden!

Kapitel 5

KIM:

„Kommst du, Noah? Wir müssen los", rufe ich durch die Etage und warte auf meinen Partner, der noch einen seiner Berichte abzugeben hat. Dieser endlose Papierkram würde nie verschwinden, doch ist es die Arbeit auf der Straße wert. Diesen Job würde ich für nichts auf dieser Welt tauschen wollen. Es bedeutet mir viel Menschen zu schützen, Verbrechen aufzuklären und diese Welt zumindest etwas sicherer zu machen. Die Arbeit gibt meinem Leben einen Sinn und das liebe ich an meinem Beruf.

„Was habt ihr denn reinbekommen?", fragt Mia, die neugierig ihren Hals in meine Richtung streckt. Sie sitzt an ihrem Schreibtisch und bearbeitet ebenfalls noch unfertige Berichte, die abgegeben werden müssen, bevor sie wieder auf die Straße darf.

„Eine Leiche in der River Street."

„Irgendwas besonderes?", fragt sie in der Hoffnung, dass es vielleicht ja ein Großeinsatz sein könnte, bei welchem alle zur Verfügung stehenden Kräfte eingesetzt werden müssen. Das wäre ihre erlösende Flucht vom Schreibtisch in den Einsatzwagen, in dem sie sich um einiges wohlerfühlt als mit Papierkram überhäuft.

„Keine Ahnung. Es kann sein, dass sie in Verbindung mit der letzten Leiche von Noah steht, aber genaues weiß ich selbst noch nicht. Sanders ist schon vor Ort und Wilson startet auch gleich. Außerdem sei wohl auch ein Team gerufen worden, dass auf giftige Tiere spezialisiert ist. Wahrscheinlich ist da mal wieder irgendeine giftige Schlange ausgebüxt, die illegal angeschafft worden ist und nun einen Menschen auf dem Gewissen hat."

„Na dann, viel Glück", wünscht sie mir etwas resigniert darüber, dass mein Einsatz sie wohl doch nicht befreien würde, als Noah endlich angelaufen kommt und wir zum Auto eilen.

Ich setze mich gerade hinter das Steuer, als ein Anruf auf meinem Handy eingeht, den ich ganz geschwind auf die Freisprechanlage des Wagens umleite, sodass Noah und ich nun endlich zum Leichenfundort starten können.

„Foster", nehme ich den Anruf entgegen, während ich losfahre.

„Wann sind Sie endlich da? Ich warte schon seit 15 Minuten und mittlerweile ist sogar Wilson eingetroffen. Wenn Sie nicht in fünf Minuten vorfahren, haben wir gleich nicht nur eine Leiche." Damit wurde das Telefonat auch schon beendet.

„Vielleicht sollten wir einen Zahn zulegen, bevor Sanders Wilson noch köpft."

„Ich will dich nur kurz daran erinnern, dass ich keine Akte mehr abgeben musste, weshalb wir noch gebraucht haben."

„Ist ja gut. Ich übernehme die volle Verantwortung." Er hebt die Hände, als würde er sich ergeben und ein Grinsen ziert sein Gesicht.

„Was haben wir?", frage ich, als Noah und ich endlich den abgesperrten Bereich betreten.

„Das würde ich auch gerne wissen, Foster", ich drehe mich um. Vor mir steht Wiktor Constantin, hinter ihm wie immer sein Kameramann mit Fokus auf mir. „Ich möchte ein Exklusiv-Interview."

„Mr. Constantin, wie oft führen wir eigentlich dieses Gespräch? Warten Sie auf eine Presseversammlung oder Pressemitteilung des Reviers und Pressesprechers. Ich werde Ihnen nichts sagen und das sollten Sie mittlerweile wissen. Bleiben Sie ausnahmsweise auf der richtigen Seite des Absperrbandes, ansonsten muss ich Sie erneut wegen Behinderung der Justiz festnehmen. Machen Sie uns das Leben nicht so schwer." Mit diesen Worten kehre ich ihm wieder den Rücken zu und setze meinen Weg über die Straße hin zu einem Wohnhaus mit mehreren Apartments fort.

„Geben diese nervigen Schnüffler eigentlich nie Ruhe?", knurrt Noah.

„Dir ist bewusst, dass wir mehr oder weniger auch nervige Schnüffler sind?", kontere ich. Als mir bewusstwird, dass ich damit gerade das Verhalten dieses penetranten Journalisten irgendwie entschuldigt habe, gebe ich mir innerlich eine Ohrfeige. Natürlich ist unser Beruf anders als der von Wiktor Constantin.

„Mehr oder weniger!", betont Noah signifikant.

Wir laufen die Treppen des Hausflures empor, bis wir auf eine offene Tür treffen, an der keine neugierigen Nachbarn stehen, sondern ein Haufen verschiedenster Polizeibeamter mit unterschiedlichen Aufgaben herumwuselt.

„Foster, Jordan, endlich! Machen Sie, dass er aufhört, bitte", fleht uns Sanders an, der hilfesuchend aus einem der Räume gelaufen kommt.

Mein Blick schweift einmal von rechts nach links durch die kleine Wohnung. Noah und ich stehen noch immer unmittelbar hinter der Türschwelle, aber damit schon mitten im Flur. Vor uns geht eine Tür nach rechts, die wahrscheinlich ins Wohnzimmer führt, was ich aufgrund der grauen Couch, die in meinem Sichtfeld steht, vermute. Links befindet sich ebenfalls eine Tür, aus welcher Sanders soeben auf der Flucht vor Wilson rausgetreten ist.

Wilson hat einfach diese Art an sich, die Menschen vor ihm fliehen lässt. Auch wenn er an sich sehr nett ist, will sicherlich niemand die Details von Leichenwachs oder eines Opfers mit Gartenschlauch im Bauchraum zu hören kriegen. Alles, was er tut, macht er mit solch einer Euphorie, die wahrscheinlich gar nicht gesund ist, wenn man einen toten Menschen vor sich liegen hat.

„Was haben wir denn überhaupt?"

„Gut, dass Sie fragen", erwidert Wilson. „Ich vermute ja Phyllobates terribilis, also Dendrobatidae, die durch ihr Batrachotoxin eine Insufficientia cordis bei dem Opfer ausgelöst haben."

„Bitte was ist wer und wieso hat er was gemacht?", fragt Noah minimal überfordert. Und wenn es nicht so wichtig wäre, diese Informationen, was denn eigentlich hier passiert ist, zu erhalten, würde ich diese Szene wahrscheinlich überaus witzig finden.

„So redet er schon die ganze Zeit", sagt Sanders hilflos. Die Verzweiflung in seiner Stimme spiegelt sich auch in seinem Gesicht wider. Er wirkt etwas blass und die Augen weit. „Ich musste mir auch schon irgendwas zu Natriumkanälen und Chocó-Ureinwohnern aus Kolumbien anhören."

„Das ist wirklich cool", fährt Wilson unaufgefordert fort. „Batrachotoxin ist ein sogenanntes Krampfgift. Es wirkt an den spannungsabhängigen Natriumionenkanälen der Nervenzellen und verhindert eine Inaktivierung. Das bedeutet, die sind die ganze Zeit offen und erhöhen die Permeabilität von Neuronen in Muskelzellen. Dadurch findet keine Repolarisation mehr statt, sondern es handelt sich um eine irreversible Depolarisierung und Dauererregung der Zellmembran. Die Signaltransduktion kann also nicht wie sonst funktionieren, deshalb können sich die Muskelzellen nicht entspannen. Das ist schlecht für die Atmung und das Herz und führt zur Atemlähmung, also dem Erstickungstod und Herzversagen. Von Dendrobatidae, die für den Menschen lebensgefährlich sind, gibt es nur drei von eigentlich 250 vorkommenden Arten. All diese drei finden sich in Kolumbien wieder. Dort werden sie beispielsweise von den Chocó-Ureinwohnern für die Jagd mit Blasrohren verwendet. Sie wickeln die Tierchen beim Sammeln in Blätter ein, um nicht mit den Toxinen über deren Hautsekrete in Berührung zu kommen und spießen sie auf, um sie dann über dem Feuer zu …"

„Das ist bestimmt alles ganz spannend, aber was hat das mit unserer Leiche zu tun?", frage ich verwirrt und unterbreche so Wilsons Wortschwall, der in einem Tempo auf uns eingeprasselt ist, dass es an ein Wunder grenzt, dass ich alles verstanden habe. Na ja. Die einzelnen Worte habe ich verstanden. Aber keine Ahnung was er mit dem Natrium und der Kanalisation von uns wollte und was das miteinander zu tun hat,

„Nichts. Also doch. Eigentlich schon …"

„Wurde unser Opfer von einem indigenen Ureinwohner aufgespießt?", fragt nun auch Noah, der vermutlich genauso wenig von Wilsons Monolog verstanden hat wie ich.

„Wie kommen Sie denn darauf? Das ist ja absurd", meint der Rechtsmediziner leicht panisch, dass wir die falschen Schlüsse aus seiner doch so präzisen Erklärung ziehen.

„Sie haben doch was davon gesagt", rechtfertigt sich mein Partner trotzig.

„Chocó-Ureinwohner. Das sind …"

„Das interessiert uns nicht wirklich, wenn es den Fall nicht vorantreibt. Also, was haben wir?", versuche ich es erneut, indem ich Wilson erneut das Wort abschneide. Er sieht etwas gekränkt aus, aber wenn er nicht auf den Punkt kommen kann und es uns so erklärt, dass wir wissen, was Sache ist, stehen wir noch morgen hier.

Diesmal springt Sanders an Stelle von Wilson ein: „Eine Frau, Mathilda Forbes. Das ist ihre Wohnung und es finden sich keine Einbruchsspuren. Sie muss den Täter also hereingelassen haben oder er hatte einen Schlüssel. Die Leiche liegt im Bad in der Wanne – oder so."

Noah und ich werfen und einen fragenden Blick zu. Lauschen doch vorerst dem Rest, bevor wir unsere Fragen stellen.

„Ihre Handgelenke sind mit einem Strick an ein Holzbrett gebunden, das an die Halterung des Duschkopfes genagelt worden ist. In die Badewanne wurde Wasser eingelassen, jedoch wurde das Opfer nicht ertränkt. In der Wohnung wurden Frösche gefunden, die ..."

„Phyllobates terribilis", verbessert Wilson den Kommissar.

„Was bedeutet das überhaupt?", hakt Noah nach, weil Wilson diesen Begriff nun schon mehrmals erwähnt hat.

„Schrecklicher Pfeilgiftfrosch. Ist doch ganz einfach ‚phýllon' aus dem Altgriechischen „Blatt" und ‚bátēs' „Bespringer", also zusammen „Blattsteiger" und ‚terribilis' kann man sogar übersetzen, wenn man weder Altgriechisch noch Latein kann. Im Englischen „terrible", im Deutschen also „schrecklich". Ganz einfach." Natürlich macht der schlaksige Rechtsmediziner, der gleichzeitig auch noch die Abteilung der forensischen Entomologie abdeckt, eine Lehrstunde daraus, anstatt uns einfach die Übersetzung des wissenschaftlichen Namen zu sagen. Er klingt dabei so gelangweilt, dass ich mich etwas dumm fühle, nicht allein den Versuch unternommen zu haben, es wörtlich zu übersetzen. Denn leider – wie so oft – hat Wilson Recht und ‚terribilis‘ hätte ich mir wirklich selbst übersetzen können.

„Natürlich.“ Sanders verdreht die Augen. „Darf ich jetzt fortfahren, Wilson, oder wollen Sie noch etwas auf Altgriechisch erläutern?“

„Fragen Sie ihn doch nicht noch. Wilson, das war ein Witz, nicht ernstgemeint“, stoppe ich ihn, bevor er den Mund aufmachen kann und uns noch einen weiteren Exkurs zu Ureinwohnern gibt, die Frösche für Gift über dem Feuer braten.

„Die Frösche sind wahrscheinlich ihre Todesursache …“

„Hm, also so salopp kann man das nun nicht formulieren“, wirft der Entomologe ein und sieht bei Sanders‘ Wortwahl recht leidend aus.

„Wilson!“, rufen Noah und Sanders wie aus einem Munde. „Ohne die Frösche würde sie noch leben, also Tada: Todesursache. Sie haben schon genug Fachchinesisch gesprochen. Das können Sie in ihrer Gruft, wenn wir zurück sind, gerne nochmal verschriftlichen.“

„Ich kann überhaupt kein Chinesisch. Aber wussten Sie, dass …“

„WILSON!“

„Gehen Sie doch nochmal Frösche schauen. Dann müssen Sie nicht extra nach Kolumbien fahren“, schlage ich vor und ein Leuchten tritt in seine Augen und nimmt sofort Besitz von seinen Beinen ein, die ihn in das Wohnzimmer befördern, in dem die Frösche vorhin noch eingefangen worden sind.

„Danke", sagt Noah und haucht mir einen Kuss auf den Scheitel. Man spürt sofort, wie die Anspannung im Flur verpufft und alle Beteiligten sichtlich erleichtert in sich zusammensacken.

„Der Stress der Hochzeitsvorbereitungen von Sanders dürfte nichts im Vergleich zu Wilsons Anwesenheit sein", raunt mir Noah zu und ich unterdrücke ein Kichern. Die Hochzeit von Dajana Pavlovic und Kurt Sanders steht kurz vor der Tür und doch sieht man es den beiden kaum an. Beide wirken sehr gelassen und stets professionell am Arbeitsplatz. Na ja. Sofern Wilson nicht da ist.

Dajana kann tatsächlich sehr gut mit unserem merkwürdigen und anstrengenden Kollegen umgehen, während es Sanders jedes Mal auf die Palme bringt, mit diesem Menschen zu arbeiten. Wobei das vermutlich nicht an Sanders liegt, sondern an Dajanas Art. Sie kann mit jedem Menschen gut. Ich habe noch nie mitbekommen, dass sie jemanden nicht mochte oder mit jemandem nicht klarkam. Es ist bewundernswert, wie sie auf alle Menschen um sich herum eingeht und stets die richtigen Worte für die richtige Person findet. Ich bin mir sicher, dass man das nicht im Psychologie-Studium lernt. So ein Talent erfordert eine übermäßige Menschenkenntnis und Empathiefähigkeit.

„Also", nehme ich das Gespräch wieder auf. „Dieses Opfer wurde auch gekreuzigt? So wie das von vor ein paar Tagen?"

„Scheint zumindest so. Aber nicht nur das. Das Gift, das die Frösche über ihr Hautsekret weitergeben, konnte sich nur so schnell im Blut des Opfers verteilen, weil es auf direktem Wege in den Darm eintreten konnte. Das Folgende ist etwas eklig", warnt uns Sanders und geht zwei Schritte zurück, sodass Noah und ich einen freien Blick ins Badezimmer werfen können.

Dort zeigt sich etwas, das einem jeglichen Appetit vergehen lässt.

„Warum?", frage ich mich leise, doch kann ich meinen verstörten Blick nicht abwenden. Ich liebe Nudeln, doch in dieser Situation sind sie mehr als abstoßend.

„Ich glaube, unser Abendessen müssen wir nochmal überdenken, Kim", spricht Noah meine Gedanken aus.

Mathilda Forbes hängt an das Brett gebunden über der Wanne, sodass ihre Füße noch die Wasseroberfläche berühren. Sie muss post mortem aufgestellt worden sein, denn ihre Haare tropfen noch und auch ihre Finger sind ganz schrumpelig. In ihrer Darmgegend sind feine, fast schon chirurgisch präzise Schnitte, durch die Maccheroni geschoben worden sind. Durch den Kontakt mit dem Blut sind die Nudeln nicht nur weich geworden, sondern haben sich auch rosarot gefärbt. Ihr Bauchbereich sieht aus wie ein Igel mit hängenden, aufgeweichten Stacheln. Ich verziehe angewidert das Gesicht.

Immer noch am Tatort beschäftigt tigere ich einem Mann von der Spurensicherung hinterher, der mir gerade in allergrößter Ausführlichkeit erklärt, wie sich die Frösche wohl in der Wohnung bewegt haben. Ich bin mir ehrlich gesagt nicht sicher, wie wichtig das für den Fall sein könnte, lasse es aber stillschweigend über mich ergehen, als eine junge Frau in einem weißen Overall zu mir herübergestakst kommt.

„Sie leiten die Ermittlung hier, oder?", fragt sie, als sie bei mir angekommen ist.

Ich nicke der offensichtlich neuen Arbeitskraft des Spurensicherungsteams freundlich zu, sodass sie fortfährt: „Das hier habe ich hinten an das Querbrett des Kreuzes genagelt gefunden. Sanders meinte, dass ich das zu Ihnen bringen solle, weil sie sich darum kümmern." Sie überreicht mir einen blauen Briefumschlag und ich schnappe erschrocken nach Luft.

Michael!

Sofort nehme ich der jungen Frau den Briefumschlag, der sich zurzeit noch in einer Plastiktüte befindet, aus der Hand und schaue ihn mir von allen Seiten ganz genau an.

„Ist der schon auf DNA-Reste und sowas untersucht worden?", frage ich, während ich meine Einweghandschuhe aus der Hosentasche ziehe und mir überstreife. Auf das Nicken der Frau hin öffne ich die Tüte und nehme den blauen Umschlag in die Hand. Ich mache ihn auf und ziehe zwei Zettel heraus.

Hallo Kim,

na, hast du mich vermisst?
Du wunderst dich jetzt vielleicht, dass bei der ersten
Leiche kein Brief dabei war, aber ich wollte euch erst
noch etwas im Ungewissen lassen. Spätestens jetzt
würde es jedoch auffallen, weil einfach niemand so
perfekt Menschen inszenieren kann wie ich. Daher
kann ich nun zu meinem gewohnten Muster
zurückkehren.
Freue dich!
Mit jeder neuen Leiche wird ab sofort ein weiterer
Brief erscheinen.

Bis bald meine Liebe!
M.

Ich klappe den zweiten Zettel auf und beginne zu lesen:

Ich habe gesündigt!
O Michael, bitte vergib mir, denn ich habe gesündigt!
Ich weiß, ich soll nichts mit deinem Ebenbild
anfangen. Noah ist lediglich eine billige Kopie deiner

Selbst und versucht dich nachzumachen. Ich habe es nun durchschaut und ab jetzt werde ich nicht mehr auf diese Masche hereinfallen, denn du bist der einzig Wahre, der einzige, an den ich glaube und den ich liebe. Mit ganzen Herzen. Du bist mein Ein und Alles.

Es tut mir unendlich leid, dass ich Noah für dich hielt, obwohl du so viel besser bist als er, als alle Menschen. Meine wahren Gefühle haben sich nun entblößt und führen mich zu dir.

Ich gelobe, dich von nun an auf Ewig zu lieben und zu ehren.

Ich werde dich nicht mehr wie Noah sehen oder Noah wie dich. Ich werde nur noch dich sehen und Noah als das Böse!

Bitte vergebe mir meine Sünden!

***

KIM:

„Können wir jetzt anfangen?", frage ich ungeduldig und rutsche auf meinem Stuhl herum. Seit 15 Minuten heißt es: „Der und der kommt noch", „Ich gehe nochmal schnell auf die Toilette", „Ach, wenn die Person noch das macht, dann kann ich ja auch noch schnell telefonieren gehen". Es fühlt sich an, als würde die Zeit stillstehen und sich über mich lustig machen.

„Ich glaube, jetzt sind alle da", sagt Tucker, der zu meiner Rechten sitzt. Ihm gegenüber, also zu meiner Linken, hat es sich Noah bequem gemacht, dessen Hand friedvoll auf meinem Oberschenkel ruht und wahrscheinlich versucht zu bezwecken, dass ich mich nicht ganz so aufrege und lieber etwas herunterkomme. Außerdem sitzen noch Mia, Schmitz und Kuti auf der Seite neben Tucker, Wilson am Kopfende, mir direkt gegenüber und Sanders und Pavlovic neben Noah. Dabei fungiert Dajana als menschliche Trennung zwischen Sanders und Wilson. Der schlaksige Rechtsmediziner scheint es gar nicht zu bemerken, doch fliegen alle paar Minuten dunkle Blicke von Kurt Sanders zu ihm herüber.

Wenn Blicke töten könnten, denke ich, *dann würde Wilson seinen Leichen schon längst Gesellschaft leisten.*

„Gut, dann beginnen wir jetzt", eröffne ich offiziell diese Besprechung. „Noah und Sanders, die an beiden Tatorten waren, werden uns kurz nochmal zusammenfassen, was wir bisher haben. Bitte", deute ich ihnen weiterzumachen.

„Wollen Sie?"

„Machen Sie ruhig, Jordan", überlässt der Kommissar die Aufgabe Noah. Während dieser sich räuspert, ehe er loslegt, lehnt sich Sanders mürrisch nach hinten und verschränkt die Arme vor der Brust. Dajana wirft ihm einen kurzen, aber warmen Blick zu, wodurch Sanders sich zu entspannen scheint.

„Okay, na dann. Wir haben derzeit zwei Leichen, die ziemlich sicher zusammengehören."

„Inwiefern *ziemlich* sicher?", hakt Kuti nach.

„Die Opfer kennen sich nicht, zumindest haben wir keine familiäre Verbindung oder Ähnliches zwischen den beiden finden können. Sie leben in verschiedenen Bezirken, haben unterschiedliche Berufe und scheinen sich auch sonst im Leben nirgendwo über den Weg gelaufen zu sein. Allerdings wurden beide Frauen auf das Grausamste ermordet, teilweise gefoltert und gekreuzigt am Tatort vorgefunden. Nicht zu vergessen ist der blaue Brief, der am zweiten Tatort gefunden wurde. Gezeichnet wurde er mit „M." und wir können davon ausgehen, dass es sich Michael handelt, da die Parallelen zu den Liebesbriefen und auch der Schreibstil identisch scheinen. Trotzdem befindet sich der Brief momentan in der forensischen Linguistik, wo sich die Leute, die dazu ausgebildet sind, das Sprachbild nochmal genauer ansehen. Das Schriftstück besagt aber, dass die beiden Opfer zusammengehören und das ab jetzt auch jede Leiche von ihm wieder einen Brief mit sich bringen würde."

„Aha", murmelt Kuti, während sein Kugelschreiber über seinen Notizblock fliegt.

„Das erste Opfer hieß Frida Hendrix. Sie war 27 Jahre alt und arbeitete als Sekretärin an einer Privatschule. Ihr Blut war nicht mehr in ihrem Körper, sondern auf der Lichtung hinter der Schule verteilt, wo es durch einen Gartenschlauch, den wir gefunden haben, auf den Baum, an dem das Opfer hing, gespritzt worden ist. Als hätte es geregnet, alles war nass. Ein Blutregen. Das Blut kam von Frida selbst und wurde vorher durch Schnitte an Armen und Dekolleté aus dem Körper entnommen."

„Dabei muss das Opfer kopfüber gehangen haben. Die Schnitte waren nicht direkt tödlich, haben aber für einen hohen Blutverlust gesorgt. Das Blut, das aus ihr heraustropfte, muss der Täter mit einem Behälter aufgefangen haben", ergänzt Wilson und ich mache mich innerlich schon bereit, ihn zurecht zu weisen, wenn er wieder vom Thema abkommt. Doch ganz zu meiner Überraschung – zur Überraschung aller – hält er nach seinem Redebeitrag inne, schaut auf die Akte, die vor ihm liegt und schweigt.

„Danke, Wilson. Die zweite Leiche, Mathilda Forbes, war 34 Jahre alt und arbeitete viermal in der Woche als Tagesmutter. Sie passte auf insgesamt sechs Kinder auf. Sie wurde durch Pfeilgiftfrösche ermordet …"

„Ich finde immer noch nicht, dass man das so salopp sagen kann. Eigentlich ist das falsch. Die Frösche an sich waren ja nur Mittel zum Zweck. Das Batrachotoxin hat sie getötet. Und das konnte so schnell in ihre Blutbahn eintreten, weil ihr vorher Maccheroni in den Bauch gesteckt wurden, für die mehrere Schnitte an ihrer Bauchdecke vorgenommen worden sind."

„Na gut, dann hat das Gift sie getötet …", lenkt Noah ein, um so schnell wie möglich fortzufahren, ohne dass

Wilson weiter darauf beharrt, dass die Frösche nicht die Todesursache waren.

„Batrachotoxin."

„Ja, das Batradingsbums …", sagt Noah nun etwas genervt, doch kommt er mit seinem Satz nicht sonderlich weit.

„Batrachotoxin", beharrt Wilson.

„Batra- cho- toxin", spricht Noah es langsam, beinahe Silbe für Silbe aus, um nicht ein weiteres Mal von Wilson unterbrochen zu werden.

„Das Gift führte zum Ersticken. Die Einzelheiten habe ich schon vor Ort erklärt und ich bekomme sicherlich wieder Ärger, wenn ich es noch einmal wiederhole."

„Danke, Wilson. Ich denke, diese Informationen reichen uns erstmal, um arbeiten zu können. Wenn wir noch Fragen haben, wissen wir ja, an wen wir uns wenden müssen."

Der Rechtsmediziner nickt mir zustimmend zu und versinkt mit seinen Augen, gefolgt von seinen Gedanken, wieder in der aufgeschlagenen Obduktionsakte, die vor ihm liegt.

„Von wem sind die Leichen gefunden worden?"

„Die erste wurde von der engagierten Kunstlehrerin Miss Holl gefunden, die an diesem Tag den Hausmeister vertreten hatte. Die zweite wurde von einem gewissen Peter Dancliff gefunden. Nach eigener Aussage vor Ort sei er wohl eine Art Bruder für Forbes gewesen. Nichts Blutsverwandtschaftliches, eher so etwas wie beste Freunde seit der Kindergartenzeit. Schmitz hat seine

Aussage aufgenommen", beendet Noah die Zusammenfassung, sodass nun alle Beteiligten auf dem gleichen Stand sind.

„Ja, Peter wohnt seit ungefähr sieben Monaten mit Mathilda Forbes zusammen, weil seine Freundin ihn rausgeworfen hatte. Er hat einen Schlüssel zur Wohnung und kam gerade von der Arbeit, als er sie fand. Er arbeitet im Five Seasons, der Glücksspielhalle in der Raining-Avenue und hatte dort die Nachtschicht, weshalb er erst morgens nach Hause gekommen ist. Ich habe sein Alibi auch schon überprüft. Seine Kollegen bestätigten diese Aussagen und auch die Überwachungsbänder des Casinos zeigten ihn."

„Wie ist er auf diese Frauen aufmerksam geworden?"

„Die Sozialen Medien habe ich schon gecheckt. Instagram, Facebook, Twitter und Co. Sie folgen sich nirgends gegenseitig und auch ihre anderen Follower überschneiden sich nicht", erklärt Mia.

„Noah!" Kuti springt hektisch auf. So hektisch, dass Wilson neben ihm zusammenzuckt. „Hast du nicht vor der Besprechung gemeint, dass die beiden vor ihrem Tod Essen waren?"

„Beide waren in einem Restaurant, aber es waren verschiedene. Beide ohne Videokamera."

„Ist es dann nicht naheliegend, dass die beiden vor ihrem Tod ein Date hatten? Vielleicht mit der gleichen Person, die dann der Täter sein könnte. In dem Fall also Michael."

„Das stimmt. Kuti, du bist genial. Wieso bin ich da nicht draufgekommen?", wirft sich Noah vor. Auch ich klatsche mir innerlich mit der flachen Hand gegen die Stirn.

Wie konnte uns das denn bitte entgangen sein?

„Kann einer von euch verschiedene Dating-Apps mal befragen?"

„Bin gerade dabei", erwidert Susan Schmitz und tippt wild auf dem Bildschirm ihres Tablets herum. Sekunden und Minuten verstreichen, in denen die jüngeren Kollegen, Kuti und Schmitz, über ihre digitalen Geräte gebeugt sitzen und recherchieren.

„Verdammt", murmelt Kuti leise. „Auch nicht."

„Ich habe was." Schmitz blickt zu mir auf, ehe ihr Blick in die Runde abschweift. Ich werde unruhiger, nervöser und fange unwillkürlich wieder an, auf meinem Stuhl herumzurutschen. Der Druck, den Noahs Hand auf mein Bein ausübt, wird größer und in seinen Augen lese ich das Gleiche, das wohl in meinen geschrieben steht. In dem Blick, den Susan mir gerade zuwirft, liegt Wissen, Mitleid und Bangen. Das kann nur eins bedeuten.

„Fridas Profil ist noch aktiv, doch in ihrer Biografie steht keine Personenbeschreibung oder Details zu ihr, sondern ein … Sündengebet?" Den letzten Teil ihres Satzes hat sie als Frage formuliert.

„Wie, Sündengebet? Was muss ich mir darunter vorstellen?", fragt Mia und beginnt, kaum dass sie das Tablet in der Hand hält, vorzulesen:

„Ich habe gesündigt!

O Michael, bitte vergib mir, denn ich habe gesündigt! Ich weiß, ich soll keine anderen Männer neben dir haben, denn du bist der einzig Wahre, der einzige, an den ich glaube und der einzige, den ich liebe. Von ganzem Herzen. Du bist mein Ein und Alles.

Dass ich etwas mit Noah angefangen habe, war ein Fehler und ich bereue ihn zutiefst.

So erbitte ich deine Vergebung!

Ich gelobe, dich von nun an auf ewig zu lieben und zu ehren. An keinem anderen Mann werde ich jemals wieder meine Augen weiden, denn du bist der größte und der einzige für mich.

Bitte vergebe mir meine Sünden!"

„Das ist interessant." Pavlovic sagt zum ersten Mal etwas während dieser Besprechung. „Steht das bei Mathildas Profil auch? Hat sie überhaupt eins?"

„Moment." Mia reicht Susan das Tablet, sodass diese sich wieder an die Arbeit machen kann. Mit schnellen Fingern tippt sie auf ihrer Tastatur herum, was ab und an durch ein Scrollen auf dem Bildschirm unterbrochen wird.

„Selbst wenn Mathilda keins haben sollte, stand in dem Brief am Tatort das Gleiche drin." Ich reiche eine Kopie des Sündengebets herum.

„Tatsächlich hat sie auch einen Account. Hier wurde ebenfalls die Biografie durch das Sündengebet ersetzt. Merkwürdig."

„Was könnte das bedeuten, Dajana?", frage ich meine Kollegin.

„Genau kann ich dir das noch nicht sagen. Womit wir uns sicher sein können, ist, dass es sich um Michael handelt. Nicht nur, dass sein Name in diesem Gebet genannt wird, auch das *Jagdverhalten*", sie malt Anführungszeichen in die Luft, „passt zu seinem Wesen. Er spricht eindeutig von dir. Oder zumindest ist es so formuliert, dass es so wirkt, als würdest du ihn ansprechen. Wieso er jetzt allerdings in die religiöse Richtung geht, verstehe ich noch nicht ganz. Ich kann mir nur schwer vorstellen, dass jemand wie Michael gläubig ist. Für ihn steht er selbst über allem und jedem. Es gibt kein höhergestelltes Wesen als ihn. Er ist perfekt, er hat die Macht über alles und niemand sagt ihm, was zu tun ist. Die Zehn Gebote, die Bergpredigt, ach, was weiß ich nicht alles, dürften für ihn nicht mehr als ein schlechter Witz sein. Das passt nicht ins Bild." Der letzte Satz ist nur noch ein nachdenkliches Murmeln ihrerseits. Ihre Augen fokussieren einen Punkt auf dem Tisch und ich kann förmlich sehen, wie sich die Rädchen in ihrem Hirn drehen und sie nachdenkt.

„Aber es passt zu den Kreuzigungen der Opfer." Nickend stimmt Pavlovic – wenn auch etwas abwesend – Tucker zu.

„Ich werde die Sprache der Gebete nochmal in Ruhe analysieren und versuche, zu erklären, warum Michael plötzlich Religion mit ins Spiel bringt."

Damit beende ich die Besprechung. Während sich Dajana noch einmal den Sündengebeten und den Kreuzigungen widmet, kehren wir andere an unsere Schreibtische zurück und setzen uns wie so oft an unsere unfertigen Berichte. Wenn wir unsere Stapel nicht langsam abarbeiten, kriegen wir noch die Hölle heiß gemacht.

***

NOAH:

„Oh mein Gott", hauche ich, als Kim in ihrem blauen Kleid aus dem Schlafzimmer tritt. Ihre Haare sind zu einem halben Zopf nach hinten gesteckt, die übrigen Strähnen hängen gelockt herab. Ihre Ohrringe schimmern silbern und ergänzen perfekt ihr Kleid. Die Spaghettiträger ihres Kleides werden von dem hellblauen Bolero verdeckt, welcher bis zur Mitte ihrer Unterarme reicht und dabei ihre Hüfte, auf der das Kleid anliegt, betont. „Du bist wunderschön."

„Danke", erwidert sie mit einem verschmitzten Lächeln im Gesicht. „Du siehst aber auch nicht schlecht aus."

Ich lasse meinen Blick an mir heruntergleiten.

„Der Smoking ist an den Schultern etwas eng, aber das wird schon gehen." Meine Krawatte ist in dem gleichen Blauton wie Kims Kleid, sodass es unverkennbar ist, dass wir zusammengehören. Ich gebe ihr einen Kuss auf die Wange, als sie endlich im Wohnzimmer an der Couch neben mir angekommen ist, und lege meine Hände an ihren noch flachen Bauch. Bald würde man ihre Schwangerschaft sehen und dann würde die ganze Welt wissen, was für ein glücklicher Mann ich bin.

„Du kannst noch gar nichts spüren. Es ist noch viel zu klein", erklärt sie mir, doch das ist mir egal. In diesem Bauch wächst ein Kind, mein Kind. Ich zucke also mit den Schultern und ein Lächeln ziert mein Gesicht, dass sie anzustecken scheint.

„Mia hat mir gerade geschrieben. Die Kinder sind fertig und sie nimmt sie mit ins *Beer me up*." Das *Beer me up* ist unser Lieblingslokal in der Gegend. Es liegt auf der anderen Seite des Parks, der an das Revier grenzt. Somit ist es unser Stammlokal, wenn wir mit unseren Kolleginnen und Kollegen abends noch ein Feierabendbierchen trinken wollen. Dadurch ist es auch kein Wunder, dass Dajana und Sanders diese Lokalität als Veranstaltungsort für ihre Hochzeitsfeier gewählt haben.

„Es ist großartig, dass sie heute auf die Kinder aufgepasst hat. So hatten wir endlich mal wieder Zeit, die nur uns gehört", sage ich und Kim nickt zustimmend.

„Das war wahrscheinlich auch ihr Gedanke. Außerdem weißt du ja, wie sehr es Abby und Mia lieben, Kinder zu verwöhnen. Gerade Nicky und Elena."

„Mia und Abby kennen die beiden jetzt auch schon lange. Sie sind ja eher sowas wie Tanten für die Kinder."

„Da haben Nicky und Elena aber großes Glück."

„Das stimmt. Ach Gott", seufze ich. „Wenn Nicky zu viel Zucker intus hat, dann darf er auch gerne gleich da übernachten." Kim kichert. Ein bezauberndes Kichern, denke ich und nehme ihre Hand. „Können wir los?"

„Ja, gleich. Ich muss nur noch schnell Mimis Napf auffüllen, damit sie auch bloß nicht verhungert, während wir weg sind."

Hand in Hand schlendern wir vom Parkplatz zum Eingang des *Beer me up*. Ich öffne die Tür und stickige Luft hüllt uns ein wie ein Schleier. Man gewöhnt sich recht schnell an den hohen Kohlenstoffdioxidgehalt in der Luft und an die vielen Menschen, die alle dem Brautpaar ihre Glückwünsche vortragen wollen. Sanders und Pavlovic haben standesamtlich – nur zu zweit – geheiratet und feiern nun mit all ihren Freunden in unserer Lieblingskneipe. Ich bin mir sehr sicher, dass Sanders sich die Location ausgesucht hat, um nicht wieder so ein romantisches Fiasko wie bei der Verlobung zu erleben. Ein Wunder, dass Pavlovic ihn doch geheiratet hat, obwohl sie bei dem Heiratsantrag und seinem Versuch, romantisch zu sein, im Krankenhaus gelandet ist. Der Moment, in dem Sanders sich auf ewig der Romantik entziehen wollte und seitdem mit dem Kitsch auf dem Kriegsfuß steht.

Endlich sind wir an der Reihe, unseren Glückwunsch dem frisch vermählten Paar zu überbringen. Pavlovic trägt ein weißes, schlichtes Kleid, das bis zum Boden geht und an der Hüfte mit hübschen Rosenranken bestickt ist, während Sanders in seinem Anzug mal nicht wie ein Trauerkloß aussieht. Er lächelt sogar. Diese Frau scheint wirklich etwas mit dem Mann zu machen. Obwohl jedem hier klar sein sollte, dass wir sein griesgrämiges Gesicht spätestens bei der nächsten Leiche wieder begrüßen dürfen. Aber dieser Gedanke wird für die Feier erstmal verdrängt.

„Oh, Dajana. Du siehst wirklich unfassbar schön aus", fängt Kim an und umarmt ihre Freundin. „Ich freue mich so für euch und wünsche euch nur das Beste."

„Danke, Kim."

„Ihr seht glücklich aus. Beide."

„Das sind wir auch. Sehr glücklich", sagt Sanders und zieht seine Frau näher an sich heran, die ein freudiges Quietschen nicht unterdrücken kann.

„Ach übrigens", beginnt Dajana Pavlovic verschwörerisch und fasst Kim an der Hand. „Mia plant schon, wie und wo die Chancen am besten sind, dass du den Brautstrauß fängst. Ich glaube, als nächstes fängt sie an, die Frauen zu bezahlen, damit sie den Strauß nicht fangen."

„Oh Gott. Danke für die Vorwarnung. Ich gehe sie mal suchen. Wir sehen uns später", verabschiedet sich meine Freundin vorerst.

Kim und ich drängen uns an den anderen Gästen vorbei nach hinten, wo es ein bisschen ruhiger zu sein scheint. Die Wände sind mit Girlanden und weißen Luftballons geschmückt und es hängen Bilder des Brautpaares an den Seiten herunter – wahrscheinlich war das Pavlovics Anteil an der Dekoration und das hätte Sanders Pavlovic, wenn man sie gut kennt, auch nicht nehmen können. Auf den Tischen stehen Chips und kleine Salzbrezeln in bunten Schüsseln. Um diese herum verteilen sich kleine Konfettiherzen, die mittlerweile auch ihren Weg auf den Boden gefunden haben.

„Kim, hier sind wir", winkt Abby uns an einen Tisch hinten in der Ecke, den sie sich mit den Kindern gekrallt haben. Abseits ist es etwas leiser und man nimmt die Musik nur gedämpft wahr, wodurch es gleich viel angenehmer wird. Kim und ich setzen uns einander gegenüber, sodass sie auf der Seite mit Abby und Mia sitzt, während ich neben meinen Kindern sitze. Elenas grünes Kleid geht bis kurz über das Knie – also definitiv zu kurz! – aber ist sehr schick und es steht ihr wirklich ausgezeichnet. Nicky sieht in seinem etwas zu großen Anzug noch kleiner und noch viel niedlicher aus. Doch das wird vermutlich nicht mehr lange so bleiben, denn leider werden Kinder so schnell groß … Ich fahre ihm mit meinen Fingern durch seine lockigen Haare.

„Ey Papa. Da ist Haargel drin. Du musst vorsichtig sein."

„Ja, Noah, weißt du eigentlich, wieviel Arbeit es war, diese Haare zu bändigen?", werde ich von Mia auf der anderen Tischseite getadelt. Schnell ziehe ich meine Hand zurück und entschuldige mich in aller Form.

„Ihr zwei seht sehr süß aus", wendet sich Kim an Elena und Nicky. „Ihr zwei selbstverständlich auch", sagt sie nun zu Abby und Mia.

„Danke gleichfalls", trällert Abbys Frau. Wie so oft sind die beiden im Partnerlook gekleidet. Während Abby einen rosafarbenen Jumpsuit mit einem bunten Blumenmuster trägt, zeigt Mias Cocktailkleid das gleiche Muster. Es macht die beiden aus, sich so zu kleiden.

„So", Abby steht auf. „Jetzt wird aber erstmal angestoßen. Ich hole den Sekt. Noah, Kim, Mia für euch mit Alkohol, Elena alkoholfrei und Nicky einen O-Saft?"

„Ich hätte auch gerne einen O-Saft", sagt Kim, was aufgrund der Schwangerschaft auch nur sinnvoll ist. Mia verengt die Augen zu Schlitzen und fragt: „Warum? Du bist doch nicht etwa …"

„Nein. Mir ist heute einfach nicht nach Sekt. Ich würde viel lieber einen Saft trinken. Mehr steckt nicht dahinter", lügt sie.

„Sicher?"

„Ja, Mia. Sehr sicher. Außerdem haben Noah und ich abgemacht, dass ich fahre." Mia wirft Kim einen prüfenden Blick zu und schaut dann zu mir. Ich bestätige das Gesagte und Kim wirft ihrer Freundin ein mildes Lächeln zu.

Ohne mit der Wimper zu zucken. Ich bin beeindruckt.

„Sonst noch Änderungswünsche, bevor ich losmarschiere?"

„Ach Papa, kann ich nicht bitte einen normalen Sekt trinken? Nur einen. Ich bin doch schon siebzehn."

„Elena, mein Schatz, du wirst noch früh genug dazukommen, Alkohol trinken zu dürfen. Du kannst froh sein, dass du einen alkoholfreien bekommst."

„Papa, bitte. Komm schon. Nur einen." Ich sehe hilflos zu Kim hinüber, die mir ein ernstes Nicken zuwirft und ich verstehe.

„Einen", gebe ich nach. „Und danach bitte nichts Alkoholhaltiges mehr, ja?"

„Ja, Papa, danke. Du bist der Beste." Meine Tochter fällt mir überschwänglich um den Hals und Abby geht los, um unsere Getränke zu holen. Das Zwinkern, welches zwischen Elena und Kim ausgetauscht wird, kann ich nicht übersehen und ich schüttele belustigt den Kopf.

Frauen. Die stecken doch alle unter einer Decke.

***

KIM:

„Ich wusste gar nicht, dass du so gut tanzen kannst, Noah", lobe ich meinen Tanzpartner auf der improvisierten Tanzfläche der Kneipe.

„Ich habe viele versteckte Talente, die du noch nicht kennst. Ein paar könnte ich dir später zuhause noch zeigen", sagt er und zieht seine Augenbrauen anzüglich hoch, sodass ich lauthals anfange, zu lachen, was von der Musik jedoch übertönt wird.

„Du bist mir ja einer." Er zieht mich näher an sich heran und wir legen eine schwungvolle Drehung um die eigene Achse hin.

„Schaut mal da. Elena unterhält sich mit einem Typen", raunt mir Mia zu, die just in diesem Moment mit ihrer Frau an uns vorbeitanzt.

„Was?!" Noah reißt mich ein wenig unsanft ein weiteres Mal herum, um auch bloß genau hinsehen zu können.

„Entspann dich, Schatz. Was soll denn hier passieren?"

„Das Gleiche wie beim letzten Mal?"

Touché, denke ich. Wobei die Wahrscheinlichkeit, dass Elena nochmal von einem asozialen, vorbestraften Arschloch zu Dingen gezwungen wird, die sie nicht will, gering ist. Dafür sorgen sowohl Noah und ich als auch alle anderen, die Elena kennen und lieben. Nachdem sie erfahren hatte, dass sie schwanger war, wusste sie zunächst nicht, damit umzugehen. Auch als sie den Embryo verloren hatte, konnte sie nicht sagen, ob es für sie gut oder schlecht wäre. Natürlich war sie erleichtert, kein Kind ihres Peinigers gebären zu müssen und generell ein Kind auszutragen, denn das hätte sie sich nicht zugetraut, aber diese Fehlgeburt hatte sie auch nicht gewollt. In dieser Situation gab es nichts, was sie mitentscheiden konnte. Sie hat sich weder für die Schwangerschaft noch für die Fahlgeburt entschieden und damit hat sie sich sehr schwergetan. Aber nun hat Elena mithilfe einer Therapie und sehr viel Unterstützung angefangen, es zu verarbeiten und zu überwinden.

„Ich rede später mal mit ihr. Und in der Zeit hältst du dich bitte von diesem jungen Mann fern, klar? Er sieht nicht gerade aus, wie jemand aus dem Ghetto oder ein perverser Drogenmafiosi. Und dass er hier ist, bedeutet doch, dass er mit aller höchster Wahrscheinlichkeit zu Sanders und Dajana gehört. Er wird schon gescheit sein."

„Es würde trotzdem nicht schaden, ihm auf den Zahn zu fühlen und seine Absichten zu checken."

„Wenn es dich beruhigt, frage ich später auch mal Dajana", biete ich an.

„Das wäre sehr nett."

„Super. Dann ist das ja geregelt. Darf ich dann jetzt wieder mit meinem Freund tanzen, der mir seine ungeteilte Aufmerksamkeit schenkt?"

Ein weiteres Mal wirbelt er mich herum und wir tanzen bis zum Ende des Liedes Arm in Arm.

„Darf ich bitten?", fragt Nicky freundlich und hält mir seine Hand hin, während er in Abbys Richtung kichert, die im aufmunternd zwei Daumen in die Luft streckt.

Nachdem Noah und ich Weile getanzt haben, holt er uns nun zwei Wasser für die Verschnaufpause.

„Du willst tanzen?", frage ich Noahs Sohn. „Mit mir?"

Er nickt eifrig und seine Teddybär-Augen strahlen mir entgegen.

Wie könnte man diesen kleinen Mann abblitzen lassen?

Ich reiche ihm also meine Hand und lasse mich galant von ihm auf die Tanzfläche führen.

Er legt seine linke Hand an meine Hüfte und mit der rechten Hand hält er meine linke. Er schunkelt von dem einen Bein auf das andere. Der Beat der Musik hält sich absolut nicht an Nickys Taktvorgaben, aber das tut seinen Tanzkünsten keinen Abbruch. Eine Locke seiner Wuschelmähne hat sich von dem Haargel befreien können und schwingt mit unseren Bewegungen mit.

Ich löse mich für einen Moment von Nickys wundervollem Anblick und entdecke Noah, der an die Bar gelehnt steht und liebevoll in unsere Richtung sieht. Er lächelt mir zu und mein Herz schmilzt noch etwas mehr.

Diese Familie ist einfach fantastisch, denke ich. *Und ich bin ein Teil davon.*

Nach einer weiteren Pause, die meine Füße nun wirklich nötig hatten, will Elena ein Tänzchen mit mir wagen.

Ich springe nach einer kurzen Erholung auf und ziehe sie an der Hand hinter mir durch die Menschenmenge. Doch bevor wir die Tanzfläche erreichen, spricht jemand durch das Mikrofon und eine männliche Stimme hallt durch die Boxen und der Saal wird ruhig. Es ist ein Glückwunsch ans Brautpaar gerichtet. Doch auch nach diesem Toast geht die Party nicht weiter. Zuvor kommt die Aktion, die Mia die halbe vorherige Woche akribisch geplant hat:

Der Brautstrauß wird geworfen!

„Ach du heiliger Bimbam! KIM!!!", kreischt Mia. Im Schock erstarrt stehe ich am Rand der Tanzfläche, auf der vor wenigen Sekunden der Brautstrauß geworfen wurde. Das Blumengesteck in der Hand sehe ich Mia hilfesuchend an, doch sie ist kaum noch zu stoppen und erzählt allen Gästen der Hochzeit, dass Noah und ich bald heiraten würden.

In dem einen Moment diskutiere ich noch mit Mia, dass ich so einen Blödsinn nicht mitmachen möchte, und im nächsten Moment werde ich von dem bunten Blumenteil abgeworfen. Es ist einfach auf mich draufgefallen. Mia hat mich auf die Tanzfläche geschoben, weil ich noch nicht verheiratet bin und ich hatte wirklich nicht vor, das Ding zu fangen. Nein, im Gegenteil. Ich habe Mia versucht davon zu überzeugen, dass ich eben nicht bei den anderen hysterischen Frauen stehen möchte. Diese Diskussion hat sich jedoch als sinnlos entpuppt, denn Mia war eine von diesen Furien.

Mittlerweile sitze ich wieder hinten an unserem Tisch und starre noch immer auf die Blumen in meiner Hand."Heiratest du jetzt Papa?", fragt Nicky, der sich mit seinem Milchshake mir direkt gegenübergesetzt hat.

„Ähm …", fange ich an. Was zur Hölle soll ich denn darauf jetzt bitte antworten? Ja, Dajana hat ihren Strauß geworfen und ja, ich habe ihn mehr oder weniger gefangen, aber … Jetzt, während alles langsam zu sacken beginnt, wird mir klar, was das alles bedeutet. Und Mia macht es mit ihrer puren Freude und Hysterie nicht einfacher zu verarbeiten.

„Das werden wir sehen", antworte ich daher und werfe Noah einen hilflosen Blick zu, der in diesem Moment an unseren Tisch kommt und sich neben mich setzt.

„Mach dir keine Sorgen. Wir haben noch Zeit. Nur weil du die Blumen gefangen hast, müssen wir ja nicht direkt zum Standesamt fahren." Ich nicke ein wenig geistesabwesend.

„Machen wir erstmal einen Schritt nach dem anderen", ergänzt er noch und ich fasse mir unwillkürlich an den Bauch. Als ich hochschaue, hat Noah ein breites Lächeln im Gesicht.

„Genau."

Kapitel 6

FIONA:

„Michael", flüsterte ich leise und suchte in meinem Kopf nach einer Verbindung. Im gleichen Moment, als mir M. verriet, wie er wirklich hieß, beschlich mich ein ungutes Gefühl, dass bis jetzt immer noch anhält. Ohne dass ich weiß, wieso, wende ich den Blick ab, runzle die Stirn und denke angestrengt nach. Eine gefühlte Ewigkeit später fällt es mir wieder ein. *Michael Peters.* Von diesem Mann hat man in den letzten Monaten vieles im Radio gehört. Er soll wohl der Bruder eines Polizisten sein und ein Dutzend Menschen umgebracht haben. Der letzte Bericht handelte dann von seinem Prozess. Nachdem er nach der ersten Mordserie entkommen konnte, weil er erfolgreich seinen Tod vorgetäuscht hatte, war er nach der zweiten dran. Er wurde geschnappt, bevor er eine Frau vergewaltigen konnte, was er just in dem Moment, als die Polizei die Tür aufgebrochen hatte, tun wollte. So krass. Mittlerweile sitzt er irgendwo in der Pampa in einem Hochsicherheitsgefängnis und wird da wohl bis zum Ende seines Lebens wohnen dürfen.

Ganz schön viel Action für diese Stadt.

„Ist alles gut?", fragte mich der gutaussehende Mann, der für heute Abend mein Date war. *Michael.* Er hatte mich abgeholt und uns vor zwanzig Minuten Nudeln und Rotwein bestellt. Sehr romantisch!

„Klar", lächelte ich verlegen. „Dein Name hat mich nur an etwas erinnert, das ich vor ein paar Wochen im Radio gehört habe." Die Erklärung schien ihm nicht zu gefallen, denn er legte seine Stirn in Falten und seine verdammt hübschen Augen wurden für einen kleinen Augenblick ausdruckslos, ehe er sich wieder zu fangen schien.

„Ich weiß, was du meinst. Du spielst auf den Mörder Michael Peters an, nicht wahr?"

Etwas überfordert, die richtigen Worte zu finden, um die Wogen wieder ein wenig zu glätten, nickte ich langsam und erklärte dann: „Aber natürlich würde ich dich niemals mit ihm vergleichen. Tut mir leid, wenn es dich jetzt gekränkt hat. Ich sage einfach zu oft, was ich denke, und merke dabei nicht, dass es andere verletzen könnte. Vermutlich hast du diese Verbindung schon ein paar Mal zu hören bekommen."

„In letzter Zeit häufen sich diese Anspielungen tatsächlich", war das letzte, was er zu diesem Thema sagte, bevor er mit der Frage, ob ich die Nudeln ebenfalls so lecker finden würde, das Thema wechselte. Ich ließ den Richtungswechsel zu, denn ich hatte schon zu oft Männer nach dem ersten Date vergrault und heute sollte es zur Abwechslung mal anders werden.

***

MICHAEL:

Ich bin überrascht, wie schlau sie doch ist. Kurz nachdem ich ihr meinen richtigen Namen genannt und so das Geheimnis um „*M.*" gelüftet habe, kommt Fiona auf Michael Peters zu sprechen.

Ich habe also Eindruck gemacht.

Es ist schade, dass ich ihr nicht die Wahrheit sagen kann. Ihr nicht stolz von meinen Taten zu berichten in der Lage bin. Es ist frustrierend.

Aber ein Plan ist ein Plan und es gibt Regeln, an die man sich halten muss. Das bedeutet kein Prahlen, kein heimtückisches Lächeln! Nicht mal in Gedanken!

Wenn der Plan schiefgeht ...

Das ist meine letzte Chance auf ein Leben mit Kim. Also muss ich mich am Riemen reißen und meine Liste befolgen.

Den ganzen Abend über hat Fiona versucht, ihren Vergleich mit mir und Michael Peters wieder gut zu machen – wobei es eigentlich ziemlich gerechtfertigt war, immerhin bin ich tatsächlich Michael Peters. Da ich ihr das jedoch nicht sagen konnte und sie sich deshalb schlecht fühlte, machte sie sich während des gesamten Essens Gedanken über die Häufigkeit des Namens und zählte etliche Prominente mit derselben Namensgebung auf: Michael Jackson, Michael Jordan, Michael Mosley …

Nach dem Essen, verlassen wir das Restaurant, welches nur halb so gut war wie erhofft, allerdings muss ich, um nicht aufzufallen, auch hin und wieder unbekanntere

Gastronomien auswählen. Diese hier liegt im Stadtzentrum und auf dem Platz, auf den wir nun hinaustreten, werden wir von den bunten Reklameschildern der umliegenden Geschäfte begrüßt. Um mit meinem Plan fortfahren zu können, muss Fiona mir jetzt zum äußeren Rand der Stadt folgen, damit ich …

„Hey, schau mal da", werden meine Gedanken frech unterbrochen.

Fiona klebt an einer Schaufensterscheibe und deutet mit dem Finger auf etwas. Genervt atme ich ein, dann ermahne ich mich zur Ruhe. Ich muss mich natürlich verhalten und natürlich bedeutet in diesem Fall, mich für ihren komischen Kram zu interessieren.

Es ist ein Schmuckladen und hinter der Scheibe sind glitzernde Ketten, Ohrringe und was sonst nicht alles ausgestellt. Ich entdecke auch die Sicherheitskamera in der oberen Ecke und halte mit Bedacht etwas Abstand. Ich folge Fionas Finger und sehe, dass sie auf eine Bienenbrosche deutet.

„Ist die nicht hübsch?"

Überhaupt nicht.

Doch ich lächle nur und erwidere: „Ja, sehr hübsch." Dann sehe ich das nebenstehende Preisschild und schlucke.

Sie erwartet doch wohl nicht etwa, dass ich …?

Auf gar keinen Fall!

Ich blicke mich schnell um und entdecke einen kleinen Stand, der selbsthergestellte Süßwaren anbietet. Schnell tippe ich Fiona an und deute darauf.

„Nachtisch?" Hoffentlich beißt sie an und ich kann sie von dem verdammten Juwelier wegzerren.

„Gerne", ruft sie freudig und ich bin froh, sie damit ablenken zu können. Danach ist sie hoffentlich bereit, endlich mit mir mitzukommen. Bald ist meine Geduld wirklich am Ende. Der Verkäufer ist ein junger Kerl Mitte zwanzig, der Fiona gerade eine Tüte karamellisierter Nüsse gibt.

„Sonst noch was?", fragt er freundlich, während er allerdings nur Augen für mein „Date" zu haben scheint.

„Nein, danke", lehne ich ab und der Typ schaut mich nun enttäuscht an. Dafür habe ich keine Nerven, ich will endlich von hier weg und meinen richtigen Plan ausführen. Es kribbelt schon in meinen Fingern.

„Wollen wir weiter?", frage ich also Fiona, doch gehe schon los, ehe sie antworten kann. Sie folgt mir unbeschwert, glücklich über ihre Nüsse.

Das ist deine Henkersmahlzeit, denke ich und jetzt habe auch ich einen Grund glücklich zu sein. Gleich würde es losgehen.

∗∗∗

NOAH:

Ein Monster mit roten Augen und lechzendem Maul voller spitzer Zähne schaut mir entgegen. Ich laufe wenig beeindruckt an dem Filmplakat vorbei und atme noch einmal den Popcorn-Geruch ein, bevor ich Kim wie ein

Gentleman die Tür aufhalte und wir in die frische Nachtluft treten.

„Und wie fandest du den Film?", frage ich sie verschmitzt.

Kim rollt mit den Augen. Die Horror-Komödie, in die ich sie heute Abend ins Kino eingeladen habe, war geprägt von lahmen Witzen, abgedroschenen Klischees und furchtbarem CGI.

„Ein reines Fiasko", schimpft sie. „Dafür sollte man den Regisseur verklagen, wenn du mich fragst."

Wir müssen beide lachen. „Stimmt schon. Das war einer der schlimmsten Filme seit langem", bestätige ich sie.

„Ich meine, jeder hat ja wohl gemerkt, dass das kein echtes Herz war und die Schauspieler erst ..." Sie gestikuliert wild mit den Händen in der Luft herum, während sie amüsiert erzählt, weshalb der Film wohl ganz sicher keinen Oscar abräumen würde.

Um ehrlich zu sein, habe ich sie mit Absicht in den Film geschleift, eben weil er so schlecht sein soll. Und mein Plan ist aufgegangen, denn Kim wirkt um einiges unbeschwerter als noch vor der Vorstellung. Ich wollte sie mal wieder auf andere Gedanken bringen, damit sie nicht jeden Abend zu Hause sitzt und sich selbst Vorwürfe macht oder angespannt auf Neuigkeiten zum Fall wartet. Es ist mittlerweile normal geworden, jede Sekunde darauf gefasst sein zu müssen, dass eine neue Meldung über einen weiteren Mord eintrifft oder neue Maßnahmen ergriffen werden müssen, die uns dann die ganze Nacht wachhalten werden. Deshalb habe ich den heutigen Abend extra für uns beide frei gemacht und sie hierhergeführt. Kim hatte anfangs ganz schön protestiert, da sie sich nicht erlauben wollte, mal abzuschalten, doch irgendwie habe ich es geschafft sie zu überzeugen und nun laufen wir über den noch immer belebten Platz im Stadtzentrum. Sie quasselt lebhaft über die bescheuerten Effekte und es macht mich glücklich, sie so zu sehen.

„... da hätte man lieber ein Modell nehmen sollen, anstelle das Ganze am Computer zu basteln. Nicht das der Plot das wieder wettgemacht hätte."

Ich nehme schwungvoll ihre Hand. „Kim Foster, ich hätte nie gedacht, mal einer so berühmten Filmkritikerin über den Weg zulaufen", scherze ich.

Sie kichert. „Wenn ich mich noch einmal umorientieren müsste, würde ich nach Hollywood gehen und gute Filme über Vampire und Werwölfe drehen."

Während wir an den bunten Leuchtschildern vorbeigehen, diskutieren wir über weitere Filme und Serien. Wir kommen an einem Lokal vorbei, doch haben wir schon vor dem Kinobesuch etwas gegessen, also laufen wir weiter auf der Suche nach einer Bar, um noch etwas zu trinken. Ein großes, beleuchtetes Schaufenster zieht Kim magisch an und wir werfen einen Blick hinein. Schmuckstücke jeder Art glitzern in dem künstlichen Licht und verführen geradezu zum Kauf. Die Preise daneben schrecken hingegen wieder ab.

„Soo viel für eine kleine Brosche??", entfährt es Kim entrüstet und sie deutet auf eine Anstecknadel mit einer Biene.

„Hübsch ist sie aber. Nur nicht ganz dein Stil. Die Kette dort würde eher zu dir passen." Kim begutachtet die anderen Stücke, als mein Blick auf ein kleines Kätschen mit einem Ring fällt. Der Ring ist aus schlichtem Silber, allerdings von einem kleinen Diamanten gekrönt, der mir regelrecht entgegenfunkelt.

In meinem Hinterkopf macht etwas klick und ich speichere mir den Namen des Juweliers im Gedächtnis ab.

„Na komm, dass ist mir alles viel zu teuer. Außerdem rieche ich was Süßes", höre ich Kim sagen und sie zieht mich vom Schaufenster weg. Sie holt durch die Nase tief Luft und lokalisiert so die Quelle des süßen Geruchs.

„Schau mal dort." Sie zeigt auf einen Stand, der hausgemachte Süßigkeiten anbietet. Eine rot-blau gestreifte Markise spannt sich über die unzähligen Nascherein. Da türmen sich Bonbons in allen Formen und Farben, exotische Schokoladensorten, glasiertes Obst und karamellisierte Nüsse. Kims Augen leuchten, als wir darauf zugehen. Sicherheitshalber habe ich schon meine Geldbörse gezückt. Der Verkäufer ist noch jung und mit der Kasse beschäftigt, als wir an seinen Stand treten. Kim späht schon sehnsüchtig zu der Schokolade und ich muss gestehen, dass bei der Auswahl auch mir das Wasser im Mund zusammenläuft.

Vielleicht kann man sich ja eine Mischung zusammenstellen wie beim Kiosk früher. Der Verkäufer blickt nun auch auf und reißt die Augenbrauen hoch, als er mich sieht. Dann schaut er zu Kim und wieder zurück zu mir. Ein wissendes Lächeln zieht sich über sein Gesicht und ich bin einfach nur verwirrt, was gerade passiert.

„Guten Abend", begrüßt er mich überschwänglich.

„Ähm, Hallo?" Selbst Kim runzelt die Stirn bei dem Verhalten des jungen Mannes, doch sie ist in kürzester Zeit wieder von dem Angebot an Karies eingenommen.

Während sie also beschäftigt ist, beugt sich der Verkäufer über den Tresen zu mir und kommt mir unangenehm nahe, doch als Polizist merke ich, dass er mir offenbar etwas Vertrauliches mitteilen will. Umso mehr bringt er mich aus dem Konzept, als er sagt: „Du bist ja ganz schön auf Trapp. Sag mal, wie machst du das?"

Kennen wir uns? Habe ich etwas verpasst?

Nein, den Kerl hätte ich mir bestimmt gemerkt, wenn ich ihm schonmal begegnet wäre.

Im gleichen Flüsterton stelle ich erst einmal klar: „Sie dürfen mich gerne siezen. Ich befürchte, Sie verwechseln mich mit jemand anderem."

Abwehrend hebt er die Hände. „Sorry, Sie. Ich erkenne Sie genau, aber keine Sorge ich verrate nix."

Er zwinkert verschwörerisch in Kims Richtung. „Also bitte, geben sie mir 'nen Tipp, ja? Zwei Mädels an einem Abend? Und beide sind übelst …"

„Jetzt hören Sie mir mal zu, ich habe keine Ahnung, was Sie da faseln." Jetzt scheint er endlich zu verstehen, dass mein Unverständnis nicht gespielt ist und ich wirklich nicht den blassesten Schimmer habe.

„Aber ..., aber sie waren doch eben schonmal hier. Mit der anderen Frau. Haben welche von den karamellisierten Nüssen gekauft. Erinnern Sie sich nicht?"

Irgendwie wirkt er ernsthaft besorgt, als hätte er einen Dementen vor sich. In meinem Kopf haben jedoch schon längst die Warnsignale zu schrillen begonnen.

„Erzählen Sie mir bitte nochmal, wer genau hier war. Wann war das und was ist passiert?"

Unsicher schaut er sich um und tritt einige Schritte von dem Tresen zurück. „Woah ... jetzt mal halblang, ich glaube nicht, dass Sie ..."

„Was ist hier los?" Kim tritt zu uns und sieht fragend von mir zum Verkäufer.

Verdammt, eigentlich will ich Kim nicht beunruhigen. Gerade nicht heute, aber falls meine Vermutung stimmt, ist das hier von größter Wichtigkeit.

„Der Mann hier behauptet, jemanden heute gesehen zu haben, der aussah wie ich. Aber mich hat er heute garantiert noch nicht gesehen, verstehst du?"

Kim reißt die Augen auf. Sie sieht den Kerl an, der vermutlich gerade Schiss bekommt, weil er denkt, er hätte eine Affäre oder so etwas in der Art aufgedeckt.

„Erzählen Sie uns bitte alles, was passiert ist."

Von seiner lässigen Art ist nun nichts mehr übrig und der Typ gleicht eher einem verschreckten Hündchen.

„Hören Sie, ich will hier keinen Stress ..."

Als ich ihm meinen Dienstausweis unter die Nase halte, fängt er jedoch sofort an zu singen.

„Da war ein Kerl, der wie schon gesagt Ihnen von Kopf bis Fuß glich. Er hatte allerdings andere Sachen an und schien etwas in Eile. Die Frau bei ihm war etwas kleiner als Sie." Er nickt zu Kim. „Ich hab' beobachtet wie die beiden aus dem Restaurant kamen und vor dem Schaufenster des Juweliers standen. Dann kamen sie zu meinem Stand und haben eine Packung von den karamellisierten Nüssen gekauft. Dann sind sie in diese Richtung verschwunden." Er zeigt eine Straße hinunter.

Ich werde immer hibbeliger.

„Wann war das und was hatten sie an? Woran erkennen wir sie wieder?", frage ich eiligst.

„Die Frau hatte dunkle braune Haare. Schmales Gesicht. Sie trug ein schwarzes Kleid. Der Kerl hatte ein graues Hemd und dunkle Hosen an. Keine besonderen Auffälligkeiten sonst. Das ist alles ungefähr eine Viertelstunde her."

Kim und ich blicken uns an, wir wissen was jetzt zu tun ist.

„Bitte bleiben Sie hier, Sie müssen später nochmal eine Zeugenaussage abgeben", unterrichtet Kim den Mann.

Wir entfernen uns ein Stück von dem Süßigkeiten-Paradies, bei dessen Anblick Nicky vermutlich in Ohnmacht gefallen wäre, um ungestört reden zu können.

„Wir müssen ein Einsatzkommando rufen, im Zweifelsfall die Straßen sperren und wir sollten hinterher. Wenn das alles erst ein paar Minuten her ist, …"

„Auf keinen Fall!", unterbreche ich Kim. „Verstärkung rufen? Ja! Aber nicht hinterher. Wir sind nur zu zweit und außerdem unbewaffnet", versuche ich ihr klarzumachen.

Sie schüttelt stoisch den Kopf, dann gibt sie nach. „Du hast absolut recht. Tut mir leid. Du rufst Verstärkung und erklärst den Kollegen die Lage, ich frage im Restaurant nach Überwachungsaufnahmen zur Bestätigung."

Ich drücke ihre Hand und lächle ihr bestimmt zu.

„Gute Idee. Dann los."

Ein eiliges Telefonat, in dem ich die Kollegen auf der Wache informiert habe, später, kommt Kim frustriert aus dem Lokal zurück.

„Fehlanzeige", sagt sie, als sie bei mir ankommt. „Deren Sicherheitssystem muss überholt werden, seit eine Kamera von einem betrunkenen Kerl mit einem Schuh abgeworfen wurde." Ich setzte gerade zu einem bedeutungsvollen: „Bitte WAS?" an, da hebt Kim schon ihre Hand und stoppt mich. „Frag nicht, die Geschichte würde jetzt zu lange dauern. Ich musste sie mir eben auch schon anhören. Jedenfalls haben die seit circa drei Wochen keine Aufnahmen mehr."

Ich stöhne laut auf.

Kann eigentlich irgendetwas mal glattlaufen?

„Na toll. Ich habe angerufen und ein Team ist auf dem Weg, allerdings kann das noch ein paar Minuten dauern. Ich habe sie angewiesen, vorsichtig und unauffällig zu sein, damit wir Michael, falls er es wirklich ist, nicht verschrecken. Zumindest haben wir die Überraschung auf unserer Seite." Wir blicken beide zu dem Süßwarenverkäufer, der nun aus Nervosität angefangen hat, an seine eigenen Bonbons zu lutschen.

Wir denken beide das Gleiche. *Kann man seiner Aussage trauen?* Er hat keinen Grund uns anzulügen, doch wenn er sich einfach irrt? Allerdings müsste das schon ein ziemlich großer Irrtum sein, so wie er reagiert hat, als er mich vorhin sah. Wenn wir nur einen Beweis hätten, der über einen Verdacht hinausgeht, könnten wir mehr ausrichten. Eine Videoaufnahme zum Beispiel, aber die Sicherheitskameras des Lokals funktionieren leider nicht. Ich denke angestrengt nach. Wo könnte er noch auf einer Bildfläche aufgetaucht sein?

„Der Juwelier", platzt es aus mir hervor. Kim sieht mich fragend an, unwissend, was eben in meinem Kopf vorging.

„Der Typ meinte, die beiden Personen wären ebenfalls vor dem Schaufenster des Juweliers stehen geblieben, bevor sie an seinen Stand kamen", erkläre ich ihr meinen Gedankengang.

Sie schnippt mit den Fingern. „Und ein Juwelier hat ganz bestimmt funktionierende Überwachungskameras."

Eine Stunde später sitzen wir zu zweit frustriert am Straßenrand wie kleine Kinder, deren Ball über den Zaun des Nachbarn geflogen ist und keiner klingeln will.

Der Inhaber des Schmuckladens war gerade im Begriff gewesen den Laden zu schließen, als wir kamen und uns nach den Aufnahmen erkundigten. Eine Kamera war in der Tat auf die Frontscheibe gerichtet und zeigte auch ein Stück des Gehwegs. Zu besagter Uhrzeit standen auch zwei Personen davor, doch ihre Gesichter, das Wichtigste zur Identifizierung der beiden, waren abgeschnitten. Die Frau trug wie zuvor beschrieben ein schwarzes Kleid, doch der Winkel der Kamera schützte sie vor dem Erkennen. Der Mann hingegen hätte abgelichtet werden können, doch dieser stand nicht dicht genug an der Scheibe, weshalb auch er unerkannt blieb. Zwar kann man damit argumentieren, dass er die gleiche Statur wie ich hat, doch das reicht nicht. Wäre wenigstens die Frau erkennbar gewesen, dann hätte eine Identifizierung uns vielleicht geholfen herauszufinden, mit wem sie sich heute Abend getroffen hat. Die Aufnahmen sind also wieder unbrauchbar für uns und alles läuft nur auf Verdacht.

Das Einsatzkommando, welches vorhin eintraf, hatte zudem die Umgebung abgesucht, doch nirgends war auch nur eine Spur von zwei Personen, auf die die Beschreibung gepasst hätte Als hätten sie nie existiert.

Eben waren die Wagen wieder abgefahren, denn auch unser Zeuge, der Süßwarenverkäufer, hatte seine Aussagen wieder revidiert und gestammelt, dass er sich wohl geirrt haben muss. Er wollte anscheinend nichts mit der Polizei zu tun haben ... warum auch immer. Aber er ist auch noch jung und ungeschickt, wer weiß, was der vielleicht für Dreck am Stecken hat. Ich bin allerdings zu müde, um mich dafür noch zu interessieren.

„Kim?", murmle ich.

„Hm?" Sie hat die Knie angezogen und ihr Kinn darauf abgelegt.

„Tut mir leid, dass unser Date nicht so gelaufen ist, wie es eigentlich geplant war."

Sie seufzt. „Das ist doch nicht deine Schuld. Das konnte keiner ahnen."

Ich nehme ihre Hand und sie lehnt ihren Kopf an meine Schulter. So sitzen wir eine Weile in einvernehmlichem Schweigen da und genießen die Ruhe.

„Und was machen wir jetzt?", fragt sie dann und blickt zu mir auf. Ich lächle ein wenig.

„Naja, wir können immer noch etwas trinken gehen und uns einen schönen Abend machen. Wir müssen ja nicht direkt nach Hause gehen."

Sie lächelt. „Das wäre schön."

Gemeinsam stehen wir vom harten Boden auf und schlagen eine neue Richtung ein. In eine Straße, in der warmes Licht auf die Wege fällt und gemütsaufhellende Musik aus den Kneipen dringt. Eine Straße, in die uns Michaels Schatten nicht verfolgen würde.

***

MICHAEL:

Über uns laufen die Menschen und haben keine Ahnung, was sich unter ihnen abspielt. So ist das Ganze auch nicht geplant gewesen, verdammt. Ich trete gegen die harte Steinwand und fluche heftig. Dann atme ich ein paar Mal tief durch.

Bleib ruhig, ganz ruhig. Das ist bloß ein kleiner Zwischenfall, doch du kriegst das dennoch hin.

Wer hätte auch wissen können, dass Kim und Noah ausgerechnet am selben Abend in der gleichen Umgebung sein würden. Hätte nur noch gefehlt, dass sie am Nachbartisch des Restaurants gesessen hätten.

Scheiße!

Ich atme erneut kontrolliert und diesmal beruhigt sich mein Puls wieder. Nur knapp bin ich entkommen, als ich plötzlich die Polizisten gesehen habe. Sie kamen gerade in unsere Richtung und im letzten Moment konnte ich Fiona in eine enge Gasse zerren. Ab dem Moment war ich ihr äußerst suspekt, doch bevor sie auch nur einen Mucks herausbringen konnte, hatte ich ihr schon einen Revolver in den Rücken gedrückt und ihr geraten, meinen Anweisungen zu folgen.

Der einzige Ausweg: die Kanalisation. Ich habe die unterirdischen Gänge der Stadt – wie ich sie gerne nenne – schon früher genutzt, um mich schnell und ungesehen durch die Nacht zu bewegen, doch heute sollte das eigentlich nicht der Plan sein. Dennoch sitzen wir jetzt hier unten. Fiona zittert heftig, obwohl sie sich hier unten ihren Mantel angezogen hat, und schaut sich immer wieder ängstlich um, während ich weiterhin die Waffe auf sie gerichtet halte. Weglaufen wird sie auf jeden Fall nicht. Angestrengt denke ich nach, wie ich mein Vorhaben doch noch in die Tat umsetzten kann, auch wenn der eigentliche Ablauf gestört wurde.

Mein wunderschöner, perfekter Plan. Ruiniert!

Wenn wir den Tunneln folgen, dann erreichen wir am Stadtrand raus und ich komme an meine Utensilien. Doch es würden welche fehlen, zudem muss ich einen neuen Ort auswählen. Es kann viel schiefgehen und ich muss im Zweifelsfall improvisieren. Improvisieren. Ich hasse dieses Wort. Einen ausgeklügelten Plan improvisieren, ich könnte heulen.

Nichtsdestotrotz bleibt mir wohl nichts anderes übrig. Ich stoße Fiona also an und wir marschieren durch die dunkle Kanalisation.

Wenig später krabbeln wir aus einem Gulli am Rande der letzten Häuserreihen und ich schiebe die zitternde Frau ungehobelt vor mir her. Für Höflichkeiten ist es jetzt ohnehin zu spät. Unweit des Lochs, aus dem wir gekrochen sind, steht mein Leihwagen versteckt in der Böschung. Durch die Zeitverzögerung macht es keinen Sinn mehr loszufahren, da ich mein Vorhaben nicht mehr rechtzeitig ausführen kann. Dementsprechend muss ich jetzt nehmen, was ich kriege. Mein Blick fällt wieder auf den offenen

Kanaldeckel und mir kommt eine Idee. Ich öffne eine Tür des Autos und hole eine Tasche hervor, deren Inhalt bei Bewegung klappert.

Dann zeige ich mit der Waffe erst auf Fiona, dann wieder auf die Pforte zur Unterwelt.

„Nochmal runter!"

Gehorsam klettert sie wieder in die Tiefe und ich folge ihr. Über mir ziehe ich den Deckel zu, hier wird niemand mehr rauskommen. Mit meiner Handytaschenlampe leuchte ich den Weg und orientiere mich an dem Kartennetz der Kanalisationswege, das ich ebenfalls auf meinem Telefon gesichert habe. Vor einiger Zeit habe ich nicht allzu weit entfernt etwas entdeckt, wofür ich damals keine Verwendung hatte, doch nun würde sich dieser Fund bezahlt machen.

Vor dreißig Jahren wurde umgebaut und ein Stadtteil umgesiedelt, woraufhin auch die Abwasserkanäle neu gelegt werden mussten. Die alten wurden einfach zugemauert, dort, wo es keine Verwendung mehr für sie gab, und so entstand ein abgeschotteter Teil, der nie mehr betreten werden sollte. Doch, wie gesagt, habe ich dort einmal etwas Interessantes entdeckt: Der Mauerstein bröckelt und bröselt. Vermutlich wegen der Feuchtigkeit und es dürfte nicht unmöglich sein, den alten Zugang wieder freizulegen. Ich taste nach meinem Notfallbrecheisen in der Tasche, welches immer wieder gegen die Gläser klirrt, die ich ebenfalls noch benötigen werde, sowie das Seil, das nie fehlen darf und einem Messer. Das muss jetzt einfach klappen, verdammt.

Mein Griff um die Waffe wird fester und ich stoße Fiona den Lauf in den Rücken, damit sie an Tempo zulegt. Sie atmet abgehackt und Schweißperlen glänzen auf ihrer Haut, obwohl es hier unten ziemlich kalt ist. Selbst ich hätte jetzt gerne eine Jacke.

„Bit-bitte", wimmert sie. „Ich hab' Klaustrophobie ..."

Ich grunze. „Das wird bald deine geringste Sorge sein, glaub mir."

Wir gehen weiter durch die dunklen Gänge, denn die Neonröhren leuchten nicht, wenn niemand in den Tunneln sein soll und wir sind definitiv nicht erwünscht hier unten. Ein Unbefugter würde bestimmt Panik bekommen, denn immer wieder sind Laute zu vernehmen. Ich weiß, dass sie vom Fließen des Abwassers, den Menschen oben auf den Straßen oder den Ratten kommen, die hier unerwünscht nisten. Dennoch kann man schnell paranoid bei dieser Geräuschkulisse werden.

Ich hingegen genieße es gerade, denn es gibt mir wieder die nötige Kraft und Konzentration. Fast hätte ich vorhin die Beherrschung verloren, doch das würde mir nicht nochmal passieren. So oder so ist meine Laune jetzt allerdings im Keller.

Fiona wispert irgendwas, doch ich verstehe ihr Gemurmel nicht.

„Wenn du schon reden musst, dann wenigstens so, dass ich mithören kann", nörgele ich.

„Du bist Michael Peters aus den Nachrichten, nicht wahr? Der Mörder", hebt sie nun ihre Stimme.

„Echt, was hat mich verraten? Die Waffe, die Flucht vor der Polizei oder etwa der Fakt, dass wir durch die Kanalisation staksen?"

„Wo gehen wir hin? Ich will nicht …"

Sie verstummt, als wir vor einer Mauer stehen bleiben. Hier haben wir unser Ziel erreicht. Man erkennt noch den ursprünglichen Durchgang und der zugemauerte Part ist aus einem anderen Stein. Ich streife mit einer Hand über den Mörtel und kleine staubige Klümpchen zerbröseln unter meiner Berührung.

„*Perfekt.*" Damit Fiona nicht abhaut, während ich mich durch die Wand arbeite, fessle ich sie mit Hilfe des Seils und lasse sie anschließend auf dem kalten Boden liegen.

Mit dem Brecheisen mache ich mich ans Werk und versuche den Mörtel ganz zu lösen, damit ein kleiner Spalt entsteht. Da die Mauer nur den Zugang verwehren soll, um den alten Abwasserkanal abzutrennen, ist der Stein nicht besonders dick und nach einiger Zeit stößt mein Eisen nach hinten ins Leere. Mit Kraft und Anstrengung heble ich weiter und tatsächlich geben die Steine irgendwann nach und ein Durchgang wird freigelegt. Schweiß rinnt mir von der Stirn, doch ich bin zufrieden. Ich leuchte in die Dunkelheit und erkenne mehrere Gänge, die ins Nichts zu führen scheinen. Hier würde niemand so schnell nach ihr suchen. Wir quetschen uns durch die Öffnung und ich leite uns immer tiefer in die verborgenen Gänge, bis wir auf einen Raum stoßen, in dem sich zwei Kanäle treffen und eine erhöhte Plattform den Kanalarbeitern dazu dienen sollte, die Ordnung hier unten zu kontrollieren. Die Ebene umfasst zudem ein Geländer und endlich sehe ich meinen Plan wieder vor meinem inneren Auge erblühen. Meine Mundwinkel ziehen sich nach oben und endlich bessert sich meine Laune an diesem verfluchten Abend.

Mein Telefon zeigt an, dass es nun zwei Uhr in der Nacht ist und für mich wird es auch bald Zeit, den Heimweg anzutreten. Fiona hängt mit ausgestreckten Armen am Geländer gefesselt. Näher kann ich einem Kreuz nicht kommen; allerdings ist die Intention klar erkennbar und mein Brief ist ebenfalls an Ort und Stelle – er steckt in Fionas Manteltasche und nur eine blaue Ecke schaut heraus.

Nun würde das Wichtigste kommen. Aus meiner Tasche hole ich zwei Gläser, bei dessen Inhalt es überall am Körper zu kribbeln beginnt. In einem Glas sind Dutzende Stechmücken, die in ihrem Gefängnis herumschwirren. In dem anderen Glas befinden sich sogenannte Neuwurm-Schraubenwurmfliegen. Sie würden heute ausnahmsweise einmal meine Arbeit übernehmen. Doch bevor ich sie freilasse, muss ich noch sicherstellen, dass sie ihre Futterquelle klar erkennen.

Mit dem Messer füge ich Fiona eine Wunde am Bauch zu. Nicht zu tief, damit sie nicht vorzeitig am Blutverlust oder an Organschäden stirbt.

Fiona ist währenddessen nur am Rumheulen und schnieft immer wieder. „Bitte, bitte, ich will nicht sterben. Ich will nach Hause ..."

So sehr mir ihre Klagelaute auch gefallen, habe ich doch etwas Sorge, dass die Tunnel ihre Schreie bis in den genutzten Teil der Kanalisation tragen, und so nehme ich das letzte Stück des Seils als Knebel und bringe sie damit zum Stillschweigen.

Zufrieden, diese Nacht doch noch zum Guten gewendet zu haben, gehe ich nun endlich zurück und lasse Fiona mit der Dunkelheit und ihren neuen kleinen Freunden allein. Es wird dauern, bis sie dort gefunden wird und bis dahin hat sie Zeit zu sterben. *Wie eine Art Oubliette*, denke ich an die unterirdischen Kerker, in welche man früher Gefangene gesteckt hat, um sie dort einfach zu vergessen und zum Sterben zurückzulassen.

***

Ich habe gesündigt!

O Michael, bitte vergib mir, denn ich habe gesündigt! Ich weiß, ich soll deinen Namen nicht durch den Schmutz ziehen. Indem ich allen erzähle, dass du ein böser Mensch seiest, verleumde ich dich nicht nur, sondern missbrauche auch deinen wundervollen Namen. Du hast das gar nicht verdient, denn du bist der einzig Wahre, der Einzige, an den ich glaube und den ich liebe. Mit ganzen Herzen. Du bist mein Ein und Alles.

Deinen Namen in die Schlammschlacht um die verschiedenen Opfer hineinzuziehen und mit ihm für Angst und Schrecken unter der Bevölkerung zu sorgen, war ein Fehler. Der Name *Michael* ist zu gut, zu perfekt, um einfach so missbraucht zu werden. Er muss mit Anmut, Liebe und Ehrfurcht über die Zunge gehen.

Ich gelobe, dich von nun an auf ewig zu lieben und zu ehren. Ich werde deinen Namen nur noch in Verbindung mit Lob und Liebeserklärungen erwähnen.

Bitte vergebe mir meine Sünden!

Kapitel 7

KIM:

„Hi, Kim", begrüßt mich Dajana Pavlovic, als ich in ihr Büro ein paar Etagen über meinem eigenen Arbeitsplatz eintrete. Nachdem ich die Tür hinter mir schließe, aus der mir einige Augenblicke zuvor Sanders entgegengetreten ist, ist Dajana noch damit beschäftigt, den Verpackungsmüll eines bestellten Mittagessens zu entsorgen. Ich vermute, dass sie zusammen mit Kommissar Sanders gegessen hat. Immerhin verzichten sie im Moment auf ihre Flitterwochen.

Naja, aufgeschoben ist ja nicht aufgehoben …

Aber sie wollen erst den Fall abschließen, bevor sie uns allein lassen, wofür ich den beiden sehr dankbar bin. Ohne Dajanas Hilfe wären uns wahrscheinlich schon einige Straftäter entkommen.

„Ich habe mir diese Sündengebete nochmal angeschaut und auch die Tagebucheinträge und Liebesbriefe, die er dir gewidmet hat, zu Rate gezogen", fährt Dajana Pavlovic fort, als der Müll beseitigt ist und ich bis zu ihrem Schreibtisch vorgedrungen bin.

Es ist ein ordentlich aufgeräumter, kleiner Raum und somit das komplette Gegenteil von Tuckers chaotischem Schreibtisch im Großraumbüro unten. Die Fensterbank wird von hübschen Orchideen geziert, die unter meinen Fittichen wahrscheinlich schon längst verkümmert wären.

Ein grüner Sessel und eine Stehlampe, die in einer der Ecken stehen, lassen den Raum weniger wie einen Arbeitsplatz wirken. Es hat eher den Flair und Charme einer süßen Bibliothek. Immerhin sind die Regale an den Wänden bis oben hin mit Fachliteratur gefüllt und das angenehme, orangefarbene Licht sorgt für eine gemütliche Atmosphäre. Pavlovic sitzt in der Mitte des Raumes an ihrem Schreibtisch, auf dem ebenfalls eine kleine Zimmerpflanze steht. Ein Ordner, ein Block und verschiedene Textmarker verschlucken die weiße Arbeitsfläche vor ihr.

„Oh wirklich? Und was ist dabei rausgekommen?", frage ich ein wenig verunsichert. Die Liebesbriefe sind mir noch immer unangenehm und es macht mich wütend, dass er die Menschen alle meinetwegen umgebracht hat. Er hat eine ganze Familie mit zwei kleinen Kindern getötet. Julius, der jüngere der Brüder, war nicht älter als Nicky oder Colin gewesen. Und doch ist er nun tot.

„Ich bin mir immer noch nicht zu hundert Prozent sicher. Das mit der Religion passt absolut nicht zu ihm und ich kann mir nicht vorstellen, dass er gläubige Beweggründe hat. Für mich sieht das im Moment so aus, dass Michaels Morde als Metapher zu verstehen sind. Die Frauen stehen wie bei den Liebesbriefen für dich. Sie sollen dir deine Schuld bewusst machen, dass du nicht mit ihm zusammen bist."

„Aber wieso habe ich eine Schuld deswegen?", frage ich resigniert und lasse mich in den grünen, gemütlichen Ohrensessel fallen, der bei Pavlovic im Büro steht.

„Das ist das Spannende. So wie ich das sehe, hat er eine verzerrte Wahrnehmung beziehungsweise ist dabei eine solche zu entwickeln. Schauen wir uns mal den zweiten Liebesbrief an, den wir damals gefunden haben." Dajana reicht mir eine Kopie, in der einige Sachen angestrichen sind und der Rand so voller handschriftlicher Notizen ist, dass er unter diesen kaum mehr zu erkennen ist.

„'Deine Augen waren anfangs noch grün, jetzt sind sie Smaragde. Dein Haar, welches ich vorerst als braun wahrnahm, erstrahlt nun in schimmernder Bronze. Deine Haut schillert wie Perlmutt in dem neuen Licht, in dem ich dich zu betrachten begann, und deine Lippen sind so rot wie das Blut, das an meinen Händen klebt.' Mal abgesehen davon, dass die Beschreibung, die er für dich gewählt hat, der von Schneewittchen ähnelt – Haut so weiß wie Schnee, Lippen rot wie Blut und Haare schwarz wie Ebenholz – und dadurch paradoxerweise etwas Märchenhaftes hat, merkt man auch, wie sich sein Ziel ändert. Am Anfang wollte er noch, dass Noah für seine Kindheit büßt. Er sollte mehr oder weniger das Gleiche durchmachen, wie Michael es damals musste, und dafür zur Rechenschaft gezogen werden. Deshalb wollte Michael zunächst Noah die Morde anhängen. Dann lernte er dich kennen. Du bist für ihn ziemlich unerreichbar: Du liebst Noah, ihr zwei seid glücklich und das will Michael auch. Es handelt sich eigentlich um eine übermäßige Eifersucht. Noah hat immer alles bekommen. Er kam in eine bessere Familie, wird geliebt und hat dich. Von diesen Sachen kann er nur eine ändern. Und zwar, dass Noah dich hat. Er geht davon aus, dass du ihm zustehst, weil Noah ja sonst schon alles hat. Mit der vermeintlichen Liebe zu dir stürzt sich Michael jedoch in eine Psychose, aus der er nicht mehr rauszukommen scheint. Wahrscheinlich ist ihm sein verzerrtes Weltbild gar nicht mal bewusst. Die Selbsttäuschung, die er durchmacht, fängt bei dir an. In dem zweiten Liebesbrief schreibt er, dass deine Augen, dein Haar, deine Haut und Lippen sich auf einmal verändern. Offensichtlich hast du aber nichts aktiv an dir verändert, also ist es seine Wahrnehmung. Natürlich kommt dieses Phänomen bei Verliebtheit öfter vor, wenn man nur noch Augen für diese eine Person hat, aber bei Michael ist das schon arg vehement. In dem vierten Liebesbrief geht er schon davon aus, dass du ihn auch liebst: „So lässt es mich traurig werden, dass wir noch immer unsere Gefühle nicht offen zeigen können", „Wir wissen beide, dass du mit mir glücklicher wärst". Ab diesem Satz kommt dann die Manipulation mit ins Spiel: „Noah wird niemals gut genug für dich sein", „Was würde passieren, wenn er sich zwischen dir und den Rotzlöffeln entscheiden müsste? Ganz genau, er würde die wählen". Er versucht mit deinen Gefühlen zu spielen, dich zu verunsichern, zu manipulieren. Er droht dir sogar: „Wenn es sein muss, werde ich die ganze Stadt niedermetzeln, bis du endlich verstehst, dass wir füreinander bestimmt sind. Bis du zugibst, dass du mich liebst und wir auf ewig zusammengehören". Durch Manipulation und Drohungen versucht er dich, von deiner Liebe zu überzeugen. In dem nächsten Liebesbrief driftet er schon immer weiter in seine Fantasiewelt ab: „Ich bin der glücklichste Mensch, seit du mit mir in einer festen Beziehung lebst"", zitiert Pavlovic.

„Und was bedeutet das alles?", frage ich.

„Seine Wahrnehmung ist falsch. In den Sündengebeten schreibt er – beziehungsweise das Opfer, das dich darstellt: ,… ich soll keine anderen Männer neben dir haben …'. Das ist ganz klar eine Parallele zu den Zehn Geboten, in denen steht: Du sollst keine anderen Götter neben mir haben. Er setzt sich mit Gott gleich. Michael entscheidet über Leben und Tod und in welche Richtung wir uns bewegen, er hat die Macht, die Spielregeln zu ändern, er sieht sich als perfekt, als unfehlbar. Die anderen Menschen um ihn herum scheinen nur für seine Zwecke zu leben. Er strebt nach übermäßiger Bewunderung. Das sind alles Aspekte, die man mehr oder minder auch einem Gott zuschreiben würde. Das weist auf einen „Gottes-Komplex" hin. Er stellt sich in die Position Gottes und du, also die Frauen, die er auswählt, müssen für deine Sünde bestraft werden."

„Aha", seufze ich. „Bringt uns das in irgendeiner Weise weiter?"

„Seine Wahrnehmung ist so verfälscht, dass er die Frauen wahrscheinlich wirklich als Kim sieht. Er würde wütend werden, wenn er merkt, dass dem nicht so ist.

Erinnern wir uns an das zweite Opfer, Mathilda Forbes. Als der Mitbewohner, Peter Dancliff, von den Nudeln im Bauchraum erfahren hat, war er geschockt, denn sie hatten gar keine Nudeln zuhause. Mathilda Forbes verabscheute sie seit ihrer Kindheit. Wenn Michael also wirklich mit ihr aus war und erfahren hat, dass sie keine Nudeln mag, was aber deine Leidenschaft ist, konnte er nicht anders, als das zu ändern, indem er sie mit den Nudeln vereint. Es hat ihm klar gemacht, dass sie nicht du warst, er wurde sauer und zack war sie tot. Der Nudelaspekt hat zu dem Mord nichts beigetragen. Er hätte sie auch ohne die Nudeln umbringen können."

„Meinst du wirklich?", frage ich die Psychologin.

„Das ist natürlich nur reine Spekulation. Ich habe keine Ahnung, was bei dem Mord abging, und bin auch keine Ermittlerin. Das müsst ihr herausfinden, Ich wollte dir nur veranschaulichen, was ich meine. Es kann gut sein, dass er so oder zumindest so ähnlich in solch einer Situation reagieren würde."

„Ah okay. Ich verstehe."

„Außerdem, was ich auch noch recht interessant finde: Die Mordarten. Also mal abgesehen davon, dass er seine Opfer dieses Mal kreuzigt. Bei der ersten Leiche, Frida Hendrix, war alles voller Blut, bei der zweiten, Mathilda Forbes, waren Frösche … Ich habe mich vor allem in Bezug auf diese Sündengebete und die damit verbundenen zehn Gebote mal etwas mehr mit der Bibel auseinandergesetzt. Zwei Leichen sind natürlich etwas wenig, um meine

Annahme zu bestätigen, deshalb müsst ihr bei weiteren Opfern darauf achten."

Gespannt beuge ich mich in dem Sessel nach vorne.

„Es könnte sein, dass sich Michael für die Morde an den zehn Plagen orientiert. Zehn Gebote, zehn Plagen … Von den Zahlen passt es. Auch von den Arten. Ich habe mir eine Übersicht zu den zehn Plagen aus dem Internet ausgedruckt." Sie reicht mir ein weiteres Blatt und ich erkenne sofort, was sie meint.

„Bei der ersten Plage wird Wasser zu Blut. Das ist jetzt etwas vage, aber am ersten Tatort hat es ja irgendwie Blut geregnet. Zumindest ist es das, was Kurt mir abends erzählt hat. In der zweiten Plage geht es darum, dass Millionen Frösche Ägypten heimsuchen. Mathilda Forbes wurde durch Pfeilgiftfrösche umgebracht."

„Das ergibt tatsächlich Sinn. Was sind die nächsten?", frage ich und im gleichen Moment fliegen meine Augen schon suchend über das Blatt Papier in meinen Händen. „Tausend Stechmücken überfallen Ägypten, überall Ungeziefer, eine Seuche lässt alle Tiere sterben", lese ich die nächsten drei vor. „Alles sehr tierlastig", fällt mir auf. „Das stimmt. Ich bin ehrlich gesagt, sehr gespannt, wie Michael vorhat, das alles umzusetzen. Die ersten zwei Morde lassen zwar Parallelen zu den Plagen ziehen, sind aber nicht eins zu eins umgesetzt."

„Ich würde trotzdem mal schauen, dass wir vor allem Tierhandlungen, Veterinärmediziner und Zoos im Blick behalten. Selbst wenn Michael sich nicht zu hundert

Prozent an die Vorgaben aus der Bibel hält, denke ich, wird er trotzdem irgendwoher Tiere benötigen."

„Das denke ich auch", stimme ich meiner Kollegin zu, als mein Blick auf das Ende der Liste in meinen Händen fällt. Mir wird flau im Magen.

„Ist alles gut bei dir, Kim?", fragt Dajana, die meinen Stimmungswechsel mitbekommen zu haben scheint.

„Die letzte Plage", murmele ich leise und kann meine Augen nicht von dem Papier reißen.

Tod aller Erstgeborenen ...

„Oh, du meinst wegen Elena? Weil sie die Erstgeborene ist?" Sie sieht mich fragend an.

Es dauert einen kurzen Augenblick, bis ich mich erinnere, dass sie ja gar nichts von meiner Schwangerschaft wissen kann, weil Noah und ich es noch niemandem erzählt haben. Daher nicke ich nur geistesabwesend, während ich Horrorszenarien in meinem Kopf katastrophisiere.

Zwei Plagen hat Michael schon umgesetzt. Sieben haben wir also noch Zeit, um ihn zu stoppen, bevor die letzte Plage drankäme. Natürlich wäre es gut, wenn wir ihn schon vorher kriegen und so weitere Leben retten könnten, aber das ist bei mir gerade zweitrangig. Mir ist nur eins wichtig: Das Kind in meinem Bauch zu schützen! Koste es, was es wolle!

∗∗∗

KIM:

Gottes-Komplex, tippe ich an meinem Schreibtisch in die Suchmaschine ein und drücke auf Enter. Kaum hat mich Pavlovic entlassen, habe ich mich wieder hinter den Schreibtisch geklemmt und starre nun auf die unzähligen Schlagwörter, die in Verbindung mit dem Sucheintrag aufploppen: *Ebenbild Gottes, Narzissmus, Realitätsverlust, dogmatisches Denken, ...*

Ich lese den Artikel gar nicht erst durch, sondern überfliege ihn nur grob. Insgesamt handelt es sich um genau das, was unsere Psychologin mir eben berichtet hat.

Michael ist nicht nur ein brutaler und skrupelloser Mörder, wie wir es bisher immer angenommen haben, er muss auch der festen Überzeugung sein, dass sein Handeln absolut vertretbar und unwiderruflich sei.

Frustriert stöhne ich auf und lasse den Kopf in die Hände sinken. Als ob diese Erkenntnis irgendetwas besser machen würde. Michael ist krank, richtig krank. Psychisch komplett instabil, aber sich dessen nicht bewusst.

Und als nächstes wird er mein Kind töten!

Eine Berührung an meiner Schulter lässt mich aufschrecken und ich sehe Tucker neben mir stehen. Ich habe gar nicht mitbekommen, wie er plötzlich hinter mich getreten ist.

„Sorry, ich wollte dich nicht erschrecken." Meine Niedergeschlagenheit scheint ein offenes Geheimnis zu sein und ich mache mir mittlerweile nicht mehr die Mühe, sie verbergen zu wollen.

„Was gibt's?", frage ich daher nur.

Tucker wirft einen Blick auf den Monitor, der immer noch präsent im Hintergrund läuft. Meine Suchanfrage prangt weiterhin oben auf der Internetseite, aber Tucker hinterfragt diese nicht weiter.

„Ich bin ja gerade für den Westbezirk zuständig, weil es da in den letzten Wochen gehäuft zu Einbrüchen kam."

Ich nicke, schließlich habe auch ich von den Banden gehört, die in letzter Zeit des Nachts in sämtliche Geschäfte und Privathäuser eindringen und diese fast komplett leerräumen. Sie scheinen sehr geschickt zu sein, denn sie umgehen gezielt die Sicherheitssysteme, weswegen Tuckers Einheit auch vermutet, dass es ortsansässige Täter sein müssen.

„Naja, letzte Nacht scheint dort allerdings noch etwas anderes passiert zu sein. Ich habe eben die Nachricht erhalten, dass zwei Jogger vor etwa fünf Minuten die Leiche eines Mannes gefunden haben."

Ich blinzle, dann wird mir klar, worauf er hinauswill.

„Lass mich raten: Wurde sie gekreuzigt?"

Noch während ich dies ausspreche, merke ich, dass etwas nicht stimmen kann. Wenn sich laut Pavlovic, Michael Opfer aussucht, die mir ähneln sollen, … was zur Hölle hat dann ein Mann in dem Schema zu suchen?

Tucker klärt mich unvermittelt auf.

„Nein, und das beunruhigt mich irgendwie noch mehr. Der Leiche wurde scheinbar das Herz herausgeschnitten."

Wenig später stehen Tucker und ich in einer Seitenstraße und begutachten den zugerichteten Mann. Er ist ungefähr in seinen Zwanzigern und ziemlich schlaksig. Seine Haare sind blond und kurzgeschoren, auf seinem linken Arm befindet sich ein Tattoo. Damit sollte er immerhin leicht identifizierbar sein. Tucker hat mir keinen Unsinn erzählt, denn der Leiche klafft in der Tat ein Loch im Oberkörper. Allerdings macht es auf mich den Eindruck, als wäre hier keine so saubere Arbeit geleistet worden, wie es von Michael eigentlich bekannt ist. Ich gehe auf die Leiche zu und beuge mich über sie.

„Was siehst du?", fragt mich Tucker, der mir über die Schulter lugt.

„Der Schnitt wurde erst zu weit links gesetzt."

„Wie bitte?"

Ich deute auf die blutige Öffnung.

„Der Täter hat seinen ersten Schnitt zu weit links auf der Brust gesetzt, so als wisse er nicht mit absoluter Präzision, wo sich das Herz befindet. Als er merkte, dass er unsauber gearbeitet hat, hat er einen horizontalen Schnitt nach rechts gezogen, bis er auf das gewünschte Organ stieß, um dort weiterzumachen." Die Spuren auf der Brust bestätigen meine Theorie und mir fällt noch mehr auf. „Außerdem wurde dem Opfer das Herz erst post mortem entfernt. Nämlich nachdem unser Opfer vom Täter erwürgt wurde. Am Hals sind deutliche Handabdrücke zu erkennen, noch dazu so, dass der Täter dem Anschein nach, sein Opfer von hinten überrascht haben muss."

Diese Art der Ermordung passt einfach nicht zu Michaels Stil. Er hätte sich eine viel grausamere Art überlegt, als den Überraschungseffekt zu nutzen und dann auch noch das Herz zu verfehlen.

„Das hier ist nicht Michaels Werk."

Ich stehe wieder auf und drehe mich zu Tucker um.

„Also ein Trittbrettfahrer, sagst du?"

Ich überlege. Natürlich wurde nach Michaels Inhaftierung seine Mordserie in sämtlichen Zeitungen publiziert. Dabei wurden Informationen zur Mordart der Öffentlichkeit preisgegeben, jedoch hatte die Polizei ein Indiz immer unter Verschluss gehalten …

Ich gehe auf eine Frau von der Spurensicherung zu und erkundige mich nach irgendeiner Art von Botschaft oder Brief, die beim Opfer gefunden wurde.

Tatsächlich wird mir kurze Zeit später ein rosa Briefumschlag überreicht, der unter dem Arm der Leiche geklemmt war – ebenfalls nicht ins Muster passend, zumal der Brief einen anderen Rosaton hat als Michaels Briefe.

Tucker und ich ziehen uns einige Meter zurück, während hinter uns die Leiche zum Abtransport bereit gemacht wird.

„Mach schon auf, ich will wissen, was da jetzt drinsteht", drängt mich Tucker und ich bin ebenso gespannt, was uns nun erwartet. Im Umschlag steckt ein herzförmiger Zettel. So weit, so gut. Als ich jedoch zu lesen beginne, weiß ich nicht, wie ich darauf reagieren soll. Tucker nimmt mir diese Aufgabe zum Glück ab, indem er versucht sein Lachen zurückzuhalten und ein: „*What the fuck! Was ist das denn?"* herausbringt.

Es ist tatsächlich ein an mich adressierter Liebesbrief, allerdings so kitschig und unpassend geschrieben, dass keine Zweifel übrigbleiben, dass dieser nicht von Michael stammen kann.

In blauer Tinte steht geschrieben:

Oh Kim,

Mein alerliebstes Augenlicht,

Vergesse uns`rer Liebe nicht.

Dein Herz und meins ...

Sie schlagen eins!

Ich wünsche mir, du würdest entlich mein,

Meinem Bruder (Noah) will ich das nie verzei`n.

Ich singe für dich das Lied der Nachtigal,

Das Blut, das geflossen, die Nacht zerschahll.

Mein Herz es brennt so lichterlo,

Nur deine Lippen können mich heilen ... so!

In aller Liebe und heißem Ferlangen,

Dein Michael

Stumpf stecke ich den Brief wieder weg, bevor ich noch tiefer in Fremdscham versinke.

„Also …"

Ich bringe nicht mehr heraus, da meine Ungläubigkeit mich zu überwältigen droht. Soll das ein schlechter Scherz sein? Nicht nur dieses komische Gedicht, auch dass der Täter nochmal extra deutlich macht, dass es sich bei seinem Bruder um Noah handelt. Wer auch immer das gewesen war, der Möchtegern-Michael hat sehr beschämende Arbeit geleistet. Nichts passt zusammen. Und von der Rechtschreibung will ich gar nicht erst anfangen ... Die Fehler sind etwas zu offensichtlich platziert, so als würde man jemanden bitten, seine eigenen Handschrift zu verfälschen – sie wirken forciert.

„Hat der Typ eigentlich gemerkt, dass Michael mittlerweile keine Herzen mehr seziert?" Tucker scheint sehr belustigt über meinen empörten Gesichtsausdruck.

„Es ist ja noch nichts öffentlich über seine neuen Morde, aber dennoch … Wer immer das hier war, verfügt über Insider-Informationen. Es wurde nie von den geschmacklosen Liebesbriefen berichtet. Woher wusste er also …?"

Ich komme nicht weiter, weil plötzlich eine Nase um die Ecke lugt. Kurz darauf folgt der dazugehörige Reporter.

„Constantin", entfährt es Tucker und mir mit der gleichen fehlenden Begeisterung wie aus einem Mund.

Der viel zu neugierige Reporter späht an uns vorbei und versucht wohl einen besseren Blick auf den Tatort zu erhaschen, doch wir versperren ihm gekonnt die Sicht.

„Also ist es wahr?" Seine schmierige Stimme treibt mich schon direkt auf die Palme. Er sollte eigentlich gar nicht hier sein. Wie schnell hat er denn von dem Vorfall erfahren? Wir sollten uns jedenfalls beeilen, weil vermutlich in Kürze auch die ersten Schaulustigen eintreffen würden. Absperrband ist zwar aufgespannt worden, doch ist die Seitenstraße abgeschottet genug, damit die Kollegen auf einen Sichtschutz verzichtet haben.

„Ist es wieder Michael gewesen, der hier sein neues Opfer zur Strecke gebracht hat?" Seine Ausdrucksweise gefällt mir ganz und gar nicht. „Mich würde ja interessieren …"

„Wissen Sie, was mich interessieren würde, Constantin?" Ich zische seinen Namen durch die zusammengebissenen Zähne, doch er scheint nicht beeindruckt und blickt gespielt unschuldig auf seine mit blauer Tinte befleckten Fingerkuppen.

„Mich würde interessieren, was Sie daran nicht verstehen, einen Tatort Tatort sein zu lassen. Wie oft haben wir schon diese Diskussion geführt? Zwanzig Mal? Hundert Mal? Sie bekommen von mir keine Genehmigung, sich hier herumzutreiben und schon gar nicht die Erlaubnis eines Exklusiv-Interviews. Haben wir uns jetzt ein für alle Mal verstanden?"

Zu meiner Überraschung grinst er nur schelmisch vor sich hin, ehe er sich zum Gehen abwendet. „Nun ja, wenn Sie es so freundlich ausdrücken, bleibt mir wohl keine andere Wahl, als ihren Anweisungen Folge zu leisten."

Damit ist er fort.

Komischer Kauz, aber irgendwie ging das gerade zu einfach. Mir bleibt allerdings keine Zeit weiter darüber nachzudenken. Tucker zuckt ebenfalls nur hilflos mit den Schultern und wir machen uns wieder auf den Rückweg. Die Leiche befindet sich mittlerweile im Transporter, bereit zur Obduktion kutschiert zu werden. Auch ich verabschiede mich. Hier gibt es vorerst keine Arbeit mehr, im Präsidium wartet jedoch noch ein ganzer Stapel auf mich.

***

Serienkiller verübt neue Gräueltat!

Michael Peters fordert neues Opfer und hinterlässt ominösen Brief an Polizei.

In der Nacht vom 23. auf den 24. wird ein junger Mann im Alter von 21 Jahren grausam in einer Seitenstraße des Sunshine-Boulevards ermordet und erst acht Stunden später von einem Jogger-Duo durch Zufall aufgefunden. In ebenjenem Bezirk wird seit Wochen über Einbrüche und kleinkriminelle Banden geklagt. Die Polizei schließt jene allerdings als Täter aus, da das Tötungsdelikt die unverkennbare Handschrift des bekannten Serienmörders Michael Peters trägt. Wie auch schon vor einigen Monaten wurde dem Opfer das Herz chirurgisch entfernt und ein rosafarbener Liebesbrief zurückgelassen, welcher an Kim Foster, eine der Hauptermittlerinnen im Fall Michael, adressiert war. Nun, da Michael Peters wieder auf freien Fuß ist und scheinbar seine erste Tat verübt hat, bleibt die Frage offen, was die Polizei nun in Anbetracht der Lage tun wird. Am ratsamsten wäre es nun den Bürgern ein klares Statement in Bezug auf das weitere Vorgehen der Ermittler zu geben. Bisher ging niemand der Beamten auf die Einladung zu einem Exklusiv-Interview ein und so bleibt nur die Hoffnung, dass die Polizei genauso um die öffentliche Sicherheit besorgt ist, wie sie Erfolg zu vermelden hat.

Ein Artikel von Wiktor Constantin

***

MICHAEL:

Ich habe Mühe, mich zusammen zu reißen, als ich mir die Zeitung morgens durchlese.

„… von einem Jogger-Duo *zufällig* gefunden …", steht am Anfang des Artikels in schwarzen Lettern.

Zufällig.

Zufällig?

Bei mir gibt es kein „*zufällig*".

Niemals!

Und als ob ich nach meinem epischen Ende mit dem alten Ehepaar, an das ich mich noch gut erinnern kann, weitermachen würde.

Das passt doch überhaupt nicht!

Das alte Ehepaar symbolisierte, dass Kim und ich auch nach dem Tod vereint sein würden. Das war unser gezeichneter Lebensabend. Wenn Kim schon unter der Erde liegen würde, würde ich voller Schmerz und Sehnsucht auf ihr Grab hinabschauen, bis ich ihr Gesellschaft leisten könnte. *Wieso sollte ich dann also einen Einundzwanzigjährigen umbringen?*

Das passt ja absolut überhaupt nicht zur Geschichte.

Mal abgesehen davon, dass Kim fehlt!
Das ist eine Frechheit! Eine inakzeptable Frechheit, die
ich so nicht dulden kann!!!
Voller Frustration schmeiße ich die Zeitung beiseite und erhebe mich vom Esstisch.

Mit einem verächtlichen Schnauben greife ich mein Telefon und tippe eine Nummer ein, die ich mittlerweile auswendig kann.

„Hallo, Noah. Wie geht es Ihnen?", meldet sich ein überdrehter Rechtsmediziner am anderen Ende der Leitung.

Nach einem ausführlichen Gespräch mit Josh Wilson über die Leiche, die gestern in einer Seitenstraße des Sunshine-Boulevards gefunden worden ist, fühle ich mich noch beleidigter als vorher. Nicht nur, dass so ein Esel versucht hat, mich nachzuahmen, er hat es auch noch grundlegend in den Sand gesetzt: Den Schnitt falsch angesetzt, die Leiche verhunzt, den Liebesbrief falsch geschrieben. Alles, was man in irgendeiner Art und Weise verkacken kann, wurde verkackt. Wenn ich die Person kriege, die es gewagt hat, meinen Namen so sehr durch den Schmutz zu ziehen, dann wird sich diese Person wünschen, schon tot zu sein!

***

KIM:

„Das ist ja wohl ein schlechter Witz?"

Fast zerreiße ich die Zeitung, während ich erneut den Artikel lese.

„Dieser vermaledeite Reporter hat sie doch nicht mehr alle!"

Wie eine Furie renne ich zu Tuckers Arbeitsplatz und knalle ihm die Zeitung auf den Schreibtisch, woraufhin er fast seinen Kaffee verschüttet.

Verdutzt sieht er mich an, doch zeige ich nur auf die Schlagzeile und bedeute ihm zu lesen.

Er tut es und ich sehe, wie sich seine Stirn immer mehr in Falten legt, je weiter er liest.

„Sag mir, dass das nicht wahr sein kann", rufe ich immer noch aufgebracht, nachdem Tucker die Zeitung wieder auf den Tisch zurückgelegt hat.

Auch Tucker scheint jetzt völlig aus seiner gewöhnlichen Gelassenheit gebracht.

„Der Typ weiß mehr, als er wissen sollte, zumal er ja auch nur wenige Sekunden am Tatort war. Glaubst du etwa, er war schon vorher einmal da, hat den Mord aber nicht gemeldet?"

Ein Schatten legt sich über mein Gesicht. „Nein, ich glaube, er spielt eine andere Rolle. Komm mit!"

Ich greife nach der Zeitung und stapfe Richtung Tür.

Tucker steht auf und folgt mir eiligen Schrittes.

„Wo willst du hin?"

„Ausnahmsweise einmal freiwillig zu unserem Chef. Ich brauche dringend einen Durchsuchungsbefehl von einem Richter unterschrieben."

„Ich weiß überhaupt nicht, was das hier soll?", kreischt Constantin in unserem Verhörzimmer seit einer Minute durchgängig.

„Das kann ich Ihnen sagen. Sie haben in der Nacht vom 23. auf den 24. Dennis Carpenter erwürgt und anschließend das Herz seziert, um die Morde Michael Peters' nachzuahmen."

Mit dem Durchsuchungsbefehl hatte ich nicht nur Constantin selbst bei sich zu Hause aufgeschreckt, sondern auch einen Stapel des gleichen Briefpapiers gefunden, der am Tatort sichergestellt wurde. Selbst seine Fingerkuppen sind immer noch leicht blau von der Tinte, mit denen er die Briefe geschrieben hat. Als er merkt, dass ich ihm auf die Hände starre, ballt er sie zu Fäusten. „Welche Beweise haben Sie dafür?"

Ich lache humorlos auf.

„Und ich dachte, das Briefpapier bei Ihnen zu Hause sei Beweis genug, aber schön, wenn Sie noch mehr hören wollen." Ich nicke meinem Kollegen zu, der einen Monitor auf einem kleinen Rollwagen hereinschiebt.

Als ich ihn zum Laufen bringe, zeigt das Bild Material einer Überwachungskamera, die eine Kreuzung filmt. Das Datum zeigt die Nacht des Verbrechens um 00:12 Uhr. Man sieht Dennis Carpenter taumelnd und sichtlich alkoholisiert in eine Gasse abbiegen. Kurz darauf folgt ihm eine Gestalt in blauer Strickjacke und mit einer Tragetasche. Die Aufnahme spult vor und um 00:36 Uhr ist zu erkennen, wie die Gestalt, die nun deutlich als Wiktor Constantin zu erkennen ist, wieder aus der Gasse tritt und davonläuft. Auf der Strickjacke nun ein dunkler Fleck. Der Monitor wird wieder schwarz.

„Die Gasse ist übrigens die Seitenstraße, in der die Leiche von Carpenter lag, aber das ist Ihnen ja vermutlich schon bekannt." Constantins Blick hat sich nun ebenfalls verfinstert.

„Aber das heißt doch nicht, dass ich ihn umgebracht habe. Haben Sie denn auch gründlich gesucht bei mir? Wo soll denn die blutbefleckte Jacke oder der Beutel mit dem Tatwerkzeug sein, hm?"

Ich kneife mir an die Nasenwurzel.

„Allein, dass Sie schon so genau zu wissen scheinen, dass sich in der Tasche das Tatwerkzeug befindet, macht Sie nur noch verdächtiger. Ich hatte schon so ein Gefühl, als ich Ihre absichtlich falschgeschriebenen Wörter gelesen habe. Damit wollten Sie wohl von sich ablenken, immerhin sind Sie Reporter und sollten Ihre Artikel fehlerfrei schreiben können. Es gibt auch kein Indiz, dass es sich bei dem Fleck um Blut handelt. In der Tat haben wir dies auch nicht bei Ihnen gefunden, das muss man Ihnen lassen."

„Na sehen Sie, alles Humbug", protestiert der Reporter.

„Ich bin der Überzeugung, nach genauerer Suche auch dies noch bei Ihnen ausfindig zu machen. Wie dem auch sei, die Obduktion hat ohnehin Epithelzellen am Hals des Opfers gefunden, die mit ihrer DNS übereinstimmen. Daher brauchen Sie sich nun auch nicht mehr rauszureden. Sie sind unser Hauptverdächtiger und es läuft ein Verfahren gegen Sie, wozu es noch leugnen, Mr. Constantin?"

Ich lehne mich in meinem Stuhl zurück und sehe ihn scharf an. Mittlerweile ist der viel zu neugierige Reporter in seinem Stuhl ziemlich zusammengeschrumpft und wirkt weitaus weniger selbstsicher als noch vor wenigen Minuten.

„Sie haben ja immer alles zurückgehalten", bricht es wie ein Wasserfall aus ihm heraus. „Ich habe echt alles versucht, um an irgendwelche brauchbaren Informationen heranzukommen, die nicht eh schon in jeder anderen Zeitung stehen, aber nein, Sie mussten mich ja immer wieder davonschicken wie einen kleinen Jungen. Wissen Sie, wie schwer es ist, sich als kleiner Reporter über Wasser zu halten? In unserer Redaktion läuft es schon lange nicht mehr gut und mein Chef will brauchbare Stories. Sie und Ihr gesamtes Team haben immer weiter dafür gesorgt, dass ich schon mit einem Bein im Ruin stehe."

Ich habe Wiktor Constantin noch nie so wütend gesehen und fast überläuft mich ein Schauer.

„Also dachten Sie sich, Sie sorgen einfach selbst dafür, wieder gutes Schreibmaterial zu finden?"

Nun verzieht sich Constantins Mund zu einem diabolischen Lächeln, von welchem ich nicht gedacht hätte, dass er dazu fähig wäre.

„Mir wäre mittlerweile jedes Mittel recht gewesen, aber tun Sie nicht so, als wären Sie nicht selbst daran schuld. Ein Interview, ein klitzekleines, exklusives Interview, nachdem ich so lange immer wieder gefragt habe und das alles wäre nie passiert."

Ich schüttele traurig den Kopf. „Sie wissen selbst, dass das nicht stimmt, aber ich hätte nie gedacht, dass Sie in der Lage wären, einen Menschen umzubringen, nur um Ihre Karriere zu retten. Ich hoffe, Sie haben einen guten Anwalt, denn Ihr Geständnis wurde zu Protokoll genommen. Sie werden wegen Mordes verurteilt werden, war Ihnen das wirklich wert?"

Zum ersten Mal seit unserem Verhör schleicht sich ein Ausdruck der Reue in sein Gesicht. Erst hier in diesem tristen Verhörzimmer scheint er damit zu beginnen, seine Tat zu reflektieren.

Unsicherheit schwankt in seiner Stimme, als er zugibt: „Ich weiß es nicht."

Dann lässt er den Kopf sinken und es wird still im Raum.

Es beruhigt mich zu sehen, dass trotz allem noch etwas Menschlichkeit in ihm zu stecken scheint – er ist kein Killer wie Michael. Dennoch hat er getötet und das ist absolut unverzeihlich.

„Eine Frage habe ich noch", hebe ich ein letztes Mal die Stimme und Constantin sieht mit verschwommenem Bick zu mir auf.

„Ja?"

„Woher wussten Sie von den Liebesbriefen am Tatort? In keiner Pressekonferenz wurde je von ihnen erzählt."

„Oh, das war purer Zufall. Ich habe einmal ein Gespräch zwischen Ihnen und Ihrem Kollegen Jordan mit angehört. An einem Tatort haben Sie sich über die rosa Liebesbriefe beklagt und mich nicht bemerkt. Ich war mir lange Zeit unsicher, was damit gemeint war, aber irgendwann bin ich Ihnen beiden ins La Viletta gefolgt und da haben Sie sich wieder darüber ausgetauscht. Mit dieser Information hatte ich endlich etwas Brauchbares in den Händen."

Notiz an mich selbst: Zukünftig besser aufpassen, über was ich mit Noah in der Öffentlichkeit spreche.

„Okay", sage ich nur und stehe auf. Das Verhör ist damit beendet und Wiktor Constantins Karriere sowie vermutlich sein weiteres Leben ruiniert.

Kapitel 8

NOAH:

Wiktor Constantin wurde vor drei Tagen ins Gefängnis gesteckt, nachdem Kim und Tucker seinen an Michael inspirierten Mord aufgedeckt hatten. Kim hat mir ausführlich von all dem berichtet und ich kann immer noch nicht fassen, dass dieser nervtötende, aber sonst immer harmlos auftretende Reporter so skrupellos und verzweifelt sein konnte.

Falls Michael, wo auch immer er sich versteckt hält, davon erfährt, will ich gar nicht wissen, wie er darauf reagiert, von jemand anderem so lasch nachgeahmt worden zu sein. Muss für ihn bestimmt eine Beleidigung in seiner morbiden *Kunst* sein.

Ich versuche nicht weiter darüber nachzudenken, immerhin sitze ich gerade über meinem Mittagessen in der Cafeteria des Präsidiums. Da ich heute Vormittag schon einen kleinen Einsatz hatte – nichts von großer Bedeutung, nur ein Ladendiebstahl, der sich allerdings doch etwas in die Länge gezogen hat – bin ich spät dran und sitze allein an einem Tisch.

Ich schlucke gerade den letzten Löffel Gemüseeintopf herunter und will aufstehen, um mein Geschirr wegzuräumen, da wird auf einmal die Kantinentür aufgestoßen und Mia kommt im Laufschritt auf mich zu.

„Da bist du ja, ich hab' dich schon gesucht." Sie spricht schnell und ich bin mir direkt im Klaren, was das bedeutet. *Es wartet Arbeit auf mich.*

„Wo muss ich hin?", frage ich also nur, während ich eilig mein Tablett in die Ablage stelle und Mia nach draußen folge.

„In die Kanalisation. Es gab einen Leichenfund."

Na großartig.

„Michael?", frage ich nur.

„Scheint so, aber die Details erfährst du gleich Ich sollte dich nur holen. Kim wartet unten bei den Wagen."

Mehr Worte bedarf es nicht und ich jogge schnell los, um meine Ausrüstung zu holen und dann zu Kim zu stoßen.

Mit verschränkten Armen blicke ich in die gähnende Öffnung des Kanalschachts. Man hat mich und Kim mit einem weißen Schutzanzug und blauen Gummistiefeln, Handschuhen sowie einem Helm ausgestattet. Sonderbarerweise hat man uns auch einen Gesichtsschutz verpasst, sodass wir komplett abgeschirmt sind. Ich vermute das wird an den Insekten liegen, die dort unten auf uns warten.

Kim hat mir auf dem Weg hierher berichtet, was vorgefallen ist. Gegen die Mittagszeit traf ein Anruf eines Kanalarbeiters ein, welcher davon erzählte, eine Frauenleiche gefunden zu haben.

„Der Mann hat erzählt, dass er aufgrund einer Routinekontrolle dort unten war und dabei feststellte, dass ein zugemauerter Teil, der nicht mehr zum genutzten Abwassersystem gehört, aufgebrochen wurde. Er rief seine Kollegen, um zu kontrollieren, dass alles in Ordnung sei, doch dann fingen sie an, merkwürdige Geräusche zu hören. Surren und Brummen wie von Insekten. Der Mann hat weiter erklärt, dass sie auf einen Raum stießen, in dem eine Frau hing und unzählige Viecher – ja, er nannte es Viecher – um sie schwirrten. Die Männer haben dann schnell das Weite gesucht und uns verständigt."

Kim deutet in die Richtung, in der die Kanalarbeiter versammelt stehen und sich gerade mit einem Kollegen unterhalten. Auf einmal biegt ein weiterer Polizeiwagen um die Kurve und hält unweit von uns entfernt an.

„Bitte sei jetzt ganz stark", wispert mir Kim zu und ich schaue irritiert auf den Dienstwagen, als sich die Tür öffnet und Josh Wilson hinaushüpft.

„Och nee", entfährt es mir. Es hätte mir schon dämmern sollen, als Kim von den Insekten sprach, doch mein Verstand hat es vermutlich verdrängt.

Kim tätschelt mir mitfühlend die Schulter.

„Wieso denn auch immer *er*? Haben wir nicht mehr Leute in der Rechtsmedizin?", schimpfe ich weiter.

Kim lächelt nur traurig. „Er ist mit seinen Fähigkeiten eben trotzdem der beste Mann dafür. Er deckt schließlich auch die forensische Entomologie ab."

Ich versuche Blickkontakt zu vermeiden, nichtsdestotrotz hat er uns erkannt und tänzelt begeistert wie immer auf uns zu.

„Naa ... Sind Sie auch schon so aufgeregt wie ich?"

Ich seufze. „Wilson, ich denke, niemand ist so aufgeregt wie Sie."

Auch er bekommt nun den gleichen Aufzug wie Kim und ich ausgehändigt.

In der Zwischenzeit tritt der Kanalarbeiter, der die kaputte Mauer entdeckt hat, auf uns zu. Ich schätze ihn auf Mitte vierzig, sein Gesicht ist rundlich und sein Haaransatz weist deutliche Geheimratsecken auf. Er scheint noch immer etwas blass von dem Fund zu sein, doch hat er sich bereits genug gefasst, um uns durch die unterirdischen Gänge zum Tatort zu führen. Allein würden wir uns nur verirren und als nächste Leichen dort enden. Zumal ich mir Schöneres vorstellen kann, als mit Wilson in einem Tunnellabyrinth festzusitzen.

„Sind Sie bereit da gleich runterzugehen?", fragt er. „Das ist nicht gerade das Traummilieu für Menschen, die dort noch nie waren."

Ich könnte ihm jetzt erklären, dass ich wahrscheinlich schon Schlimmeres gesehen habe, doch spare ich mir die Worte und sage bloß: „Ja, ich denke, wir sind soweit. Wenn unser Rechtsmediziner gleich fertig ist, sollten wir los."

Wie aufs Stichwort stößt Wilson jetzt wieder zu uns.

„Alles klar. Hier habt ihr noch eure Taschenlampen. Die Leuchten sind zwar eingeschaltet, doch wie gesagt gehen wir in einen verlassenen Teil und dort fließt kein Strom mehr." Wir nicken. „Na dann, folgen Sie mir bitte."

Einer nach dem anderen steigen wir über die eisernen Trittsprossen in die kühle Kanalisation hinab. Als ich unten auf dem steinernen Boden aufkomme, gibt es keine Möglichkeit mehr dem beißenden Geruch zu entkommen. Ich verziehe das Gesicht und der Kanalarbeiter entschuldigt sich: „Tja, tut mir leid, daran gewöhnt man sich aber langsam."

Wilson hebt sofort den Zeigefinger. „Der Geruch entsteht durch die organischen Stoffe, die hier abgeleitet werden. Das können …"

Ohne auf Wilson zu achten, bedeute ich dem Kanalarbeiter einfach loszugehen und so laufen wir auf einem schmalen Absatz hintereinander wie eine Entenfamilie her. Ich bemitleide schon die Leute von der Spurensicherung, die hier ebenfalls noch durchmüssen.

Wir kommen zu einer Abzweigung und ich sehe sofort, warum dem Arbeiter die Stelle aufgefallen ist. Eine frische Mauer wurde hier einst aufgezogen, um einen Durchgang zu schließen. Jetzt klafft jedoch ein Loch in der Wand und die herausgestoßenen Steine liegen seitlich daneben oder sogar im Abwasser selbst. Da wir uns am Stadtrand befinden und wir uns von den größeren unterirdischen Sammelstellen entfernt haben, fließt bloß ein kleiner Strom, dessen Wasser zudem noch relativ klar aussieht. Ein kleiner Schritt genügt, um darüber hinwegzusteigen und durch das Mauerloch zu klettern.

Hier ist es nun Zeit, die Taschenlampen anzuknipsen, denn es ist stockdunkel. Wir folgen dem Kanalarbeiter noch etwa drei Minuten, wobei mein Zeitgefühl hier unten ohnehin zu streiken scheint. Dann bleibt er plötzlich vor einem bogenförmigen Durchgang stehen und dreht sich zu uns um: „Ich werde da nicht noch einmal reingehen. Bitte, sehr." Er macht eine weite Geste mit dem Arm und ich betrete als Erster den Tatort.

Nun verstehe ich auch, was mit den „*Viechern*" gemeint war. Vor mir eröffnet sich folgende Szenerie: An einem erhöhten Geländer, dass an einer Plattform entlangläuft, wurde eine Frau mit ausgestreckten Armen gefesselt. Ihr Bauchbereich weist blutige Flecken auf und um sie herum schwirren Insekten. Einige kommen auch auf uns zu und auf dem weißen Anzug erkenne ich auch welche. „Sind das Stechmücken?" Mit einer Handbewegung verscheuche ich sie.

Kim scheint meinen Entschluss zu teilen, dann deutet sie auf etwas Größeres. „Aber nicht nur, was sind das für welche? Sehen aus wie Fliegen? Die haben sich vermutlich dazugesellt."

Wilson drängelt sich an uns vorbei. Er inspiziert die Insekten, dann den Bauch der Frau. „Ich will gucken."

„Aber bitte nur mit den Augen. Die Spurensicherung zieht Ihnen wieder eins über, wenn Sie jetzt schon an der Leiche rumnesteln", ermahne ich ihn. Der schlaksige Rechtsmediziner nährt sich vorsichtig der toten Frau und schaut sich ganz interessiert ihren Bauch an. Immer wieder hört man ein gemurmeltes „Ah, oh" oder ein „Verstehe" aus seiner Richtung.

Ich nutze die Zeit, in welcher Wilson mit dem Inspizieren der Leiche beschäftigt ist, und ziehe Noah ein Stück an die Seite, sodass wir ungestört reden können.

„Ich habe dir doch von Dajanas Theorie erzählt, die wirklich viel Sinn ergeben würde. Also das mit den zehn Plagen."

Noah deutet ein Nicken an und lässt mich fortfahren: „Natürlich haben wir sofort nachgeschaut, was die nächsten Plage wären und halt dich fest: Tatsächlich ist die dritte Plage irgendwas mit Stechmücken in ganz Ägypten. Es würde also passen."

„Aber was bringt uns diese Erkenntnis?", fragt Noah verunsichert nach und in der Tat bin ich mir da selbst auch nicht sicher.

„Es bringt uns näher an seinen Plan und sein Vorhaben heran, denke ich. Wir können langsam sicher sagen, dass das diesmal sein Muster ist und uns darauf vorbereiten. Wir können genauer sagen, was er wahrscheinlich machen würde und dementsprechend Vorkehrungen treffen."

„Ah, ich verstehe", sagt er und erinnert mich mit seiner Wortwahl zu sehr an Wilson, der noch immer um das Opfer herumtänzelt.

Dank der Schutzkleidung machen uns die Tiere nichts aus, aber ich kann dennoch nicht wirklich überblicken, woran die Frau gestorben sein soll. Jedenfalls nicht äußerlich. Die Wunde an ihrem Bauch ist nicht ansatzweise tief genug und sonst sehe ich keine weitere Gewalteinwirkung.

„Ich finde, wir sollten erstmal wieder hier raus und auf das restliche Team warten", sagt Kim und ich stimme ihr von Herzen zu.

„Alles klar. Wilson, wir ziehen uns zurück. Sie können gleich nochmal mit der Spurensicherung runter zum Probensammeln."

Enttäuscht kehrt Wilson zu uns zurück und wir verlassen diesen gottlosen Ort.

Als wir wieder Tageslicht sehen und frische Luft einatmen, wende ich mich an Kim: „Hast du auch die blaue Ecke gesehen, die aus der Manteltasche herausgelugt hat?"

„Ja, damit ist bestätigt, dass es Michael war. Zumal das Opfer wieder gekreuzigt wurde. Allerdings ist es diesmal anders. Er hat sie an das Geländer gebunden, anstelle an ein Holzkreuz."

Das ist mir auch schon aufgefallen. Bei den letzten Tatorten war es immer eine Holzkonstruktion, an der das Opfer befestigt war. Was hat ihn diesmal davon abgehalten?

„Wilson, was haben Sie da unten eigentlich entdeckt?", frage ich ihn, bevor er gleich wieder mit der Spurensicherung abtaucht.

Glücklich gefragt zu werden, kommt er näher: „Dann passen Sie mal auf. Die Stechmücken haben Sie ja selbst erkannt, aber das andere sind keine Fliegen."

Kim legt den Kopf schräg und schaut Wilson fragend an. „Sondern?"

„Beziehungsweise sind es natürlich Fliegen, aber nicht die, an die Sie denken. Die sogenannte Schmeißfliege kommt in verschiedenen Arten vor, wobei die bekannteste unsere gewöhnliche Calliphora – also die Blaue Schmeißfliege – ist. Sie wissen schon, die die sich von Speiseresten ernährt und …"

Kim stöhnt auf. „Bitte keine langen Monologe."

Gekränkt fährt Wilson fort: „Worauf ich zu sprechen kommen will, ist die Gattung Cochliomyia. Dazu zählt die Neuwelt-Schraubenwurmfliege. Und genau dieses Exemplar fliegt dort unten umher."

Erwartungsvoll gucken uns seine hinter den Brillengläsern vergrößerten Augen nun an, als wäre damit alles geklärt.

„Und weiter? Klärt das in irgendeiner Weise, wie die Frau dort unten gestorben ist?", hake ich weiter nach.

„Und ob! Diese Fliegen legen ihre Eier in einem Wirt ab. Das Ganze ist also ein obligater Parasitismus. Die Maden fressen sich durch die Haut und das lebendige Gewebe. Besonders anfällig sind sie für Wunden oder Insektenstiche – Stichwort Mücken. Allerdings können sie ihre Eier auch an anderen Körperöffnungen ablegen wie dem inneren Augenwinkel."

Ich schnippe mit dem Finger. „Das bedeutet, dass sie nicht durch Zufall da sind, sondern von Michael bewusst eingesetzt wurden, um das Opfer bei lebendigem Leib zu befallen." Der Gedanke, von innen aufgefressen zu werden, während ich noch am Leben bin, ist zu schrecklich. Auch Kim ist bei der Vorstellung ganz bleich geworden.

„Wilson, wenn Sie so viel über diese Insekten wissen, woher kommen die dann? Ich habe hier bei uns noch nie von dieser Gattung gehört", spricht meine Partnerin an, was ich mich auch gerade gefragt habe. Wenn diese Fliegen auch gesunde Menschen befallen, dann haben sie hier eigentlich nichts zu suchen. Das kann sonst zu einer echten Plage werden.

„Naja, gerade in Amerika werden sie ausgerottet und bekämpft."

Ich schüttle mich. „Na super. Ich werde gleich mal einen Spezialisten anrufen, bevor die Viecher sich noch ausbreiten." Kim nickt heftig.

Wilson hingegen ist schon wieder fort und schließt sich den Kollegen an, um noch einmal durch die Kanalisation zu kriechen. Nach dem Exkurs bin ich noch dankbarer für die Schutzkleidung, die wir bekommen haben. Wilson hat anscheinend gleich den richtigen Schluss gezogen, als er die Wunde am Bauch gesehen hat. Bevor ich meinen Anruf tätige, schaue ich noch einmal zu Kim, die nun irgendwie besorgt dreinblickt.

„Was ist los?", frage ich daher.

„Mir ist nur gerade aufgefallen ... die Frau hatte zwar einen Mantel an, aber darunter ein schwarzes Kleid und die Haare passen auch zu der Beschreibung."

Ich kann ihr nicht ganz folgen und in meinem Kopf arbeitet es. Kim bemerkt mein Zögern und hilft mir auf die

Sprünge: „Vor ein paar Abenden waren wir im Kino, nicht weit von hier im Zentrum der Stadt und da haben wir von dem Süßwarenverkäufer ..."

„... erfahren, dass ein Mann, der ausgesehen haben soll wie ich mit einer Frau in einem schwarzen Kleid und dunklen Haaren ebenfalls dort war", beende ich ihren Satz. „Du glaubst doch nicht etwa ...?" Doch auch mein Kopf hat jetzt die Verbindung erkannt. Wir haben uns sogar die Überwachungsaufnahmen des Juweliers angesehen und wenn ich mich richtig erinnere, dann haben das Kleid der Frau dort und unserer Leiche hier die gleiche Länge und den gleichen Schnitt.

„Scheiße", entfährt es mir. Also war es tatsächlich Michael gewesen, der an dem Abend dort war und wir haben ihn nicht gefunden, weil er wie eine Ratte in die Kanalisation geflüchtet ist. Und die Frau hat er mitgenommen und getötet. Wir waren so dicht an ihm dran, doch es macht den Anschein, als sei er bloß ein Hirngespinst, welches nicht gefasst werden kann, selbst wenn man genau vor ihm steht. In der Tat standen wir schon ein paar Mal vor ihm, nur ermorden Hirngespinste keine Menschen und hinterlassen keine Botschaften.

***

KARA:

Ich stieß einen Pfiff aus, als ich ihn sah. Groß, muskulös und stechend blaue Augen, die im ersten Moment gefährlich wirkten, doch schon kurz danach wieder „normal" den Weg fixierten, der sich zwischen uns befand.

Schade, dachte ich. Gefahr stand für Abenteuer, Adrenalin und eine Menge Spaß. Außerdem musste man für jedes Abenteuer richtig ausgestattet sein, was ebenfalls viel Shopping bedeuten würde.

Mein Date sah zwar gut aus – das musste ich ihm lassen – aber hoffentlich war er nicht so ein langweiliger Sesselfurzer, der sich den ganzen Tag irgendwelche dummen Sportsendungen im TV ansah. Obwohl … hätte er dann nicht einen Bauchansatz? In dem Moment sah sein Bauch eher nach Muskelmasse aus.

„Hola", sagte ich fröhlich quiekend, als M. mich endlich erreichte. Seine Augen weiteten sich leicht und mir war bewusst, dass es daran lag, dass er mich nicht so erwartet hätte. „Ich bin Kara und du siehst ja Miauu aus." Ich formte meine Finger zu Krallen und bewegte sie in seine Richtung zu seiner Brust hin, als wäre ich selbst eine Katze. Er hatte tatsächlich nicht zu den Angaben, die er bei *KissMe* gemacht hatte, gelogen. Erstaunlich. Wer half denn heutzutage nicht nach, um sich interessanter oder sympathischer zu machen. Ich kannte kaum Leute, die von Anfang an mit offenen Karten spielten und zeigten, was sie wirklich wollten.

„Wollen wir ins Lokal hineingehen?", sagte M. unbeeindruckt.

„Na logo, Süßer!"

„Weißt du schon, was du essen willst?", fragte ich gespannt.

„Nudeln." Er schien nicht sehr gesprächig, gab immer nur einsilbige Antworten, alles musste man ihm aus der Nase ziehen. „Du?"

„Als Vorspeise eine Petersilienwurzel-Cremesuppe mit Haselnüssen, dann einen feinen Salat garniert mit altem Aceto Balsamico Tradizionale und dazu noch einen Château Lafite." Seine Augen wurden weit, ehe sie sich verengten. Sehr gut, er fing an, zu begreifen. Das müssen die Männer immer direkt von Anfang an wissen, denn ansonsten würden sie bei der ersten gemeinsamen Shoppingtour rückhaltlos in Ohnmacht fallen. Ich bin eben eine Frau mit exquisiten Geschmack.

Und natürlich brauchte ich den Badeanzug in Mamoroptik mit passendem Strandrock meines Lieblingsdesigners für den Bali-Urlaub, Stephen!

Innerlich rollte ich mit den Augen.

Dieser Idiot von Ex-Freund war einer von vielen, die es nicht verstanden, mich mit ein bisschen Extravaganz zu erobern und glücklich zu machen.

Exklusiv halt.

***

MICHAEL:

Du bist freundlich, erinnere ich mich und versuche, meine Wut zu unterdrücken.

Ein Catfish also.

Wieso hat meine Recherche das nicht ergeben?

Bin ich unvorsichtiger geworden, nachdem meine vorherigen zwei Mordserien so gut verlaufen waren?

Nein.

Schnell schüttle ich den Gedanken beiseite.

Ich bin nicht unvorsichtig!

Und erst recht unterlaufen mir keine Fehler!!!

Meine Pläne sind perfekt.

Ich bin perfekt!

Perfekt!!!

Ein tolles Wort.

Trotzdem habe ich mich eigentlich mit einer Frau verabredet, die gerne Kleider trägt und kitschige Bücher liest. In ihrer Freizeit hilft sie außerdem ehrenamtlich im Tierheim und hat von dort auch eine Katze adoptiert, die sie *Mimi* getauft hat.

Nun steht vor mir eine Frau, bei deren Anblick man wortwörtlich geblendet wird. Ihr rechtes Hosenbein ist neonorange und das linke neongrün. Das Oberteil ist farblich auf die Hose abgestimmt. Der rechte Ärmel ist neongrün, die andere Seite schimmert neonorange und der Rest erscheint in einem knalligen Neongelbton.

Die Ohrringe sind so schwer, dass sie ihre Ohrläppchen um einige Millimeter nach unten ziehen.

„Hola", begrüßt sie mich und ich zucke leicht zusammen, als ich ihre Stimme höre. Bei ihrer Größe hätte ich eher vermutet, dass die Worte aus ihrem Mund tief erklingen würden. Doch im Gegenteil. Erschreckend muss ich feststellen, dass ihre Stimme beim Sprechen wie ein altes, ungeöltes Gartentor quietscht.

„Ich bin Kara und du siehst ja Miauu aus", trällert sie unbekümmert weiter und tut mit ihrer Hand so, als wäre sie eine Katze, die die Krallen ausfährt.

Widerlich.

Ich würge in meinem Inneren, doch erwidere nur: „Wollen wir ins Lokal hineingehen?"

„Na logo, Süßer", quakt sie als Antwort.

Zum Glück würde diese nervige Trulla den morgigen Tag nicht mehr erleben.

Ich tue so viel Gutes für diese Welt!

***

KIM:

„Hey, Kim. Ich mache jetzt Feierabend. Wie sieht es bei dir aus?", fragt mich Mia, die gerade ihre Tasche schultert, nachdem sie sich ihre dicke Jacke übergezogen hat. In den letzten Tagen war das Wetter eigentlich ganz angenehm, doch heute zeigt sich, dass der Winter bald über uns hereinbrechen wird. Es ist neblig, dunkel, kalt. Jeder

Atemstoß kondensiert sichtbar in der Luft und ohne Mütze frieren einem die Ohren ab. Im Großen und Ganzen ist es heute also sehr ungemütlich draußen. Lässt sich nur hoffen, dass dieser Wintereinbruch so schnell geht, wie er von gestern auf heute auch gekommen ist.

„Ich mache auch gleich Feierabend", antworte ich. „Ich möchte nur noch den Bericht zu der Leiche beim Sunshine-Boulevard fertig schreiben. Ansonsten verfolgt der mich noch die nächsten Tage und ich ertrinke sowieso schon in Papierkram."

„Tucker und ich haben Schnick-Schnack-Schnuck gespielt. Tja, jetzt werde ich die nächsten Abende frei haben, während er sich die Nächte am Schreibtisch um die Ohren schlagen darf." Sie grinst schadenfroh.

„Da wird seine Laune in den nächsten Tagen bestimmt unerträglich werden."

„Das ist mir egal", meint Mia und zuckt unbekümmert mit den Schultern. „Wenn er abends murrt, dass er so viel Arbeit hat, kann ich einfach nach Hause gehen und muss mir das gar nicht erst anhören."

Ich schmunzle in mich hinein, als ich mir vorstelle, wie Mia glücklich nach Hause fährt und sich einen schönen Abend mit Abby machen möchte, aber alle zehn Minuten einen verzweifelten Anruf von Tucker bekommt. Es ist keine Frage, dass das passieren würde. Tucker ist zwar ein super Polizist, aber wenn es um den Papierkram geht, …

„Wenn du meinst", lache ich nur und fahre meinen Computer herunter. „So, fertig. Von mir aus können wir gehen." Ich stehe auf und ziehe mir ebenfalls meine dicke Jacke über und schlinge einen Schal um meinen Hals.

Wir verlassen das Großraumbüro und warten ungeduldig vor dem Fahrstuhl, der neuerdings eine gefühlte Ewigkeit braucht, um in das Stockwerk zu kommen, in welchem er gebraucht wird.

„Lass uns doch die Treppe nehmen, Mia", beginne ich nach einer Weile zu quengeln.

„Sehe ich so aus, als würde ich nach einem langen Arbeitstag noch Treppen steigen wollen?"

„Runter ist einfacher als hoch", argumentiere ich, obwohl ich weiß, dass das bei ihr zwecklos ist.

Mit einem Bing erreicht der Fahrstuhl endlich unsere Etage und öffnet sehr langsam seine Türen. Mia grinst mich siegessicher an.

„Der gute Kerl wusste, dass du mich nötigen willst, die Treppe zu nehmen und zack ist er da. Er ist wie ein Polizist. Zur Stelle, wenn man ihn braucht."

Ich fasse Mia an die Stirn und sage: „Ich denke, es wird Zeit für dich ins Bett zu kommen. Du redest schon verwirrtes Zeug." Wir lachen und wollen uns just in diesem Moment in das Innere des Fahrstuhls begeben, als Tucker uns aufhält. Mit ausgebreiteten Armen, sodass wir nicht an ihm vorbeikönnen, tritt er aus dem Fahrstuhl in unsere Etage. Hinter ihm schließt sich der Aufzug wieder und fährt hinab.

Na toll. Zu nichts ist dieser Fahrstuhl zu gebrauchen. Der braucht eine halbe Ewigkeit, um seinen Hintern hier

hochzuschwingen, düst aber innerhalb von ein paar
Sekunden wieder ab.

„Was soll das denn? Du stehst meinem Feierabend im Weg", mault Mia beleidigt und ich kann sie verstehen. Der Tag heute war lang und ich freue mich schon auf mein Bett. Langsam fange ich an, Noah zu beneiden. Der ist mittlerweile seit einer Stunde zuhause. Ich habe extra das Schreiben des Berichts übernommen, damit er Nicky ins Bett bringen kann, aber das nächste Mal würde es andersrum sein, schwöre ich mir.

„Könnt ihr kurz mitkommen?", fragt Tucker und läuft, ohne eine Antwort unsererseits abzuwarten, in die Richtung, aus der wir vor einigen Minuten gekommen sind.

„Ich hoffe, es ist wichtig. Ich will nach Hause."

„Würde ich dir deinen Feierabend streitig machen, wenn es nicht wichtig wäre, Mia?", fragt Tucker und Mia verzieht ihr Gesicht zu einer Grimasse.

„Wir kennen alle die Antwort darauf, Tucker."

„Also, was gibt es?", funke ich dazwischen, damit sich dieses Gespräch nicht ewig in die Länge ziehen würde.

„Ich war gerade eben bei den Zellen", beginnt er. Ich frage mich, worauf dieses Gespräch hinauslaufen könnte. Zu den Zellen des polizeilichen Gewahrsams fällt mir nicht viel ein, was mich betreffen könnte. Ich habe im Moment so viel mit Michael und seinen Morden zu tun, dass ich derzeit tatsächlich kaum mit lebenden Menschen arbeite. Immerhin wissen wir ja, wer es ist, wir müssen ihn *nur* kriegen – was sich als beinahe unmöglich erweist. Daher sind die Menschen, mit denen ich arbeite, entweder tot oder Angehörige. Keine Leute, die ihn Untersuchungshaft sitzen. Bis auf …

„Wiktor Constantin ist tot."

„Wie, tot?", frage ich.

„Na ja. Ein Zellengenosse hat ihn totgeprügelt. Der Typ sitzt schon eine Weile und war eigentlich immer verhaltensunauffällig. Er wartet auf seinen Prozess zu fahrlässiger Tötung bei einem Autounfall. Aber so wie ich ihn kennengelernt habe, bereut er das eigentlich sehr. Jetzt bin ich allerdings etwas verwirrt, denn Constantin war wirklich übel zugerichtet."

„Gab es eine Auseinandersetzung? Denn einfach so wird Constantin ja wohl nicht umgebracht worden sein", spricht Mia meine Gedanken aus.

„Ich befürchte doch. Aber ein Detail habe ich noch nicht erwähnt. Es ist wahrscheinlich das wichtigste und erklärt zumindest, warum Constantin tot ist. Nicht wieso ausgerechnet Barry Fischer ihn umgebracht hat, aber wieso Wiktor Constantin gestorben ist." Während er den letzten Satz fertig spricht, zieht er einen Umschlag aus seiner Tasche hervor und es bildet sich eine steile Falte auf meiner Stirn.

„Das erklärt es in der Tat", meine ich und greife nach dem Brief, um ihn zu lesen.

„Lies laut", bittet Mia und sieht spannungsvoll auf das blaue Papier.

„Ich habe gesündigt!

O Michael, bitte vergib mir, denn ich habe gesündigt! Ich weiß, ich soll deinen Namen nicht durch den Schmutz ziehen. Indem ich deinen Namen verwende, um mich gut darzustellen, verleumde ich dich nicht nur, sondern missbrauche auch deinen wundervollen Namen. Du hast das gar nicht verdient, denn du bist der einzig Wahre, der Einzige, an den ich glaube und den ich liebe. Mit ganzem Herzen. Du bist mein Ein und Alles.

Deinen Namen in die Schlammschlacht des Journalismus' miteinzubringen und mit ihm für Angst und Schrecken unter der Bevölkerung zu sorgen, war ein Fehler. Der Name *Michael* ist zu gut, zu perfekt, um einfach so missbraucht und in einem falschen Kontext dargestellt zu werden. Er muss mit Anmut, Liebe und Ehrfurcht über die Zunge gehen und darf nur im Zusammenhang mit Perfektion ausgesprochen werden.

Ich gelobe, dich von nun an auf ewig zu lieben und zu ehren. Ich werde deinen Namen nur noch in

Verbindung mit Lob und Liebeserklärungen erwähnen.

Bitte vergib mir meine Sünden!"

***

MICHAEL:

„Bitte, ich wollte dich nicht verärgern. Es tut mir leid", heult mein brandneues Todesopfer. Zitternd sitzt sie an einen Baum gelehnt, ihre leuchtenden Farben, durch den Dreck schon gestorben, schimmern nun in einem hässlichen Braun. Den Park, den ich mir für mein Vorhaben ausgesucht habe, kenne ich, seit ich hier – vor meinem Gefängnisausbruch – ein Liebespaar zerstückelt habe, in- und auswendig.

Ich erinnere mich zurück:

Die Frau sah Kim zum Verwechseln ähnlich. Ihren Namen habe ich mir nicht gemerkt, immerhin war dieser nicht Kim und Kim ist der einzige Name, den ich mir merke, Kim ist die einzige Frau, die mir gehört. Die abgetrennten Hände, die jeweils ineinander verschränkt waren und zeigen sollten, dass ich Kim nie wieder loslasse, dass ich Hand in Hand mit ihr durch mein Leben gehen will. Der Arm, in dem sich ein anderer Arm befunden hat. Der größere war über den kleineren gestülpt.

Ein stolzes Lächeln ziert mein Gesicht bei dem Gedanken daran.

Toll.

Nein.

Großartig.

Nein.

Perfekt!

Die Arme sollten die Passage aus meinem Liebesbrief an sie darstellen: „Arm in Arm mit dir am Fluss auf der Bank". Und dann natürlich noch die Beine, die mein Kunstwerk vervollständigten.

Ich werde zurück in die Gegenwart geschleudert, als sich ein hastiger Schatten im fahlen Licht der Laterne am Wegrand, die dunkelorange durch das dichte Blätterdach schimmert, erhebt. Sofort heftet sich mein Blick an den Busch, von wo die Bewegung hergekommen ist. Ich drehe mich zu meinem Opfer um und … und kann sie nicht sehen.

Nein, nein, nein!

So ist das nicht geplant!

Sie kann nicht weg sein.

Das gehört nicht zum *Plan*!

Es herrscht *Chaos*.

Sowohl in meinem Kopf als auch in meinem Plan.

ES GIBT REGELN UND PLÄNE UND AN DIE MUSS MAN SICH HALTEN, SONST STÜRZT DIE WELT INS CHAOS UND DAS KANN MAN NICHT ZULASSEN. MAN MUSS SICH AN DIE VORGABEN HALTEN!

ICH … ICH …

Ich muss mich beruhigen, um klar denken zu können, verdammt nochmal. Weit kann sie nicht gekommen sein, denn dafür müsste meine künstlich erzeugte Schlafparalyse noch zu viel Wirkung haben. Ich hätte ihr doch schon, als wir hier angekommen sind, die zweite Dosis geben sollen.

Ich vernehme ein Knacken von der anderen Buschseite.

Aha, da bist du also!

Ich schleiche um das Gestrüpp herum und sehe gerade noch, wie ein Eichhörnchen davonspringt.

NEIN!

MEIN PLAN!

Ruhe bewahren, Michael!

Ein Schreien durchzuckt die Nacht. Ohne zu wissen, wer, warum, wo geschrien hat, folge ich meiner Erinnerung, von woher ich denke, dass das Keuchen hergekommen sein mag.

Jetzt aber!

Sie liegt auf dem Boden, hält ihren Knöchel. Das geschieht ihr ganz recht. Hoffentlich lernt sie daraus. Wenn nicht, ist auch nicht so schlimm, denn lange hätte sie nicht mehr, um sich das nochmal zu überlegen. Ich ziehe eine Spritze aus meiner Jackentasche hervor und verabreiche ihr die volle Dosis.

Endlich öffnet sie wieder ihre Augen. Ich warte einen Moment, um dann die gleißende Angst in ihrem Blick aufflackern zu sehen.

Ach, wie herrlich.

Wie lange habe ich auf diesen furchtbar tollen Augenblick gewartet, bis mein Opfer realisiert, dass es sich nicht bewegen kann? Womöglich empfindet es auch Herzrasen oder hat Atemschwierigkeiten, was die wachsende Furcht, die bis zum Himmel reicht, nur noch schöner macht.

Das wundervolle an dieser herbeigeführten Schlafparalyse ist, dass sie sich nicht bewegen kann, sie kann nicht mal schreien und doch spürt sie jegliche Berührungen. Das würde ein Spaß werden.

Behutsam setze ich das Skalpell an und ziehe den ersten Schnitt quer auf ihrem Bauch entlang. Ihre Augen weiten sich, doch kein einziger Ton tritt über ihre Lippen. Ich vergrößere den Schnitt so weit, dass zwei Hände in die Öffnung passen. Aus meiner Tasche hole ich zwei Plastikboxen, aus denen zirpende und krabbelnde Geräusche kommen. Die Käfer, Larven und Fliegen, die ich in den Boxen transportiert habe, fühlen sich direkt sehr wohl in der Körperöffnung meines Opfers und beginnen, ihrer Lebensaufgabe zu folgen. Während die Käfer sich durch die Innereien der Frau fressen, haue ich einen großen Holzpflock in das frischgemähte Grün des Rasens im Park und hämmere noch schnell quer ein weiteres Holzbrett weiter oben an den Pflock, bevor ich meine verstummte Tote da hochhieve und festnagle.

***

Ich habe gesündigt!

O Michael, bitte vergib mir, denn ich habe gesündigt! Ich weiß, ich soll die Tage feiern und heiligen, an denen du mir näherkommst, an denen du mir blutige Geschenke machst, um deine Liebe unter Beweis zu stellen. Doch das brauchst du gar nicht, denn du bist der einzig Wahre, der Einzige, an den ich glaube und den ich liebe. Mit ganzen Herzen. Du bist mein Ein und Alles.

Dass ich auch nur versucht habe, sauer auf dich zu sein wegen der vielen Opfer, anstatt sie als Liebesakt und Bestätigung deiner wunderbaren und vollkommenen Liebe zu sehen, war ein Fehler und macht mich nun selbst zutiefst traurig. Ich bin erschüttert, wie ich einen so großartigen, perfekten Mann nur so in Frage stellen konnte.

Ich gelobe, dich von nun an auf ewig zu lieben und zu ehren.

Alle weiteren Geschenke werde ich freudig entgegennehmen.

Bitte vergebe mir meine Sünden!

Kapitel 9

KIM:

„Boah, ist das widerlich", hustet Mia durch ihren fest zusammengepressten Mund. Es ist sehr spät – oder sehr früh, je nachdem, wie man es sieht –, sodass von einigen Beamten am Tatort erstmal Strahler aufgestellt werden, damit wir überhaupt etwas sehen können.

In dem Mallory-Park, zu dem wir gegen 01:36 Uhr gerufen worden sind, ist nicht bloß wieder eine Leiche gefunden worden, sondern wieder eine, die gekreuzigt wurde. Aber natürlich nicht nur das … Wie versprochen ist auch wieder ein blauer Brief aufgetaucht, der ein kryptisches Sündengebet beinhaltet und den Mord eindeutig Michael zuschreibt.

Kaum, dass Noah, Tucker, Mia und ich angekommen sind, wurde auch schon Wilson für eine Ersteinschätzung herbeigeholt, da niemand die Leiche in diesem Zustand bewegen wollte. Bei dieser Hinrichtung Beweise versehentlich zu übersehen, kann schnell passieren und wer hat ein besseres Auge als Wilson, was Tote und Käfer angeht?

„Hier bin ich", kündigt sich nun der Gerichtsmediziner an. „Ich hatte gerade geträumt, dass ich eine Leiche seziere. Naja, vielleicht werden manche Träume ja doch wahr." Mia wirft mir einen vielsagenden Blick zu. Diesen Mann würden wir wohl nie verstehen.

„Oh mein Gott", trällert er, als er die Leiche erblickt. Auch Mia hat das gesagt, als sie die Frau, aus der Käfer, Würmer und Fliegen strömten, an ein Kreuz genagelt gesehen hatte. Mit dem Unterschied, dass es aus Mias Mund bei Weitem hysterischer und angeekelter klang als bei Josh Wilson, der das mit einer monströsen Euphorie zelebriert. Wie um einen Fliegengott tummeln sich die ganzen Insekten um das Opfer.

„Das ist wunderschön. Vielen Dank, dass ich Teil dieses Augenblicks sein darf."

„Wer hat diesen Soziopathen eigentlich vor die Tür gesetzt? Wie kann denn so ein Mensch für die Polizei arbeiten?", raunt mir Mia zu.

„Ich sehe das jetzt einfach mal positiv. Besser er arbeitet so für die Polizei, als dass er sich seine Sezierobjekte irgendwo illegal besorgen würde."

„Kim, manchmal machst du mich genauso fertig wie der Leichenfetischist."

„Oh Mia." Ich wende mich dem Forensik-Team, angeführt von Wilson, zu.

„Hier ist was", ertönt es hinter einem Busch und Tucker und Noah schicken zwei Kollegen von der Spurensicherung in die Ecke.

„Was ist da?", frage ich, als mich die zwei Herrschaften erreichen.

„Spuren in der Erde. Es sieht so aus, als hätte sich jemand, der neben dem Baum gesessen hat, ein paar Meter hinter den Busch gerobbt, hätte dann versucht aufzustehen und ist wieder hingefallen. Aber das sollen die Kollegen begutachten. Hat Wilson schon etwas?"

„Ich glaube nicht. Er ist gerade eben erst gekommen. Immerhin ist er sehr motiviert. Es kann also nicht lange dauern."

„Ich denke, ich könnte sie identifiziert haben", ruft Mia und stakst auf uns zu.

„Wie? Wer ist sie?"

„Kara Gardners. 34 Jahre alt. Das Bild passt und von gesündigt steht auch wieder etwas auf dem Profil."

„Auch wieder auf *LoveBirds*?"

„Nein. Da die anderen Frauen auch auf Dating-Apps unterwegs waren, habe ich da direkt als erstes geschaut. Bei *LoveBirds* konnte ich allerdings nichts finden, also habe ich mal weitere Seiten durchgesehen und sie bei *KissMe* entdeckt."

„Nachdem ich mit meinem Therapeuten gesprochen habe, ist mir einiges klar geworden. Sie sind alle nicht auf meinem Niveau und das ist okay, denke ich. Traurig, aber in Ordnung. Sehr traurig …"

„Wilson, kommen Sie auf den Punkt", fordert Tucker.

„Ich erkläre es Ihnen heute mal für Kleinkinder. Auch wenn ich nicht nachvollziehen kann, wieso ich wichtige Worte und Erläuterungen weglassen sollte, sodass die ganzen großartigen Details fehlen, aber mein Therapeut möchte, dass ich einmal diese Erfahrung mache … Nun ja, die Leiche kann noch nicht lange hier hängen. Das Blut scheint noch recht frisch und auch der Schnitt ist nicht sehr alt. Wäre sie schon gestern hier getötet worden, hätte man das spätestens abends festgestellt. Immerhin ist dieser Park ein beliebter Ort für einen Abendspaziergang und die Inszenierung der Tat ist nicht gerade unauffällig. Ich vermute demnach, dass sie erst vor ein paar Stunden gestorben sein kann. Michael ist ziemlich gerissen. Die Insekten in der Leiche bringen uns nicht viel. Sie sind alle unterschiedlich alt. Wenn man sich also nur auf die Krabbelfreunde reduziert, könnte man behaupten, sie sei zwischen drei Wochen oder drei Stunden tot. Das passt allerdings nicht mit der Schnittwunde und dem Blut überein. Ich nehme also an, dass der Täter, Michael, Insekten jeglichen Stadiums in die Wunde hineingelegt hat."

„Das hat bestimmt etwas zu bedeuten", denke ich laut.

„Dass er uns verwirren will?", geht Tucker auf meine Gedanken ein.

„Das kann ich mir nicht vorstellen. Warum sollten wir dann an anderen Faktoren, wie Wilson auch schon erwähnt hat, der Öffnung des Parks oder anhand des Blutes, erkennen, dass die Leiche noch nicht so alt ist? Das wäre zu dumm für Michael. Er hat alles genaustens geplant. Er ist so akribisch bei seinen Leichen wie Wilson euphorisch. Ich werde nochmal Pavlovic konsultieren."

***

KIM:

Nach letzter Nacht habe ich heute erst später Dienst, um ein paar Stunden Schlaf nachzuholen. Noah hingegen ist schon wieder im Einsatz, während ich mich nun aus dem Bett quäle.

Gähnend tapse ich aus dem Schlafzimmer und mache mich auf ins Bad. Eine Dusche würde mir beim Wachwerden helfen und wenn nicht, gibt es schließlich immer noch Kaffee.

„Kim?", höre ich eine Stimme sagen. Es ist Elena, die meinen Namen in die Länge zieht, als wir uns im Flur begegnen. Ich auf dem Weg ins Bad, sie auf dem Weg von ihrem Zimmer in die Küche. Ich habe fast vergessen, dass sie heute aufgrund von Lehrerkonferenzen keine Schule hat.

Ach, ich wäre auch gerne noch einmal Schülerin.

„Jaaa?", tue ich es Elena gleich und ziehe auch dieses Wort lang.

„Kann ich mal mit dir reden?"

Ich bleibe stehen und versuche an ihrer Miene zu erraten, worum es gleich gehen wird.

Ist etwas passiert? Und wenn ja, ist es etwas Positives oder Negatives?

Ich bräuchte wirklich mal wieder ein paar gute Nachrichten, fällt mir nun auf.

Doch ihr Gesichtsausdruck scheint weder das Eine noch das Andere zu verkünden. Sie wirkt eher ... neugierig und etwas zappelig.

„Ich bin mir nicht sicher, wie ich es sagen soll …" Sie nestelt an dem Saum ihres Shirts, zupft an einem losen Faden.

„Komm, wir setzen uns erstmal auf die Couch. Sag einfach, was dir auf der Seele liegt", ermuntere ich Noahs Tochter, die nun neben mir Platz nimmt und immer wieder auf meinen Bauch zu schielen scheint.

Oder bilde ich mir das nur ein?

Ich trage nebenbei bemerkt immer noch meinen Schlafanzug.

„Okay. Aber nicht lachen oder böse werden, wenn es falsch ist."

„Mach dir keine Sorgen." Jetzt bin ich diejenige, die neugierig ist, was gleich kommen wird.

„Na gut. Kann es sein, dass …, dass du schwanger bist?" Sie hat die Worte so schnell ausgesprochen, als wolle sie die Frage endlich aus sich rauslassen, was allerdings zur Folge hat, dass ich sie fast nicht verstehe. Nach und nach dringt die Bedeutung ihrer Worte zu mir durch.

„Was? Woher …? Wie …?"

„Also stimmt es?", hakt sie nochmal nach, jetzt ganz aufgeregt. Völlig perplex sehe ich Elena an.

„Ja, aber wie hast du das herausgefunden?"

„Na ja. Papa ist in letzter Zeit schon aufgekratzter als sonst. Du, auch wenn es dir nicht auffällt, hast oft eine Hand am Bauch." Verschwörerisch blickt sie an mir herunter und ich ertappe mich, wie meine rechte Hand am Bauch liegt.

Ich erröte leicht, dann ziehen sich meine Mundwinkel nach oben und ich kann nicht anders, als zu lachen.

„Nicht schlecht kombiniert, Frau Kommissarin. Jetzt hast du mich echt überrascht, aber du hast recht mit deiner Theorie. Ich hoffe, du bist nicht sauer, weil wir es dir noch nicht gesagt haben."

Etwas erleichtert bin ich schon, jetzt da Elena es selbst herausgefunden hat und zudem scheint sie ehrlich erfreut, denn sie grinst stolz über ihre Entdeckung.

„Ich bin nicht sauer, ich frage mich nur, warum ihr mir nicht schon früher etwas gesagt habt?", wirft sie mir vor.

„Wir waren uns einfach nicht sicher, wie du das auffassen würdest, wegen …" Ich spreche den Satz nicht zu Ende.

„Achso. Weißt du, Kim ..." Sie senkt den Blick zu Boden und fixiert einen Staubflusen an. „Es ist wirklich lieb von euch, dass ihr so auf mich Rücksicht nehmen wollt, aber mir wäre es viel lieber, wenn ihr einfach normal mit mir umgehen würdet."

Ich bin erstaunt, dass sie so empfindet. Vielleicht haben wir sie ja ganz falsch eingeschätzt.

„Ich weiß, dass Papa mich immer noch wie ein kleines Kind behandelt und das nervt. Echt. Deshalb hoffe ich, dass du nicht anfängst das Gleiche zu tun." Sie sieht mir in die Augen. „Was nicht heißen soll, dass wir alle so tun, als wäre nichts passiert. Aber jedes Mal, wenn ihr euch wegen mir zurückhalten wollt oder nicht offen mit mir seid, fühlt sich das echt beschissen an. Ich bin reif genug und hab aus meinen Fehlern gelernt." Sie klingt in dem Moment so erwachsen und verletzlich zugleich, dass ich nur verständnisvoll nicken kann. Noah will natürlich nur das Beste für seine Tochter, doch er bemerkt scheinbar nicht, dass das ganze „sie in Watte hüllen" doch seine Spuren hinterlässt.

„Ich verspreche dir, dass ich kein Tabuthema mehr daraus mache. Aber ich kann dir nicht versprechen, dass dein Vater das genauso schafft. Du kennst ihn ja." Ich verdrehe gespielt die Augen und Elena lacht ein wenig.

„Danke. Wie lange weißt du eigentlich schon, dass du schwanger bist? Warst du schon beim Frauenarzt? In welchem Monat bist du?", prasseln ihre Fragen auf mich ein.

Ich streiche mir die Haare hinters Ohr und merke, dass sie noch nicht gebürstet sind.

„Nun ja, ich habe vor ein paar Wochen einen Schwangerschaftstest gemacht und der war positiv. Beim Frauenarzt war ich bisher zweimal. Einmal um wirklich sicherzugehen, dass der Test stimmt und das andere Mal zu einer Untersuchung mit Ultraschall und zur Überprüfung der Herztöne", beantworte ich geduldig ihre Fragen. „Um ehrlich zu sein, war ich mir anfangs auch gar nicht so sicher, ob ich mich darüber freuen soll. Du weißt ja, dass die ganze Situation bei uns gerade echt nervenaufreibend ist."

Elena erhält von uns selbstverständlich keine zusätzlichen Infos, die nur den Beamten vorbehalten bleiben, doch über die Medien hat auch sie einen Eindruck, wie sich der Fall Michael Peters gerade entwickelt.

Elena nickt. „Verstehe ich."

„Ich würde dich auch gerne darum bitten, es noch für dich zu behalten. Ich möchte nicht riskieren, dass es alle wissen", sage ich, ohne zu erklären, warum das für mich so schlimm wäre. Immerhin möchte ich Elena keine Angst machen, indem ich ihr erzähle, dass Michael sich die zehn Plagen als Grundlage der Morde nimmt. Mal abgesehen davon, dass diese Information unter Verschluss gehalten werden soll, ist Elena nicht dumm und würde früher oder später merken, dass sie durch dieses Mordschema ebenfalls in Gefahr ist. Schließlich ist sie die Erstgeborene von Noah und Marion. Ich will nicht riskieren, dass sie mit einer ständigen Angst und immer begleitenden Panik lebt. Aus meiner Erfahrung der letzten Monate und im Moment kann ich sagen, dass das echt beschissen ist.

Ich suche ein passendes Thema, um das Gespräch in eine andere Richtung zu locken. Ich möchte mir den Tag nicht durch schlechte Gedanken am Morgen versauen.

„Wer war eigentlich der Junge, mit dem du auf der Hochzeit getanzt hast?" Ich wollte Elena eigentlich schon viel eher auf diese Begegnung ansprechen, aber dadurch dass ich in den letzten Tagen viel gearbeitet habe und kaum zuhause war, hat sich bisher kein passendes Zeitfenster ergeben.

„Eh …", stottert sie verlegen.

„Wenn du nicht darüber reden willst, dann musst du selbstverständlich auch nicht."

„Er heißt Matthew und ist der Neffe von Sanders", vertraut sie sich mir nun an, ohne auf mein Gesagtes einzugehen.

„Und?", hake ich neugierig weiter.

„Und wir haben uns nett unterhalten." Sie hält kurz inne, ehe sie fortfährt: „Wir haben auch unsere Nummern auf der Hochzeit ausgetauscht und unternehmen demnächst irgendwas zusammen."

Dabei belasse ich es. Ich will ihr nicht noch mehr Informationen aus der Nase ziehen – was Noah wahrscheinlich besser finden würde.

Wenn sie ausführlich darüber reden möchte, geht sie vermutlich zu ihren Freundinnen. Ich biete ihr dennoch an, dass sie mit solchen Themen und auch generell immer zu mir kommen kann und ein offenes Ohr findet. „Wie hat dir der Abend denn gefallen? Hast du gezählt, wie oft Papa dir auf die Füße getreten ist?"

„Was? Wieso hätte ich das tun sollen?", lache ich. „Mal abgesehen davon, dass ich mich gar nicht daran erinnern kann, dass er mir überhaupt mal an dem Abend auf die Füße getreten ist. „Ich finde, dein Vater kann echt gut tanzen. Aber wenn du so eine Frage stellst, muss es bestimmt eine Geschichte dazu geben."

„Papa hat früher immer Tanzstunden genommen. Heimlich. Damit wollte er Mama beeindrucken, aber sie konnte trotzdem besser tanzen als er." Ihre Stimme klingt beim letzten Satz melancholisch.

„Du vermisst sie, oder?"

„Ja, schon. Aber ich bin trotzdem froh, dass du da und mit meinem Vater zusammen bist."

„Ich habe dich lieb", erwidere ich und streiche mir eine Träne aus meinem Auge. Ich würde es ja gerne auf die Hormone schieben, die mich wahnsinnig machen, aber sowas Schönes hat Elena noch nie zu mir gesagt. Ich schließe sie für einen Moment in die Arme.

„Wenn du allerdings sagst, dass Papa gut tanzen kann, dann musst du ja diejenige von euch beiden sein, die schlechter tanzt", lacht sie feixend, woraufhin ich ihr gespielt geschockt meinen Ellbogen in die Seite stoße.

„Na, hör mal …", gebe ich aufgebracht von mir, ehe ich in ihr Gelächter miteinsteige. „Eine Frau muss sich nur führen lassen. Dann macht sie schon alles richtig."

„Das klingt nicht sehr feministisch", meint Elena immer noch mit einem Grinsen im Gesicht.

„Das mag sein. Es muss sich ja nicht unbedingt um eine Frau handeln, die folgt. Es kann auch der Mann sein und die Frau führt. Oder Mann und Mann, Frau und Frau", erkläre ich.

„Ja, ja. Wenn du dich dann besserfühlst", witzelt sie weiter.

Ein Magengrummeln unterbricht unseren Lachanfall und ich bin mir nicht sicher, ob es mein Bauch oder Elenas ist, der etwas zu Essen fordert. Aber jetzt bemerke ich auch erst, wie hungrig ich eigentlich bin.

Hey, hast du schon gefrühstückt?" Sie schüttelt den Kopf. „Dann lass mich schnell ins Bad und danach machen wir Pancakes, was sagst du?" Elenas strahlende Augen sind Antwort genug.

***

MELISSA:

Einen letzten Blick in den Spiegel der Bahnhofstoilette, dann ging es los. Haare und Make-Up saßen. Ich hoffte bloß, dass das nach der dreißigminütigen Zugfahrt immer noch so aussehen würde. Mein Date wollte mich schließlich direkt am Bahnhof abholen. Michael hatte er sich vorgestellt, als ich nach seinem richtigen Namen hinter dem Kürzel M. gefragt hatte. Bevor ich mich mit einem Wildfremden, den ich über eine Dating-Plattform kennengelernt hatte, traf, wollte ich zumindest seine persönlichen Angaben und seine Person überprüfen. Seine Antworten und Bilder schienen auf jeden Fall authentisch zu sein und ich erhoffte mir einen schönen Abend und vielleicht sogar ein weiteres Treffen. Aber bevor ich in die Zukunft plante, sollte ich erst einmal abwarten, wie dieser Abend verlaufen würde. Mit dem Zug fuhr ich also die halbe Stunde aus meiner Heimatstadt raus und stieg kurz darauf an einem mir fremden Bahnhof aus. Sofort überkam mich Unbehagen.

Was tat ich hier?

Ich wusste überhaupt nicht, wo ich war und was, wenn dieser Michael doch bloß ein Fake-Account war und niemand hier auf mich wartete.

Was, wenn ...

Nein, halt, Stopp! Fang gar nicht erst an, über so etwas nachzudenken. Du hast dir vorgenommen, neue Leute kennenzulernen und mal etwas aus dir rauszukommen. Mach jetzt keinen Rückzieher und entspann dich!

Ich atmete tief durch und erblickte plötzlich *ihn*. Er stand in der Menge und kaum begegneten sich unsere Blicke, kam er schüchtern lächelnd auf mich zu. Seine Haare waren tiefschwarz und seine Augen stachen hinter der Brille blau hervor. Ein scharfer Kontrast, wie ich fand. Er war sehr groß, aber ich auch sehr klein und so musste ich aufschauen, als er vor mir stand.

„Hi, bist du Melissa?"

Ich räusperte mich kurz. „Ja, die bin ich. Michael?"

Er lächelte etwas munterer, aber ich hatte irgendwie das Gefühl, dass es nicht ganz seine Augen erreichte. Aber vielleicht war er auch nur genauso nervös wie ich.

„Ich war mir nicht sicher, ob du kommen würdest", versuchte ich irgendwie die Stille zu füllen, während wir den Bahnsteig in Richtung des Ausgangs entlangliefen.

„Ach nein? Wieso das nicht?", fragte er, während sein Blick weiterhin auf den Ausgang vor uns gerichtet war.

„Ähm, ich hatte kurz etwas Angst, dass ich doch auf irgendeine Art von Betrüger reingefallen bin, weißt du.

Aber zum Glück bist du ja hier." Ein nervöses Lachen entfuhr mir und ich wünschte mir in dem Moment, dass ich einfach lässiger in Gesprächen auftreten könnte.

Wir verließen den Bahnhof, traten in den späten Nachmittag hinaus und ignorierten die Menschen, die gerade in den Bahnhof zum Feierabend stürmten, um nach Hause zu fahren. Michael führte mich gekonnt zwischen den Leuten hindurch, bis wir etwas abseits auf einem Parkplatz standen.

„Tut mir leid, dir die Umstände mit der Anfahrt bereitet zu haben, aber ich wollte an unserem ersten Treffen mit dir hier hin", entschuldigte er sich.

Ich winkte bloß ab in der Absicht, so aufzutreten, als würde ich so etwas öfter machen und mir würde es gefallen, ständig andere Städte kennenzulernen. Ich wollte nicht als die stille, zurückhaltende und eigentlich immer zu Hause hockende Maus wahrgenommen werden, die ich eigentlich war. Immerhin hatte ich mein Vorhaben, etwas mutiger und aktiver zu werden, noch nicht aufgegeben.

„Schon okay. Du hast ja geschrieben, dass du gern mit mir im Park picknicken gehen würdest. Das nächste Mal können wir ja tauschen und du kommst zu mir." So übermütig wollte ich gar nicht sein, aber die Worte waren schon aus meinem Mund.

Er lächelte jedoch nur höflich und meinte: „Sehr gerne. Dann komm, wir müssen ein Stück fahren." Er führte mich zu einem silbernen PKW und stieg ein. Ich nahm auf dem Beifahrersitz neben ihm Platz.

Während der Fahrt blickte ich aus dem Fenster und sah, wie der Abstand der Häuser immer größer wurde und wir bald über eine Landstraße holperten. Mir wurde etwas mulmig zumute. Hatte er nicht etwas von einem Park gesagt? Ich schaute zu Michael herüber und er fing meinen Blick und offensichtlich die Sorge darin auf, denn er sagte schnell: „Es dauert nicht mehr lang. Da vorne den Hügel rauf und wir sind da. Tut mir leid, wenn ich dir Angst gemacht habe, aber ich wollte nicht in einen der überfüllten Parks in der Stadt. Hier sollte weniger los sein." Er lächelte und ich nickte nur.

Stimmte, was er sagte? Machte ich mir unnötigerweise Gedanken?

Tatsächlich fuhren wir einen kleinen bewaldeten Hügel hinauf und er stellte den Wagen auf einer, mit einem Parkschild ausgezeichneten, Grasfläche ab. Also schien das hier doch ein öffentlicher Aussichtspunkt zu sein. Die Vorstellung, in weniger als einer Stunde den Sonnenuntergang von hier oben mit ihm bei einem Picknick zu genießen, war in der Tat sehr romantisch und vielleicht wollte Michael genau das erzielen und hatte sich deswegen zuvor so bedeckt gehalten. Ich schämte mich innerlich, dass ich ihm so misstraut hatte und stieg aus dem Auto. Eine zarte Brise wehte durch mein fliederfarbenes Kleid und brachte es in der Luft zum Tanzen. Michael ging in der Zeit zum Kofferraum und holte einen Picknickkorb hervor. Mit der freien Hand ergriff er anschließend meine und führte mich behutsam auf eine kleine Lichtung, auf der er sich niederlassen wollte.

Ich bestaunte gerade den klaren Himmel. Unter den Umständen ließen sich später bestimmt gut Sterne beobachten. Hinter mir hantierte Michael am Picknickkorb.

„Hey, es ist wirklich wunderschön hier. Danke, dass du …"

Ich spürte einen Schlag am Hinterkopf, dann wurde mir schwarz vor Augen.

***

MICHAEL:

Ich warte am Bahnhofsgleis und putze meine falsche Brille, als gerade der Zug einfährt, auf den ich gewartet habe. Er hat sich um einige Minuten verspätet, aber das war nicht weiter schlimm, ich habe immerhin die ganze Nacht Zeit. Mein „Date" hat mir einiges abverlangt, bevor sie sich darauf eingelassen hat hierher zu kommen, daher sollte mein Vorhaben lieber gut werden. Eigentlich suche ich mir immer die unvorsichtigen raus, die zu freundlichen und naiven. Melissa gehört eher weniger zu diesem Typ Mensch wie ich festgestellt habe, allerdings wird sie von einem Tatendrang angetrieben, endlich mal etwas zu erleben und ihr Leben in die Hand zu nehmen. Das ging aus ihren Nachrichten deutlich hervor. Die Kleine will offenbar nicht mehr das schüchterne Klischee sein, das ihre Abende lieber daheim auf der Couch verbringt, als sich mit Leuten zu treffen. Was auch immer ihren Wandel ausgelöst hat, es wird ihr heute zum Verhängnis werden.

Ich beobachte sie, wie sie aus dem Abteil steigt. Ihre braunen Haare sind zu einem lockeren Zopf geflochten und sie trägt ein Kleid in zartem Violett. Unruhig und verschreckt wie ein alleingelassenes Rehkitz sieht sich nun nach mir um. Ich lasse meine Knöchel knacken und schreite auf sie zu, es wird Zeit in Erscheinung zu treten.

„Hi, du bist Melissa?", frage ich sie.

„Ja, die bin ich. Michael?" Ich unterdrücke mein Stirnrunzeln aus zwei Gründen. Einmal, weil ihre Stimme zu hoch ist und des Weiteren, weil ich es nicht gewöhnt bin mit Michael von einem meiner Opfer angesprochen zu werden, aber sie hätte sich niemals mit mir getroffen, wenn ich darauf beharrt hätte, dass ich M. sei.

Ich ringe mir also ein Lächeln ab.

Auf dem Weg nach draußen stelle ich direkt fest, dass sie eine von denen ist, die Stille als etwas schier Unangenehmes wahrnehmen. Doch anstelle ein vernünftiges Gespräch zu beginnen, quasselt sie einfach unbeholfen drauflos.

„Ich war mir nicht sicher, ob du kommen würdest", piepst sie.

„Ach nein? Wieso das nicht?"

„Ähm ich hatte kurz etwas Angst, dass ich doch auf irgendeine Art von Betrüger reingefallen bin, weißt du. Aber zum Glück bist du ja hier."

Ich lache innerlich. Wenn sie nur wüsste, was heute Abend noch auf sie zukommen würde.

Nachdem wir an meinem Auto angekommen sind, fahren wir aus der Stadt heraus und ich bemerke, wie sie nervös wird. Eigentlich habe ich ihr gegenüber von einem Park gesprochen, aber ich habe einen weitaus geeigneteren Ort gefunden. Einen Aussichtspunkt, der mal richtig beliebt bei Wanderern gewesen sein soll, aber seit etwas weiter nördlich ein richtiger Wanderweg mit Pausenabschnitten und Erlebnispfad aufgemacht wurde, kam selten noch jemand auf den alten Hügel. Wir sollten die Nacht also ungestört sein.

Ich spüre ihren Blick auf mir und bin wohl nun verpflichtet sie zu beruhigen, bevor sie merkt, dass etwas nicht stimmt und versucht zu fliehen oder auf sich aufmerksam zu machen.

„Es dauert nicht mehr lang. Da vorne den Hügel rauf und wir sind da. Tut mir leid, wenn ich dir Angst gemacht habe, aber ich wollte nicht in einen der überfüllten Parks in der Stadt. Hier sollte weniger los sein."

Niemand wird wissen, wo du bist, und niemand hört dich schreien. Ich lächele. Sie nickt bloß. Sei es drum.

Oben angekommen halte ich auf dem ehemaligen Parkplatz und wir steigen aus.

Das außer meinem gestohlenen Fahrzeug mit falschem Kennzeichen kein anderes Auto hier steht, scheint ihr nicht aufzufallen. Ich hole den Picknickkorb aus dem Auto und greife nach ihrer Hand. Innerlich winde ich mich bei dem

Kontakt, doch will ich jetzt zügig anfangen und führe sie somit zu der kleinen Lichtung. Dort angekommen schiele ich zur Seite. Etwas weiter im Wald steht schon alles bereit, doch davon weiß Melissa noch nichts. Sie ist zu sehr damit beschäftigt, die Idylle zu bestaunen. Hinter ihr bücke ich mich und öffne den Korb, in dem sich ganz sicher nicht das befindet, was ein normaler Mensch zu einem romantischen Picknickdate mitnehmen würde. Aber schließlich würde das hier auch nicht normal, sondern herrlich werden. Ich ziehe den Knüppel und richte mich hinter ihr auf.

„Hey, es ist wirklich wunderschön hier. Danke, dass du …"

Klappe jetzt.

Ich ziehe ihr eine über und sie fällt bewusstlos zu Boden. Endlich kann der spaßige Teil des Abends beginnen.

***

KIM:

Es ist schon spät und ich wäre jetzt gerne zuhause auf der Couch. Doch stattdessen sitze ich immer noch im Besprechungsraum des Reviers und zermartere mir den Kopf über die jüngsten Geschehnisse.

„Hi Kim, jetzt habe ich Zeit." Dajana Pavlovic betritt den Raum und zieht sich einen der Stühle zurück. „Den anderen habe ich auch schon Bescheid gegeben. Die stehen allerdings alle im Flur und belagern Susan. Ich hoffe, sie kommen gleich."

„Warum belagern sie Susan?", hake ich nach, doch Dajana zieht nur die Schultern hoch, um sie im nächsten Moment wieder sacken zu lassen.

„Keine Ahnung. Das musst du Mia und Tucker fragen", verteidigt sie sich.

Ich erhebe mich, gehe zur Tür und werfe einen Blick in den Flur. Tatsächlich stehen dort Mia, Tucker, Kuti und Susan. Letztere im Kreis, den die anderen drei gebildet haben.

„Bitte, nur noch einmal", fleht Mia und setzt ihren Hundeblick auf.

„Was wollt ihr denn von mir?", fragt Susan Schmitz hilflos.

Ich pfeife einmal laut in die Richtung der Gruppe, um ihre Aufmerksamkeit zu erhaschen, ehe ich sie frage, was denn los sei und ob sie nicht endlich ihre Hintern in den Besprechungsraum schwingen könnten, damit wir anfangen und anschließend endlich nach Hause gehen können. Kuti ist der erste, der sich von dem Geschehen losreißen kann und in meine Richtung kommt. Die anderen folgen schnellen Schrittes.

„Sorry, Kim", meint Mia, als sie den Raum betritt und sich einen Platz sucht. „Bringen wir es hinter uns."

„Nun dann … Ich habe Wilson für heute Abend nicht geordert. Er hat mich *kurz* gebrieft und ist dann nach Hause gegangen. Aber ich gebe das alles mal weiter. Zumindest das, was von dem Gespräch wichtig ist: Die Spuren, die hinter dem Busch in der Erde gefunden wurden, könnten tatsächlich zu unserem Opfer gehören. Man hat an Kara Gardners Armen und vor allem Beinen Erdreste gefunden. Außerdem hat sie sich den rechten Knöchel gebrochen. Und das unmittelbar vor ihrem Tod. Ich denke, den Teil mit den Insekten und den verschiedenen Stadien kennt ihr alle bereits, deswegen lasse ich das jetzt mal weg."

Ich werfe einen erneuten Blick auf meine Armbanduhr: Viertel vor elf. Meine Augenlider sind schon schwer und ich versuche, bei der angeheizten Diskussion, wie wir Michael fassen könnten, weiterhin neuen Input zu geben, was mir unfassbar schwerfällt. Ich lasse meinen Blick über die Gesichter der anderen wandern und stoppe bei Pavlovic, die mich aufmunternd anlächelt.

„Soll ich dir einen Kaffee machen, Kim?"

Ich schüttle den Kopf. „Nein, danke. Ich hoffe einfach, wir sind gleich fertig und dass ich endlich ins Bett kann."

„Noah ist schon zuhause, oder?", flüstert sie mir zu, damit wir die anderen nicht beim Ideensammeln stören.

„Ja. Er hat die Kinder von seinen Eltern abgeholt und sie ins Bett gebracht. Also Nicky ins Bett gebracht", verbessere ich mich.

Nicky ist an sich eigentlich auch schon groß, aber er findet es toll, ins Bett begleitet zu werden und noch eine Geschichte zu hören. Die letzten zwei Tage habe ich das gemacht, deshalb ist heute wieder Noah dran.

„Hä, ja. Das können wir machen", vernehme ich Kutis aufgeregte Stimme. Dajana und ich wenden unsere Blicke den anderen zu, die gerade so aussehen, als hätten sie eines der Millennium-Probleme der Mathematik geknackt.

„Wir bräuchten dafür nur einen Freiwilligen", trägt Mia zu der Unterhaltung bei.

Ich fühle mich etwas verloren, weil ich keine Ahnung habe, worum es geht. Als ich gerade zu einer Frage ansetzen möchte, was hier gerade abgeht, funkt Schmitz dazwischen: „Ich kann es machen."

„Das ist gut", fährt Mia fort und wirft mir einen aufgeregten Blick zu. „Ihr seht euch tatsächlich sogar etwas ähnlich. Deine Haare müssten wir etwas kürzen, Susan und nochmal etwas dunkler färben, damit es passt. Aber ich finde, dann könntet ihr sogar als Schwestern durchgehen. Oder zumindest Cousinen. Was sagt ihr?"

„Das ist mir vorher nie wirklich aufgefallen, aber du hast recht. Wenn wir die Haare anpassen, könnten sie sich wirklich ähnlich sehen."

„Danke, Tucker!", trällert Mia und ihr erwartungsvoller Blick bohrt sich in mich hinein.

„Ich habe den Anfang nicht mitbekommen", sage ich entschuldigend. „Worum geht es denn? Warum soll Susan mir ähnlich sehen?", frage ich mit einer vagen Vorahnung, was nun auf mich zukommen könnte.

„Wir setzen sie als Lockvogel ein", erklärt Mia stolz. „Sie wird sich einen neuen Account auf verschiedenen Dating-Seiten erstellen und dann nach Michael Ausschau halten und ihn adden. Dann hoffen wir, dass er anbeißt und sich mit ihr treffen will. Wir werden dann schon vor Ort sein, auf ihn warten und wenn er auftaucht, nehmen wir ihn fest."

„Das ist viel zu gefährlich!", behaupte ich. „Bisher hat Michael keine Fehler gemacht. Er prüft alles sehr genau. Wenn er herausfindet, dass das eine Falle ist, kriegen wir das zu spüren."

„Da muss ich Kim zustimmen. Ich halte es für sehr unwahrscheinlich, dass Michael nicht merken würde, dass das eine Falle ist", schließt sich Dajana, als unsere Psychologin im Team, meinem Standpunkt an.

Mia kontert das Argument: „Einen Versuch ist es wert. Wenn wir es ausprobieren und er merkt es, ist es halt doof gelaufen. Wir müssen vorsichtig sein. Aber wenn wir nichts machen, ist es ebenfalls ein Risiko. Ein Risiko, dass wir ihn niemals kriegen und er immer weitermordet. Wenn Susan es wirklich machen möchte, sollten wir es machen. Wenn nicht, ist es auch in Ordnung und wir versuchen etwas anderes. Aber das sollten wir Susan überlassen."

Alle Blicke wenden sich unserem Lockvogel zu.

„Äh ja. Gebt mir nochmal Zeit. Ich würde gerne eine Nacht drüber schlafen und das vielleicht auch nochmal mit Luke besprechen."

„Uuuuh. Luke"; sagen Mia und Tucker wie aus einem Munde.

„Leute, ihr seid so kindisch", tadele ich die beiden, doch es scheint ihnen egal zu sein.

„Sie ist jetzt tatsächlich mit Luke von der Dating-App zusammen. Erinnerst du dich, Kim?"

Ich nicke langsam und durchforste mein Hirn nach einem neuen Thema, da ich sehen kann, wie unangenehm Susan diese Konversation scheint. Doch mir fällt nichts Gutes ein, weshalb ich das Meeting einfach beende. Ich habe sowieso nichts mehr, was es mit allen zu besprechen gibt.

***

KIM:

Eigentlich will ich längst im Bett sein und schlafen, aber mir ist klar, dass ich zuhause – wie auch die letzten Tage – kein Auge zu machen würde. Ich zermartere mir seit einigen Nächten den Kopf und muss dringend mal mit jemandem reden, dem ich vertraue.

Ich fühle mich etwas mies, dass ich Dajana nach der Besprechung abgefangen und sie gebeten habe, noch kurz zu bleiben, damit ich mit ihr sprechen kann. Immerhin will sie wahrscheinlich auch einfach nach Hause zu Sanders und ein paar Stunden schlafen, bevor es morgen früh wieder an die Ermittlungen geht.

„Du machst dir Sorgen, Kim", stellt Dajana offen fest, als wir die einzigen beiden sind, die im Besprechungsraum zurückbleiben.

Sie war schon aufgestanden, bevor ich sie bitten konnte, noch zu bleiben. Nun setzt sie sich wieder neben mich auf den Stuhl und sieht mich besorgt an.

„Ist das so offensichtlich?", frage ich und versuche mich an einem Lächeln.

„Seit wir uns in meinem Büro die Liste mit den zehn Plagen angesehen haben, wirkst du etwas betroffen. Ich denke, die anderen haben es nicht wirklich gemerkt. Dafür sind sie im Moment zu sehr auf Susan fixiert. Außerdem haben sie deinen Stimmungswechsel, als du die Liste gelesen hast, nicht mitbekommen."

„Mhm", murmele ich und nicke leicht.

„Du bist nicht nur wegen Elena geschockt gewesen, oder?", hakt sie weiter nach und es ist faszinierend, wie diese Frau immer wieder den Nagel auf den Kopf trifft.

„Ja", gebe ich zu und sehe sie hilflos an.

„Du erwartest ein Kind, habe ich Recht?"

Ich nicke erneut, wende diesmal aber meinen Blick von ihr ab, weil sie genau weiß, was das bedeutet.

„Noah ist es noch nicht klar, was das heißt und ich möchte es ihm auch nicht sagen. Er macht sich so schon genug Sorgen um Elena, Nicky und mich. Ich will ihn damit nicht zusätzlich belasten, aber ich kann es auch nicht mehr für mich behalten."

„Das verstehe ich."

Dajana will gerade einen weiteren Satz an ihr Gesagtes hängen, als ich schon fortfahre: „Ich musste es dir sagen, weil ich es nicht ertrage, damit allein zu sein, aber du darfst es niemandem – wirklich niemandem – erzählen. Nicht einmal Sanders. Bitte … Wenn Michael das irgendwie herausfindet, dann …"

Ich bringe den Satz nicht zu Ende. Die Verzweiflung übermannt mich. Ich unterdrücke ein hoffnungsloses Wimmern, während ich die aus meinem Augenwinkel flüchtenden Tränen jedoch nicht zurückhalten kann.

„Mach dir keine Sorgen darum. Ich werde es keinem sagen."

„Kannst du mir versprechen, dass Michael nicht an dieses Kind kommt?", frage ich und sehe sie mit glasigen Augen an. Sie wendet ihren Blick ab und ich kann es ihr nicht verdenken. Wie sollte sie mir so etwas versprechen können? Es ergibt keinen Sinn, das ist mir selbst klar, aber ich brauche irgendeine Sicherheit. Irgendwas, an das ich mich klammern kann.

„Kim, … Ich …", setzt sie hilflos an.

„Es tut mir leid. Ich weiß, dass du mir das nicht versprechen kannst. Es tut mir leid."

„Das ganze Team wird tun, was es kann, um Michael zu fassen. Ich kann dir sagen, dass wir alle unser Bestes geben, um dich und deine Familie zu beschützen." Dajana legt ihre Hand auf meine. Ihr entschlossener Blick dringt durch meine verschwommene Sicht. „Wir haben Michael schon einmal gekriegt. Wir werden es auch ein weiteres Mal schaffen." Damit zieht sie mich in eine feste Umarmung, in der wir ein paar Augenblicke verharren.

„Und jetzt fahre ich dich nach Hause, sodass du noch etwas Schlaf bekommst. Noah wartet bestimmt schon."

***

MICHAEL:

Melissa schlägt träge ihre Augen auf und ihre Pupillen benötigen einen Moment, um mich zu fokussieren. Dann scheint sie wieder ins Hier und Jetzt zurückzufinden, was sie mit einem Aufstöhnen kommentiert.

„Wieder munter?", frage ich freundlich und hieve ihren Körper näher an mein Kreuz, welches ich schon einen Tag zuvor auf den Hügel gebracht und im Unterholz versteckt hatte.

Melissa wimmert und würde sich vermutlich gerne an den Kopf fassen, doch ihre Hände sind bereits an den Querbalken gebunden. Noch habe ich das Kreuz nicht aufgerichtet und so hängt sie wie ein nasser Sack davor.

Ihr Blick hebt sich und verständnislos bewegt sie ihre Lippen zu einem „Was ist hier los?". Ihre Stimme ist von ihrer Benommenheit noch etwas kratzig.

„Ach, wie unhöflich von mir. Ich sollte mich wohl erklären", säusle ich ihr zu. „Du warst aber auch ziemlich lange weg. In den drei Minuten, in denen du ohnmächtig warst, habe ich dich bis ins Dickicht schleifen können. Wusstest du, dass es echt gefährlich werden kann, wenn man zu lange bewusstlos ist? Das Gehirn wird sonst nicht mehr mit Sauerstoff versorgt und kann absterben oder zumindest großen Schaden nehmen, wenn du Glück hast. Aber dir kann das jetzt sowieso egal sein."

Ich summe freudig vor mich hin, während Melissa scheinbar immer noch versucht, meinen Worten einen Sinn zu entlocken. Als sie mich nach einigen Sekunden immer noch verwirrt anstarrt, beginnt meine Geduld schon zu bröckeln. Ich seufze genervt und beuge mich ganz nah zu ihrem Gesicht herunter.

„Ich. Werde. Dich. Umbringen."

Tränen der Angst steigen endlich in ihr auf und sie öffnet den Mund, um zu schreien, doch ich halte ihr schnell meine Hand davor.

„Oh, das wirst du schön bleiben lassen. Nicht, dass hier jemand sein könnte, der dich hören wird, aber ich habe wirklich keine Lust, deine sowieso schon nervige Stimme auf Hochtouren ertragen zu müssen."

Mit einem Tuch, aus dem Picknickkorb, knebele ich sie.

„Was ich damit vorhabe, fragst du dich?" Ich blicke Melissa lächelnd entgegen. „Pass mal auf, ich musste mir hierfür erst mal richtig den Kopf zerbrechen. Weißt du, wie man eine Viehseuche auf einen Menschen überträgt, damit er innerhalb von wenigen Stunden stirbt?" Mein Opfer macht nicht die Anstalten mir zu antworten. Nur weil sie geknebelt ist, heißt das noch lange nicht, dass sie nicht nicken oder mit dem Kopf schütteln könnte. Ich ramme ihr also mit einem schnellen Ruck mein Knie in den Unterleib und ihr entweicht ein ersticktes Jaulen. Ich frage jetzt gereizter: „Weißt du, wie man eine Viehseuche auf einen Menschen überträgt, damit er innerhalb von wenigen Sekunden stirbt?"

Hektisch schüttelt sie den Kopf.

Na, geht doch.

„Nein? Ich verrat es dir: gar nicht. Denn egal, für welche Seuche ich mich auch entschieden hätte, ich hätte sie dir schon einige Tage vorher injizieren müssen, damit sie dich tötet. Und einfach nur zuzusehen, wie du an ihr dahinraffst, ist irgendwie nicht mein Stil. Doch dann kam mir die Idee. Warum nicht einfach die Symptome nachstellen, hm? Du wirst vielleicht nicht an der Seuche selbst sterben, aber glaub mir, ich werde dafür sorgen, dass es sich so anfühlt." Ein diabolisches Grinsen breitet sich auf meinem Gesicht aus und Melissas Augen zucken panisch umher.

„Bei meiner Planung habe ich mich für die Tollwut entschieden. Die Krankheit wird von Tier auf Menschen übertragen und dies meist über einen Biss."

Ich greife in den Picknickkorb und hole ein Tellereisen hervor, bei dessen Anblick Melissa wieder anfängt wild herumzustrampeln, doch die Seile um ihre Gelenke sitzen zu fest. Das Tellereisen sieht aus wie eine kleine Bärenfalle. Sehnsüchtig denke ich an meinen Familienmord zurück, in dem ich tatsächlich Bärenfallen genutzt hatte. Das Tellereise ist ebenfalls aus Stahl gefertigt und besitzt zwei gezahnte Fangbügel, die zusammenschlagen können. Die Version hier schließt sich jedoch nicht ganz nach dem Auslösen, sondern quetscht die Beute nur ein. Immerhin will ich nicht, dass meine Beute direkt wieder ohnmächtig vor Schmerz wird. Wir fangen schließlich gerade erst an.

Ich halte die Jagdwaffe unter Melissas Nase und verkünde: „Das hier wird den Tierbiss simulieren, der deine heutigen Tollwutsymptome auslösen wird."

Ohne langes Fackeln presse ich den Teller der Falle, der zwischen den Fangbügeln sitzt und der Konstruktion seinen Namen verleiht, an Melissas Oberarm und eine Feder löst das Zusammenschnellen aus. Die Zacken bohren sich tief in ihr Fleisch, doch schließt sich die Falle wie versprochen nicht ganz, wodurch der Oberarm nicht komplett zerfleischt wird. Mein Opfer schreit dennoch, obwohl der Laut von dem Knebel im Mund gedämpft wird. Ich öffne das Tellereisen wieder und betrachte unter Melissas wildem Hin und Herwerfen die „Bissspuren".

„Herzlichen Glückwunsch, du wurdest in der Theorie gerade gebissen. Bei einer Virusinfektion könnte es nun einige Zeit dauern, bis die ersten Symptome auftreten, da das Tollwutvirus erst das Rückenmark oder Gehirn erreichen muss. So viel Zeit habe ich nicht, daher beschleunigen wir unsere Simulation und gehen direkt zu den Symptomen über. Kannst du mir noch folgen?"

Melissa stöhnt angestrengt und eine Rotzblase bildet sich an einem ihrer Nasenlöcher.

„Die ersten Symptome sind Kopfschmerzen, Unwohlsein, Fieber und Kribbeln in den Gliedmaßen. Das kann bis zur Lähmung später führen."

Aus meinem Picknickkorb ziehe ich nun einen Beutel voller handelsüblicher Gummibänder. Es wird Zeit die Glieder abzubinden. Die Bänder schnüren die Blutzufuhr ab und nach kurzer Zeit werden die Gliedmaßen rot und violett. Das Ganze fängt an zu kribbeln und wird irgendwann taub. So werde ich mich also vorarbeiten. Als erstes die Finger, dann die Arme und Beine und zum Schluss der Kopf. Ich habe erst fünf Gummibänder um ihren Kopf gespannt, da scheint der Druck schon riesig zu sein, denn sie versucht kläglich die Bänder abzuschütteln. Natürlich funktioniert das nicht und ihr wird bloß noch schwindelig obendrein. Sie lässt es also bleiben. Vor einiger Zeit gab es mal einen Internet-Trend, in dem Leute getestet haben wie viele Gummibänder es braucht, um eine Wassermelone zu sprengen. Je nach Exemplar explodierten manche schon nach vierhundert, andere nach eintausend Gummibändern. Viel interessanter war jedoch zu beobachten, wie sich manche Menschen die Frage gestellt haben, wie vieler Gummibänder es bedarf, um einen Schädel zum Explodieren zu bringen.

Mittels einer Nachbildung, die dem menschlichen Kopf am nächsten kommt und sogar Hautschichten und das Gehirn mit einfasst, haben „Hobbysadisten" das Experiment gewagt. Nach zwanzig Bändern begannen diese schon das Fleisch zu zerteilen, doch es benötigte rund eintausendvierhundert Gummibänder, um auch den Schädel zu brechen. Da soll sich Melissa mal nicht so wegen fünf Bändchen anstellen. Sie endet jedenfalls mit zwölf Gummis um ihren Kopf, doch scheinbar habe ich endlich ihren Willen gebrochen und sie wehrt sich nicht mehr. Wahrscheinlich wünscht sie sich, dass ich sie endlich töten würde. Lange würde es nicht mehr dauern. Schade eigentlich, dass der Spaß sich so schnell schon dem Ende zuneigt. Weitere Symptome der Tollwut sind

Muskelkrämpfe, die im Rachen auftreten und das Trinken unerträglich machen. Allein das Sehen von Wasser kann schon eine Hydrophobie bei den Betroffenen auslösen.

Zum anderen kommt es natürlich noch zu dem prägnantesten Merkmal der Tollwut vor dem Tod: der Schaum vor dem Mund. Dieser wird durch den verstärkten Speichelfluss und das fehlende Schluckvermögen verursacht. Um also die beiden letzten Symptome für diesen Abend nachzustellen, schlage ich gleich zwei Fliegen mit einer Klappe. Denn auch bei Ertrinkenden können sich Bläschen vor dem Mund bilden, wenn die Person vor ihrem Tod unter Wasser noch atmet. Ich beuge mich zu Melissa hinunter und entferne ihren durchnässten Knebel. Speichelfäden ziehen sich von Mund bis Knebel und ich lasse ihn angewidert fallen. Sie ist zwar stark mitgenommen, doch sie atmet noch.

Perfekt.

Dann sollte sich auch bei ihr der besagte Schaumpilz bilden.

„Zeit zum Baden. Hörst du schon das Wasser?"

Die Sonne ist bereits untergegangen, doch die restlichen Lichtstrahlen färben den Horizont in ein tiefes Lila-Rot. Der kleine Teich schimmert märchenhaft im übrigen Licht und spiegelt die Szene, die sich über ihm abspielt. Das Kreuz steht nun vollständig an einem Baum, Melissas violettes Kleid weht schwach um ihre Beine. Ihre Extremitäten sind dunkel verfärbt und geschwollen, ihr

Kopf am Bluten, da die Gummibänder nun auch ihre Haut eindrücken. Ein Arm weist eine blutige Fleischwunde durch die Falle auf, während ihre Augen weit aufgerissen und glasig ins Nichts starren. Ihr Mund steht offen und in der Tat hat sich Schaum vor ihm gebildet. Ihre braunen Haare kleben nass an ihren Wangen, da ich ihren Kopf vor wenigen Minuten noch unter Wasser gedrückt habe. Nun betrachte ich mein Kunstwerk und muss mich selbst einfach mal wieder loben. Dafür, dass mir diese Tat anfangs so viel Kopfzerbrechen bei der Umsetzung bereitet hat, habe ich mal wieder eine Glanzleistung abgelegt. Der Sündenbrief ist das letzte Utensil, welches ich dem Korb entnehme. Ich werde ihn gleich anbringen, doch ich bin immer noch zu gefesselt von der Schönheit vor mir. Ein Frosch quakt und ich genieße die einbrechende Nacht, bis es ganz dunkel ist. Erst dann hinterlasse ich meinen Brief und kehre zum Auto zurück. Auf dem Rückweg summe ich erneut fröhlich vor mich hin.

Was eine ruhige und sternenklare Nacht, denke ich entspannt.

✳✳✳

Ich habe gesündigt!

O Michael, bitte vergib mir, denn ich habe gesündigt! Mir ist bewusst, dass ich dich eigentlich ehren soll, wie ich als Kind meine Eltern vergöttert habe. Doch das habe ich nicht gemacht und dafür gibt es keine Entschuldigung, denn du bist der einzig Wahre, der Einzige, an den ich glaube und den ich liebe. Von ganzem Herzen. Du bist mein Ein und Alles.

Ab heute werde ich alles für dich tun. Dich lieben, wie ich meine Mutter liebe, dich ehren, wie ich meinen Vater ehre und dich vergöttern, wie ich noch keinen anderen Mann vergöttert habe.

Ich gelobe, dich von nun an auf ewig zu lieben und zu ehren.

Für ein langes Leben an deiner Seite würde ich alles tun.

Bitte vergebe mir meine Sünden!

Kapitel 10

MICHAEL:

Endlich verbringt Kim mal wieder eine Mittagspause außerhalb des Reviers.

Die letzten Tage habe ich vergeblich im Auto vor dem Laptop, den ich mit meinen angebrachten Kameras am Revier verbunden habe, gewartet, dass Kim hinauskommen und irgendwas unternehmen würde. Doch die Zeit ist verstrichen, ohne dass sie einen Fuß vor die Tür gesetzt hat.

Doch heute ist es anders.

Sie öffnet die gläserne Eingangstür. Mein minderwertiges Ebenbild erscheint direkt hinter ihr und ich merke, wie sich meine Hände zu Fäusten ballen und mein Atem stoßweise zwischen meinen zusammengepressten Zähnen weiße Wölkchen in der kalten Luft hinterlässt.

Sie scheinen sich zu verabschieden, denn Kim dreht sich zu Noah um, der ohne Jacke vor der Tür fröstelt, und sie wechseln einige Worte, die ich aufgrund der Entfernung nicht verstehen kann. Kim schüttelt leicht den Kopf und Noah lässt den Kopf etwas sinken. Er legt Kim eine Hand auf die Schulter.

Nach weiteren stummen Mundbewegungen der beiden schließen sie sich kurz in die Arme, gefolgt von einem flüchtigen Kuss. Noah sieht Kim noch eine Weile nach, ehe er sich wieder in das warme Innere der Polizeistation verzieht.

Kim strafft ihre Jacke und hält sie – anstelle den Reißverschluss zu schließen – mit einer Hand vor ihrer Brust zusammen. Mit der anderen kramt sie einen Schlüssel aus ihrer Jackentasche hervor. Sie drückt drauf und das Warnblinklicht eines Wagens auf dem Parkplatz leuchtet kurz auf.

Ich stelle den Laptop auf den Beifahrersitz und warte, bis Kim vom Parkplatz fährt, ehe ich den Motor starte und ihr folge. Dabei bin ich immer darauf bedacht, dass zwei Autos zwischen uns sind, sodass sie mich nicht bemerkt.

Nach einer Fahrt von ziemlich genau zehn Minuten hält sie an einer Gemeinschaftspraxis von verschiedenen Ärzten an.

Während sie aussteigt, das Auto abschließt und in das Gebäude eintritt, recherchiere ich auf meinem Handy, welche Ärzte genau dort arbeiten.

Meine Suche ergibt genau vier Leute mit verschiedenen Fachbereichen, die sich diese Räumlichkeiten teilen – eine Ärztin für Innere- und Allgemeinmedizin, ein Arzt für Diabetologie, eine Gynäkologin und ein Radiologe.

Sie arbeiten wohl auch daran, eine physiotherapeutische Praxis miteinzubinden, aber dem Datum dieses Eintrags nach zu urteilen, ist dieser Traum genauso weit entfernt wie der Wunsch eines eigenen MRT-Gerätes.

Was Kim dort bloß will?

Ich ziehe meinen Laptop aus dem Fußraum des unbesetzten Beifahrerplatzes und beginne wild auf die

Tastatur einzuhämmern. Ein paar Minuten später öffnet sich mir das Programm mit den Patientendaten der Praxis.

So leicht, denke ich. Wie erwartet ist der Server nicht ansatzweise so gut gesichert wie der des örtlichen Krankenhauses, den ich Monate zuvor mal für die Überwachungskameras hacken musste.

Ich suche unter „F" nach „Foster". Mein Gesicht erhellt sich, als ich „Foster, Kimberley" ausfindig mache. Es braucht nur ein paar Klicks und schon erstreckt sich die gesamte Krankenhistorie von ihr auf meinem Bildschirm. Ich scrolle bis zum Ende der Liste und lese mir die letzten Einträge der Akte durch.

Aha!

Kim ist also gerade bei der Frauenärztin und hat einen Termin zum Ultraschall.

Das kann nur eins bedeuten ...

Verbittert lese ich mir die Einzelheiten zu dieser Schwangerschaft durch.

... die verbotene Liebe trägt Früchtchen.

Wie konnte Noah es wagen?!

Wie kann Kim sich auf sowas einlassen?

Es muss ein Unfall gewesen sein. Anders kann ich es mir nicht erklären. Ich hätte es gewusst, wenn sie Pläne über gemeinsamen Nachwuchs geschmiedet hätten.

Ich hätte es gewusst!

Ein Gedanke durchzieht mein Bewusstsein und ein Lächeln bildet sich auf meinem Gesicht ab.

Welch glücklichen Pfad das Schicksal doch eingeschlagen hat ...

***

+++ NEWS +++ NEWS +++ NEWS +++

GEFAHR FÜR DIE BEVÖLKERUNG!

INKOMPETENZ DER POLIZEI SORGT FÜR UNRUHE!

Ist die Polizei, die uns dienen und schützen soll, in der Lage, die Verbrecher von der Straße zu nehmen, die bei der Bevölkerung Angst und Schrecken verbreiten?

Die unabgeschlossenen Fälle bei der Polizei, die kein beendetes Verfahren nach sich ziehen, häufen sich. Vor anderthalb Jahren gab es eine Mordserie eines brutalen und psychopathischen Serienkillers, der die Menschen einen nach dem anderen auf grauenvolle Weise ermordete. Lange Zeit wusste die Polizei nicht, wen sie dafür verantwortlich machen sollte, bis einer der Ermittler, Noah Jordan, in den Fokus der Ermittlungen rückte, festgenommen und dann wieder freigelassen worden ist. Nach ein paar Wochen Ruhe begann die zweite Mordserie, die wohl ebenfalls auf die erste bezogen werden kann. Verantwortlich dafür soll nach Angaben des Pressesprechers der örtlichen Polizei ein gewisser Michael Peters sein.

Die zweite Serie und die doppelten Opfer, die vorkamen, waren eine Liebeserklärung an die Hauptermittlerin, Kim Foster, die nebenbei bemerkt, auch die Lebensgefährtin des ehemals Verdächtigen, Noah Jordan ist. Die Polizistin, die im Zentrum der Aufmerksamkeit des Psychopathen steht, nimmt keine Stellung und verweigert jegliche Interviews.

Nun hat Michael Peters erneut angefangen zu morden, nachdem er aus dem Gefängnis ausgebrochen ist. Das lässt doch vermuten, dass unsere Polizei keine Ahnung hat, was sie tut und mit der Situation mehr als überfordert ist.

Es ist beinahe so wie damals, als Kim Fosters Bruder in der Grundschule von einem Amokläufer erschossen wurde. Die Polizistin stand direkt vor dem Glaselement des Foyers und hätte in das Geschehen eingreifen können. Doch sie entschied sich dagegen. Stattdessen schaute sie einfach nur zu, wie einem kleinen, unschuldigen Jungen das Leben genommen worden ist.

Ob die Ermittlerin, Kim Foster, mit Michael Peters gemeinsame Sache macht, um sich an dem Leid der Bevölkerung und der Familien zu ergötzen, bleibt ungeklärt. Vielleicht ist sie in Wahrheit genauso psychopathisch und blutrünstig wie der mutmaßliche Täter, der sie seit Beginn ins Zentrum des Geschehens stellt.

Wir, die Bevölkerung, fordern mehr polizeiliche Transparenz und die Anklage von Kim Foster wegen Beihilfe zum Mord in mehreren Fällen.

Wir wollen eine sichere Stadt!

Ein Artikel von Arno Gustavo

***

KIM:

„Seid ihr soweit?", fragt Susan Schmitz, die sich nun tatsächlich als Lockvogel bereiterklärt hat.

„Ich finde die Idee immer noch nicht gut", werfe ich ein und werde erneut von allen Seiten schiefangesehen.

„Du wurdest überstimmt, Süße. Außerdem wird sie", Mia deutet auf unsere jüngere Kollegin, „von niemanden gezwungen."

„Ich weiß, aber es fühlt sich nicht richtig an. Michael ist gerissen. Wir können sein Handeln nicht vorhersagen oder kontrollieren."

„Kim, mach dir keine Sorgen. Ich schaffe das. Es ist nur ein Essen. Ich gehe ins Restaurant hinein, esse etwas mit ihm und fahre dann von Kollegen in Zivil eskortiert nach Hause, die den ganzen restlichen Abend auf mich aufpassen, sodass mir Michael gar nicht zu nahekommen *kann*. Kuti und eine Freundin übernachten sogar. Auf mich wird besser aufgepasst als auf einen Kinderserienkiller im Todestrakt eines Hochsicherheitsgefängnisses."

„Ich bin trotzdem noch nicht ganz überzeugt. Ich werde aber versuchen, es zu akzeptieren."

„Sehr gut, Kim. Wir machen Fortschritte", lacht Mia, doch das mulmige Gefühl in meinem Bauch lässt sich nicht verdrängen.

„Dann sehen wir uns später", sage ich in die Runde und gehe zurück an meinen Schreibtisch.

Ich öffne das Dating-Portal und schaue mir ein weiteres Mal die Seiten der bisherigen Opfer an.

Ich finde es wirklich nicht gut, dass Susan Schmitz sich so einer Gefahr aussetzt.

Andererseits ist das eine verdammt gute Möglichkeit, dass wir Michael fassen, bevor er Wind von meiner Schwangerschaft bekommen kann. Denn in ein paar Wochen würde ich die Tatsache, dass ein Kind in mir heranwächst, nicht mehr vertuschen können.

***

KIM:

„Ich gehe jetzt rein", flüstert Schmitz in Richtung ihres Dekolletés, in dem ein winziges Mikrofon versteckt ist, sodass wir sie in unserem Wagen an der Ecke verstehen können. Wir stehen nicht sehr weit vom *La Viletta* entfernt, aber auch nicht direkt davor. Unsere IT-Abteilung hat die Kameras des Lokals angezapft. Nun können wir auch von draußen genauestens sehen, was im Inneren passiert. Michael sitzt schon an einem Platz ziemlich zentral im

Restaurant, keine sieben Meter vom Eingangsbereich entfernt. Zwei Tische hintendran sitzen Kollegen in Zivil, die sich eine Portion Bratkartoffeln teilen. Deren Aufgabe ist es, sich voll und ganz auf Schmitz und ihre Sicherheit zu konzentrieren. Die anderen Gäste in dem Lokal gehören ebenfalls zu unserer Einheit und warten nur darauf, einzugreifen.

Fast habe ich Michael nicht sofort wiedererkannt, weil er nun einen merkwürdigen Bart und eine Brille im Gesicht trägt.

Man möchte meinen, dass solche geringfügigen Veränderungen keinen Ausschlag auf die Wahrnehmung geben, aber es ist verblüffend, wie viel schon so eine kleine Sache bewirken kann.

Michael tippt abwechselnd mit seinen Fingern auf seine Serviette. Er hat schon zwei Gläser Wein bestellt, von denen er noch nichts getrunken hat und sein Blick ist starr auf die geschlossene Karte vor ihm gerichtet. Er trägt eine schwarze Jeans und ein dunkles Hemd, das in die Hose gesteckt ist.

Die Tür des Lokals geht auf und Michaels Blick richtet sich schnurstracks auf Schmitz, die in ihrem grünen Cocktailkleid den Raum betritt. Wie ein Gentleman steht er auf, läuft einmal um den Tisch herum und zieht ihr den Stuhl nach hinten, sodass Susan Schmitz sich setzen kann. *Sehr kavaliersmäßig*, denke ich. Man könnte fast meinen, er sei nett. Doch wenn man ihn zumindest ein bisschen kennt, verraten ihn seine Augen. Eiseskälte. Doch eins muss man ihm lassen: Er kann es wirklich gut überspielen.

„Du siehst ja tatsächlich so aus wie auf dem Foto, das du hochgeladen hast", fährt Michael nach der Begrüßung fort.

„Ja, warum sollte ich auch nicht so aussehen?", fragt Schmitz unschuldig. Natürlich weiß sie, warum. Bei der Polizei sieht man häufiger Fake-Accounts, die nur angelegt worden sind, um potenzielle Sexpartner aufzureißen, damit man wenigstens für eine Nacht Spaß hat. Doch das ist nur die Spitze des Eisbergs.

„Na ja. Ich hätte nicht erwartet, dass du so hübsch bist."

„Dankeschön. Was machen Sie so in Ihrer Freizeit, Michael? Online steht, Sie arbeiten mit Menschen. Muss doch bestimmt spannend sein."

„Es gibt Spannenderes. Aber erzähl mir doch lieber was von dir."

Eine gefühlte Ewigkeit vergeht, in der nur Small Talk betrieben wird und ich muss mich zusammenreißen, nicht laut aufzulachen, wenn ich Michaels Antworten höre. Man könnte wirklich denken, dass er ein ganz normaler, netter Kerl ist, der niemandem was Böses möchte. Die Vorstellung, dass ein Mensch sich so gut verstellen kann – zuerst ein Gentleman, der auf der Suche nach der wahren Liebe ist, und dann ein monströser Killer, der ohne Rücksicht auf Verluste alles niedermetzelt, was ihm in die Quere kommt, egal, ob Frauen, Tiere oder Kinder –, lässt mir eiskalte Schauer den Rücken hinunterrieseln.

Mittlerweile haben die Scharfschützen Stellung bezogen und stehen sowohl um das Restaurant verteilt als auch auf den umliegenden Häuserreihen, damit uns Michael diesmal bloß nicht entwischt.

„Ist es soweit?", frage ich und die Einheit, die mit mir in dem einen Überwachungswagen sitzt, nickt mir synchron zu.

„Bereit machen zum Zugriff", schallt es aus den Funkgeräten.

„Denkt dran, ihr müsst draußen bleiben bei der Festnahme. Sonst gefährdet ihr sie."

„Zu involviert. Ich weiß", sage ich zu Mia, die nach zwei von unseren Kollegen aus dem Wagen springt. Noah kontrolliert noch einmal, dass meine Weste sitzt, ehe auch wir das Auto verlassen.

„Gleich ist alles vorbei", raunt er mir zu.

Das will ich auch hoffen.

Mit einem Mal geht alles sehr schnell. Der eine Trupp kommt zur Hintertür ins Restaurant hinein und zwei Trupps verschaffen sich den Zutritt durch den Haupteingang. Als die Kollegen mit ihren Westen und Gewehren das Lokal regelrecht stürmen, bricht von außen gesehen großes Chaos im Inneren aus. Natürlich weiß jeder, was er zu tun hat, aber über die Kameras sieht es aus wie ein riesiger Ameisenhaufen.

Die Sicht auf das weitere Geschehen wird mir genommen, als sich die Kollegen schnell um den Tisch mit unserer Zielperson verteilen. Ich tausche die

Kameraperspektiven, doch auf jeder Aufnahme sehe ich bloß den Rücken irgendeines Polizisten. Was an sich ja gut sein müsste, so ist einer erneuten Flucht Michaels vorgebeugt. Ich schaue zu Noah, der mir aufmunternd zunickt.

Doch auf einmal fallen mehrere Schüsse. Ich kann nichts sehen.

„Schusswechsel. Polizist angeschossen. Wir brauchen umgehend einen Rettungswagen an unseren Standort", rauschen unsere Funkgeräte vor dem Lokal.

Weitere Schüsse fallen und das Grauen breitet sich in meinem Körper aus und schießt mir durch meine Knochen, sodass meine Beine drohen nachzugeben.

Der Rettungswagen, den wir pro forma zwei Straßen weiter geordert und abgestellt haben, fährt nun mit Blaulicht in unsere Straße ein.

Eigentlich war der Plan, dass er in der anderen Straße wartet, um uns nicht zu verraten und nur kommt, falls es nicht anders geht und wir Michael bei der Festnahme verletzen mussten, weil er zu fliehen versucht hat. Die Rettungssanitäter springen aus ihrem Fahrzeug, öffnen die hinteren Türen und stehen mit der Trage im Griff und den Erste-Hilfe-Rucksäcken auf den Rücken bereit. Sie warten nur noch auf die Funkdurchsage, dass Michael in Gewahrsam ist und es sicher ist, das Lokal zu betreten, um dem verletzten Polizeibeamten zu helfen.

„Haben sie ihn?", ist die einzige Frage, die derzeit durch meinen Kopf wandert. Wahrscheinlich nicht. Immerhin

hätten sie sonst per Funk durchgegeben, dass die Sanitäter endlich reinkommen können.

Es wird neblig. Rauch, vermute ich, doch weiß ich nicht, woher der kommen sollte. Die Küche war nicht in Betrieb. Selbstverständlich haben wir jegliches Personal des Lokals mit Leuten von uns ersetzt und alles Mögliche an Gefahrenherden beiseitegeräumt.

„Zielperson hat eine Rauchbombe gezündet und flieht. Dritte Einheit übernehmen", hustet jemand in das Funkgerät. Sofort positionieren sich die Polizisten vor dem Lokal und gehen in Stellung.

Eine Gestalt formt sich aus dem Nebel vor dem Lokal.

Michael!

Reflexartig greife ich meine Waffe und, bevor er losrennen kann, feuere ich auf mein zuckendes Ziel.

Doch das Ziel feuert wild zurück!

***

MICHAEL:

„Dieses Miststück", knurre ich und halte meinen Arm. Nicht nur, dass sie wieder einmal auf mich geschossen hat, sie hat mich auch wieder einmal getroffen.

Diese Frau kann halt einfach mit einer Pistole umgehen.

Das ist nicht hilfreich. Sie hat versucht mich umzubringen.

Und sah umwerfend dabei aus.

Und was, wenn Kim das nächste Mal nicht nur meinen Arm trifft?

Das wird schon nicht passieren. Dafür ist unsere gegenseitige Liebe zu stark, diskutiere ich mit mir selbst.

Ich presse meine Hand noch fester auf meinen linken Oberarm, als das schmerzende Pochen droht, die Oberhand zu gewinnen.

Verdammte Scheiße.

Ich springe in meinen Wagen und fahre mit quietschenden Reifen in die nächste Seitenstraße.

Das wilde Ballern in die Polizistenmenge hat einiges bewirkt. Sie waren nicht darauf vorbereitet, dass ich darauf vorbereitet war. Aber ganz ehrlich, Susan Schmitz als Lockvogel? Dachten die wirklich, ich würde nicht wissen, wer das ist?

Ich kenne jeden und weiß alles!

Mal abgesehen davon, dass sich diese Frau verraten hat, als sie wusste, dass ich Michael heiße, obwohl ich mich vorher nicht so bei ihr vorgestellt habe. Auch auf meinen Dating-Profilen ist nichts von Michael zu finden. Ich habe ausschließlich M. verwendet. Zwei Polizisten sind mir noch nachgelaufen, nachdem ich einige andere mit meiner Waffe umgenietet habe. Doch wie gesagt, ich war vorbereitet!

Die Polizisten dürften mittlerweile alle wieder vor dem Lokal sein und sich wundern, warum die Verfolgung abgebrochen wurde.

Die Hauptstraßen werden wahrscheinlich gleich alle gesperrt sein, wenn sie es nicht schon sind. Ich öffne das

Handschuhfach auf dem Beifahrerplatz und ziehe eine Perücke und Sonnenbrille heraus, die ich mir schnell aufziehe. So würde man mich durch die Autoscheibe zumindest nicht mehr erkennen.

„Langsam", versuche ich mich zu beruhigen. „Du willst doch nicht, dass du angehalten wirst oder verdächtig wirkst. Fahr einfach schön langsam."

Stell dir vor, dass Kim neben dir sitzt und ihr auf dem Weg ins Kino oder so seid. Wie ein glückliches Ehepaar, das schon 15 gemeinsame Jahre auf dem Buckel hat.

Aber sie hat mich fast umgebracht! Erneut! Will ich wirklich neben ihr in einem Auto sitzen?

Sie weiß unsere Liebe nicht zu schätzen. Noah hat sie mit seinen Vorstellungen und Gefühlen vergiftet und ich befürchte, es ist zu spät für jedes Gegengift. Ihr Herz wurde schon infiziert.

Ich kann Kim nicht mehr retten!

Niemand kann Kim mehr retten!

Ich muss sie erlösen!

Sie. Muss. Sterben!

***

KIM:

„Wird sie wieder?", frage ich den Sanitäter, nachdem Susan Schmitz auf der Trage in den Rettungswagen geschoben wurde.

„Das kann ich Ihnen jetzt noch nicht sagen. Aber es sieht nicht gut für sie aus. Ihr Zustand ist kritisch und wir müssen sie erstmal umgehend ins Krankenhaus bringen."

Ich nicke abwesend, während mein Hirn noch versucht, das Gesagte zu sinnvollen Sätzen zusammenzufügen.

In der Zwischenzeit sind die Einsatzkräfte, die Michael hinterhergerannt sind, wieder zurückgekommen. Sie haben Michael erwischt, hieß es in dem letzten Funkspruch. Susan hätte also etwas zu feiern, wenn sie wieder fit wäre. Dank ihr haben wir Michael erwischt.

Doch als auch die letzten Beamten den Weg, den sie Michael gefolgt waren, zurückkommen, sehe ich alle Polizistinnen und Polizisten, aber keinen Michael.

„Wo habt ihr ihn?", fragt Mia, die auf die Gruppe zukommt.

„Wir haben ihn nicht", sagt einer.

„Wollt ihr mich veräppeln? Einer von euch hat doch per Funk durchgegeben, dass ihr ihn habt und die Operation erfolgreich beendet werden kann." Mia mustert den Trupp misstrauisch, doch die schütteln nur den Kopf.

„So wie es aussieht, war es keiner von uns."

„Michael!", knurrt Mia durch ihre zusammengebissenen Zähne und der Mut, den ich durch das Hochgefühl, dass wir Michael endlich wieder einbuchten können, hatte, ist wie weggeblasen. Innerlich sacke ich in mich zusammen. Wie kann es sein, dass Michael uns schon wieder entkommen ist? Jetzt war die ganze Aktion doch umsonst und Susan wurde unnötigerweise angeschossen!

Hätte ich das bloß nicht zugelassen!

Ich rekapituliere diese gesamte Situation erneut:

Michael zündet eine Rauchbombe, wodurch die Beamten im Lokal nichts mehr sehen konnten. Er flieht und schießt vor dem La Viletta wild in die Polizistenmenge, sodass einige Kolleginnen und Kollegen zu Boden gehen. Während er mit einem Vorsprung vor uns davonläuft, gibt irgendwer durch, dass Michael gefasst sei, was aber nicht stimmte. So sind alle umgedreht und zurückgekommen, während Michael ganz in Ruhe fliehen konnte.

„Das wird schon. Susan ist eine starke Frau", versucht mich eine Stimme von hinten aufzubauen. Mein Bauchgefühl widerspricht vehement und ein Ziehen in meinem Inneren katapultiert mich ins Hier und Jetzt zurück. Ich beginne, zu rennen und bremse an einer Buschreihe ein paar Meter entfernt.

„Kim! Kim, wo willst du hin?"

Ich beuge mich nach vorne und wende noch gerade rechtzeitig den Kopf ab, um nicht meine Schuhe zu erwischen, ehe ich mich erbreche. Mein Kopf hängt so tief, dass mir die dünnen Äste des Gebüsches ins Gesicht pieken. Heiße Tränen laufen mir über die Wange und ich bin nicht in der Lage, mich wieder aufzurichten. Ich raufe mir mit meiner rechten Hand die Haare, wodurch sich ein paar Strähnen aus meinem Zopf lösen.

„Pscht. Alles ist gut." Es ist Noahs Stimme, teilt mir mein Hirn nun mit und ich versuche, mich zu beruhigen.

Seine Hände sammeln von hinten meine losen Strähnen ein und streichen sie behutsam hinter mein Ohr.

Der bittere Geschmack meines Frühstückskaffees kriecht meine Speiseröhre empor. Eine weitere Welle der Übelkeit erfasst mich und ich lasse alles raus. Meine Hand wandert zu meinem Bauch, als ich mich langsam wieder aufrichte.

„Ich war dagegen, Noah." Meine Stimme bricht. „Ich … Ich habe gesagt, es ist keine gute Idee. Und … Ich habe es trotzdem zugelassen. Vielleicht wird sie nie wieder gesund."

Noah schließt mich in seine Arme.

„Hey, es war ihre Entscheidung. Du hättest es nicht ändern können."

„Wenn ich hartnäckiger gewesen wäre, …"

„Deine Leute sind genauso stur wie du. Schmitz hätte diese Festnahme auf jeden Fall durchgeführt. Du hast keine Schuld und dir wird sie auch von keinem gegeben werden."

„Was ist da drin nur passiert, dass Michael trotz der ganzen Polizisten fliehen konnte? Wie konnte Susan angeschossen werden? Warum hat keiner von den Kollegen was gemacht?"

Die Tränen rennen meine Wangen hinunter, alle darauf bedacht, Noahs Oberteil noch ein bisschen nasser zu machen. Ich kralle meine Finger in seine Schulterblätter, in der Hoffnung, etwas Halt zu finden.

„Können wir bitte ins Krankenhaus fahren?", schluchze ich. „Ich würde gerne bei Susan sein."

„Sicher. Komm mit." Noah greift meinen Arm und führt mich stützend in Richtung unseres Autos.

***

NOAH:

„Sei stark. Du musst es einfach schaffen. Bitte. Für Luke, für deine Eltern. Für mich." Sie schnieft. Seit zwei Stunden ist Susan Schmitz aus dem OP draußen und seit zwei Stunden sitzt Kim an ihrem Bett und hält tapfer ihre Hand. Sie hat noch nicht aufgehört, sich selbst Vorwürfe zu machen und auch ihre Tränen sind noch nicht versiegt.

Der Arzt meinte, dass die Operation nicht ganz so gut verlaufen sei. Sie mussten Susan zweimal reanimieren und beim zweiten Mal hätten sie es fast nicht geschafft, sie zurückzuholen. Auch jetzt ist Schmitz noch immer nicht über dem Berg.

„Bitte bleib stark, Susan. Ich brauche dich!"

„Kim, willst du langsam mal nach Ha…"

„Nein", ruft sie und ich zucke unwillkürlich zusammen.

„Bleib stark. Du schaffst das." Wie ein Mantra wiederholt sie diese Sätze und wiegt sich dabei weinend vor und zurück. Schmitz liegt in dem Krankenhausbett an unzählige Maschinen angeschlossen, alle darauf bedacht, sie am Leben zu erhalten.

Die nächsten 24 Stunden sind entscheidend. Erst danach können wir sagen, ob sie es schaffen wird oder nicht, hallen die Worte des Arztes in meinem Kopf wider. Das bedeutet, die nächsten 24 Stunden würde ich Kim wohl kaum dazu bewegen können, von hier weg zu gehen.

„Bleib stark, Susan. Du schaffst das. Ich brauche dich."

Michael hatte sie wirklich schlimm erwischt. Drei Kugeln. Die erste hatte sich ins Herz, in die rechte Herzkammer gebohrt, aber, Gott sei Dank, weder die Lunge perforiert noch eine Hauptschlagader getroffen. Bei diesem Schuss hatte Schmitz also – den Umständen entsprechend – Glück gehabt. Trotz alle dem ist ihr Herz mehrmals stehen geblieben, sodass sie wiederbelebt werden musste. Der zweite Schuss ging in den Kopf. Mehr oder weniger ein Streifschuss. Er hat zwar die Schädeldecke durchbrochen, doch das Gehirn nicht verletzt. Also auch hier – den Umständen entsprechend – Glück gehabt. Der dritte Schuss sorgte für eine Ruptur der Oberarmarterie. Der Arm konnte von den Ärzten nur gerettet werden, weil die Ersthelfer vor Ort den Arm sofort abgebunden haben. Und doch wird es ein langer Prozess werden, bis sie wieder vollkommen einsatzfähig sein würde.

„Bleib stark. Du schaffst das, Susan." Ich rücke meinen Stuhl näher an den von Kim und streiche ihr behutsam mit der flachen Hand über den Rücken. Meine kreisenden Bewegungen scheinen sie zu beruhigen und ihre Schluchzer werden weniger. Nur ihre Tränen kann ich nicht zurückhalten.

„Denk dran. Du hast keine Schuld!", sage ich mit fester Stimme, um Kim daran zu erinnern.

Weitere geschlagene zwanzig Minuten verharren wir in unseren Positionen, beide mit eigenen Gedanken beschäftigt.

Ich kann in solchen Momenten nur daran denken, was wohl wäre, wenn es Kim getroffen hätte. Was würde ich tun, wenn sie hier läge, wenn ich nicht wüsste, ob sie das überleben würde?

Was wäre, wenn *ich selbst* hier läge? Was würde mit Nicky und Elena passieren? Hoffentlich würde sich Kim der beiden annehmen, aber die zwei haben schon einmal jemandem verloren. Wie sollen sie es verkraften, erst ihre Mutter und dann auch noch mich zu verlieren? Außerdem habe ich bald drei Kinder. Das Ungeborene würde als Halbwaise auf die Welt kommen. Wir würden uns niemals kennenlernen und Kim müsste das Kind ganz allein großziehen.

Nein, denke ich. Das kann ich nicht zulassen. Wenn die Geschichte mit Michael vorbei ist, was hoffentlich bald sein wird, würde ich mich vorläufig an den Schreibtisch versetzen lassen, um für Kim in vollen Zügen da zu sein, ohne dass sie Angst haben muss, ich könnte abends nicht nach Hause kommen.

Ja. Das würde ich tun, nehme ich mir fest vor.

Ein Piepen durchzuckt den Raum und Kim und ich fahren beide zusammen. Mein Blick wandert zu dem Monitor über dem Bett, der die Herzaktivität anzeigt. Auf dem Bildschirm, auf dem eben noch Hebungen und Senkungen gewesen sind, die zeigten, dass das Herz schlägt, sind diese nun fort und eine Nulllinie bildet sich ab. Ein Strich, der piepend von der einen Monitorseite zur anderen läuft. Ein Pfleger und der zuständige Arzt betreten schnellen Schrittes den Raum und weisen uns an, rauszugehen und dort zu warten. Wir leisten Folge und schauen durch das Fenster in der Wand aus dem Flur in das Zimmer hinein. Eine weitere Pflegekraft kommt mit einem Reanimationswagen und der Arzt verabreicht Schmitz eine Spritze in den zentralen Venenkatheter an ihrem Handrücken. Alles scheint plötzlich wie in Zeitlupe abzulaufen. Ein vergeblicher Reanimationsversuch folgt dem anderen, bis der Defibrillator weggepackt wird und die Pflegekräfte erschöpft zusammensacken, ihre Schultern frustriert nach vorne fallen lassen. Der Arzt steht mit dem Rücken zur Scheibe und schaut auf seine Uhr, der Pfleger notiert etwas. Die drei Personen kommen aus dem Patientenzimmer der Intensivstation und einer der Pflegekräfte schüttelt nur traurig den Kopf, als er uns sieht.

„Nein, nein, nein, nein!" Was mit einem Hauch anfängt, endet in einem verzagten Schrei, in dem so viel Schmerz liegt, dass mich die Gefühle drohen, zu übermannen. Kim fällt in sich zusammen, ihre Beine geben nach. Ich schnappe mir ihre Schulter und ziehe sie in eine feste Umarmung. Sie hört nicht auf, zu schreien, ihrem Schmerz Ausdruck zu verleihen, schlägt um sich, doch ich lasse sie nicht los. Ich kann sie gar nicht loslassen.

„Es tut mir so unendlich leid", flüstere ich, auch wenn ich weiß, dass ihr das wenig bringt.

Der Arzt macht einen weiteren Schritt auf uns zu und beginnt, zu sprechen: „Es tut uns sehr leid. Ihr Herz …" Alles, was der Arzt sagt, geht in dem Krieg der Gefühle unter.

„NEIN, NEIN, NEIN, NEIN …!"

Kapitel 11

MICHAEL:

Auch wenn ich schon öfter dieses Gebäude betreten habe, kommt es mir mit einem Mal fremd vor. Irgendwas in mir hat sich verändert.

Kann das sein?

Ich ändere mich nicht!

Ich bin gleich.

Perfekt!

Seit meiner Geburt bin ich die *Perfektion*.

Ich mache keine Fehler.

Nie!

Die Menschen um mich herum mögen von solchen Dingen geplagt werden, aber nicht ich.

Niemals!

Ich verschaffe mir Zutritt zu ihrem alten Haus, wie ich es schon öfter gemacht habe, wenn ich unbemerkt hineinkommen wollte. Ich laufe das Treppenhaus bis zur obersten Wohnung hoch.

Ich denke zurück, an die unzähligen Male, an denen ich vor Kims Wohnungstür stand und ihren Duft einatmete. Die Male, die ich vor Kims Fenster auf dem Balkon stand und sie beim Kochen, beim Fernsehen oder auch beim Schlafen beobachtete.

Sie lag immer so süß in ihrem Schlafzimmer. Ihr Bett war so groß, dass sie darin unterzugehen drohte. Man musste genau hinschauen, wo sie liegt, um sie ausfindig zu machen. Ein Bein Richtung Brust angewinkelt schlief sie mit der einen Hand unter ihrem Kopfkissen und der anderem an ihrem Hals liegend. Die kastanienbraunen Haare waren nachts oft verstrubbelt und lagen in alle Richtungen.

Ich atme einmal tief durch, doch in diesem Haus ist nichts mehr von Kims Geruch. Ihr Geruch ist jetzt in dem Haus, in dem sie lebt, in der Wohnung, in der sie mit Elena, Nicky und Noah wohnt. Mir wird schlecht, wenn ich daran denke, dass sie fortan in Noahs Armen einschlafen wird. Ihr angewinkeltes Bein wird gegen Noahs Körper stoßen, die Hand unter dem Kissen wird nun unter dem Kissen von ihr und Noah liegen und die Hand an ihrem Hals wird jetzt über Noahs Schulter streichen, bevor sie einschläft und ihre niedlichen Geräusche macht.

Manche Menschen würden diese Melodien als „Schnarchlärm" bezeichnen, doch ich weiß, dass es mehr ist. Es ist ein lieblicher Klang, der mich wie ein Sirenengesang bezaubert und zu sich in den Abgrund lockt. Wie oft musste ich diesem Zauber widerstehen und stark sein?

Ein höheres Ziel darf man nicht durch eine Impulshandlung zerstören.

Wenn Kim irgendwann mir gehören soll, muss ich stark sein und meinen Plan Folge leisten. Nicht umsonst habe ich ihn schließlich aufgestellt.

Konzentriere dich, Michael.

Am Schild neben der Tür steht sogar noch der Name Foster drauf. Soweit ich informiert bin, soll diese Wohnung renoviert und dann, statt vermietet, verkauft werden. Wie es allerdings aussieht, haben hier noch keine Bauarbeiten angefangen.

In der Wohnung drin ist alles leer. Nichts ist so, wie es war. Alles Vertraute hier ist weg. Das Sofa fehlt, der Fernseher, das Bett, alles. Nichts in dieser Wohnung lässt darauf schließen, dass Kim hier jemals gewohnt hat.

Jetzt sei nicht so sentimental. Das ist ja schlimm. Kim hat dich verletzt, deine Pläne durchgekreuzt. Mehrfach! Sie muss weg und das sofort.

Kim. Muss. Sterben.

Als würde er nichts im Schilde führen, geht er ein Stockwerk tiefer und klopft an einer Wohnungstür. Ein wildes Miauen ertönt aus dem Inneren und sofort erinnert er sich, wer hier wohnt.

„Ach hallo, Noah. Es ist so schön, Sie zu sehen. Ist bei Ihnen und Kim alles gut?", öffnet Mrs. Altenmeier die Tür.

Michael antwortet nicht, sondern starrt ihr nur kalt und grausam in die Augen, während seine Hände sich schnurstracks auf ihren Hals zubewegen.

Seine Muskeln sind angespannt, aber seine Ausstrahlung ruhig. Gruselig ruhig. Eher als würde er ein Verkaufsgespräch führen und hätte sein Gegenüber eisern in der Hand, und nicht so, als würde er eine alte Dame mit seinen bloßen Händen erwürgen.

Wieder blitzen Erinnerungsfetzen in seinem Kopf auf, doch im Moment kann er sie nicht zuordnen, weiß nicht, was er mit ihnen anfangen soll. Sie befeuern ihn, lassen ihn fester zudrücken.

Wald ... Dämmerung ... perfekte Stimmung ...

Mrs. Altenmeier keucht, versucht mit allen Mitteln, Luft zu holen, doch scheitert. Ihre brüchigen Fingernägel bohren sich in Michaels Arm. Er scheint es gar nicht zu merken, steckt viel zu tief in seinem Wahn.

Popcorn auf der Couch ... gutes Aftershave ... Sie schmiegt sich an mich, ich will sie nie wieder gehen lassen ... Glücksgefühle ... Mein Arm um ihren Rücken ... Ihr Kopf ruht auf meiner Schulter ... mein Kopf auf ihrem Kopf ...

Nach einigen Augenblicken, die nur mühsam verstreichen, sackt Mrs. Altenmeier in sich zusammen. Die Katzen haben mittlerweile den Rückzug angetreten.

Ein getigerter Kopf lugt unter dem alten Sofa mit Blümchenmuster hervor. Wahrscheinlich sind da noch weitere drunter und suchen Schutz. Doch Schutz würden sie dort nicht finden. Schutz würden sie nirgendwo so schnell finden. Michael lässt die Wohnungstür mit einem Schulterstoß zufallen, nachdem er die Hände um den Hals der alten Frau gelöst hat und sie wie ein Sack alter Kartoffeln auf den Boden fällt.

Michael lässt sich auf ein Knie herunter und wirft einen Blick unter die Couch. Seine Hand schnellt nach vorne und unter großem Miauen und Fauchen zieht er eine der Katzen am Kragen zu sich hin. Ein Messer blitzt in der Tasche seiner Sweatjacke auf.

***

NOAH:

„Ich kann das nicht, Noah", wimmert Kim. „Es gibt so viele Tote meinetwegen. Schmitz ist wegen mir gestorben, weil ich existiere und sie nicht von dieser Idee abgehalten habe. Sogar die Zeitungen sagen, dass ich Schuld an dem Tod der Opfer habe."

„Kim, du darfst nicht glauben, was irgendwelche dummen Reporter schreiben. Ich knöpfe mir diesen Arno Gustavo vor und dann werden wir ja sehen, was er dazu sagt." Meine Wut wird mit jedem Wort deutlicher, doch verpufft, als ich in das verzweifelte Gesicht Kims schaue.

Eigentlich müssen wir los, um an Susans Trauerfeier teilzunehmen, doch Kim scheint sich och nicht gefasst zu haben.

„Er hat sogar ein Bild von damals neben den Artikel gesetzt. Aus dieser Perspektive kann man nicht erkennen, dass ich von zwei Polizeibeamten zurückgehalten werde. Auch der Gesichtsausdruck auf dem Foto ist falsch. Es wirkt beim Ansehen so, als hätte ich mich über diese Situation eher lustig gemacht. Noah, so war das nicht. Wirklich! Es war schlimm und ich würde alles dafür geben, um Colin zu retten. Er war mein Bruder! Wie kann jemand auch nur daran denken, dass ich ihm jemals hätte weh tun wollen?" Sie schnieft.

„Kim, Schatz, beruhige dich bitte. Ich weiß, dass du Colin niemals etwas getan hättest. Du würdest niemandem freiwillig weh tun", versuche ich, Kim zu beruhigen. Wobei bei meinem *niemandem* zwei Leute ausgeschlossen sind: Arno Gustavo und Michael Peters. „Alle hier wissen, dass in diesem Artikel nur Mist steht und ich werde höchstpersönlich dafür sorgen, dass es die anderen Menschen auch erfahren werden."

„Bitte, mach nichts Dummes. Ich brauche dich."

„Ich weiß und ich werde immer da sein." Ich schließe sie in meine Arme. „Wir müssen jetzt aber los, wenn wir nicht zu spät zu Susans Trauerfeier kommen wollen."

„Erst eine Hochzeit, jetzt eine Beerdigung. Warum ist das Leben nur so gemein? Sie war 27 Jahre alt. Sie hatte noch gar nicht die Chance, richtig zu leben."

Ich fühle mich schlecht, als ich für einen Moment dankbar bin, dass es nicht Kim getroffen hat. Immerhin hat Michael schon viele Gelegenheiten gehabt, Kim etwas anzutun. Und ich zweifle nicht daran, dass er es früher oder später tun würde, wenn ihn nicht endlich jemand aufhält.

„Ich weiß", sage ich daher tonlos. Kim legt eine Hand an ihren Bauch.

„Sie wollte eine Familie gründen. Sie hat gerade erst Luke kennengelernt. Sie hatte noch so viel vor."

„Ich weiß." Keine Ahnung, was man in so einem Moment am schlausten sagen kann. Ihre Schuldgefühle würde ich Kim nicht nehmen können, egal, was ich versuche. Verzweifelt durchsuche ich meinen Kopf nach Sachen, die es trotzdem versuchen könnten.

Die Trauerfeier wird in der lokalen Friedhofskapelle abgehalten und viele Menschen, denen Susan etwas bedeutet haben muss, sind gekommen, um Anteil zu nehmen. Ein Meer aus schwarz gekleideten Personen.

„Sind Sie Kim?", fragt plötzlich eine Stimme.

„Ja", erwidert sie zu meiner rechten Seite. „Sie sind Luke, oder? Susan hat letztens ein Bild von Ihnen gezeigt."

Der junge Mann vor uns, den ich so auf Ende Zwanzig schätzen würde, errötet leicht. Doch das zarte Rot auf seinen Wangen kommt bei Weitem nicht gegen das Rot um seine glasigen Augen an.

„Oh, echt?"

„Ja. Sie hat auch ein bisschen etwas über Sie erzählt. Aber nicht viel. Es ist traurig, dass wir uns unter diesen Umständen kennenlernen."

„Das ist es in der Tat. Susan hat auch einiges über Sie erzählt."

„Echt?", fragt nun Kim so verblüfft wie Luke zuvor.

„Keine Sorge, nur Gutes. Sie haben sie in Ihren Freundeskreis aufgenommen, gezeigt, wie man mit schwierigen Situationen umgeht. Sie sind ein Vorbild für sie gewesen."

„Tatsächlich?", fragt sie und erneut laufen ihre Tränen in Windeseile die Wangen herunter. Der junge Mann nickt.

„Ja", drückt er nach einigen Sekunden durch seine zusammengepressten Lippen, die seine Tränen zurückzuhalten versuchen und kläglich daran scheitern. Kim tritt einen Schritt nach vorne und nimmt ihn in ihre Arme.

„Es tut mir so unfassbar leid, was passiert ist, Luke."

„Ich weiß, aber es war nicht Ihre Schuld. Susan und ich haben darüber am Abend zuvor gesprochen. Sie war sich der Gefahr bewusst. Doch sie wollte Ihnen helfen, so wie Sie ihr geholfen haben."

„Aber ich habe nicht mein Leben für sie geben müssen."

„Ich bin mir sicher, dass hätten Sie, wenn es drauf angekommen wäre."

Ein lautes Schluchzen gefolgt von einem Schniefen lässt das Wimmern verstummen.

„Danke, Luke."

Wir nehmen Platz und stellen die Gespräche ein, denn es fängt an.

***

KIM:

Ich dachte, am nächsten Tag würde es mir schon etwas besser gehen, doch es fühlt sich an, als würde die Zeit stillstehen und gleichzeitig davonrennen. Ich komme nicht hinterher und das ist mir egal.

Wie versteinert sitze ich in einem der Besprechungsräume des Reviers und starre auf meine

Finger, die mit einem Mal ganz ruhig auf der glatten Oberfläche des hölzernen Tisches ruhen. Bis gerade eben haben sie noch gestresst über das Holz gestrichen, doch dann hat Mia etwas gesagt und alles ist eingefroren. Eine Information, die alles verändert hat. Ein Schicksal, dass sich noch zu Susans kürzlichem Tod dazu addiert. Mein Gehirn versucht, die Informationen zu verarbeiten, doch die Leitungen sind tot.

„Kim, Süße, ist alles gut bei dir?", fragt Mia, die im Moment nicht weiß, wie sie sich verhalten soll.

Nein, wie sollte es auch?

Wir sind nur zu zweit in dem Raum, bis sich die Tür öffnet und jemand hineingestürzt kommt. Ich kann meinen Kopf nicht drehen, er ist zu schwer, aber ich weiß, dass es Noah ist. Er läuft bis zu meinem Stuhl, sinkt auf seine Knie hinab, ehe er mich in eine feste Umarmung zieht.

„Es tut mir so leid", sagt er, doch die Worte kommen bei mir nicht an, gehen irgendwo verloren.

„Noah, ich mache mir Sorgen. Sie hat nicht darauf reagiert. Seit ich es ihr gesagt habe, sitzt sie regungslos auf diesem Stuhl."

„Schock", ist das Einzige, was er darauf erwidert, während er mich loslässt und behutsam wieder gerade auf den Stuhl setzt.

Ich versuche, wieder in die Situation zurückzukommen, aber ich bin so weit weg.

Gefangen.

Gefangen in mir!

Wenig später stützt mich Noah auf dem Weg zum Auto, nachdem er meine Tasche von meinem Schreibtisch geholt hat. Mia wirkt geknickt, als er mich wegführt und ich würde ihr gerne sagen, dass alles wieder gut wird …

Aber würde alles wieder gut werden?

Ich weiß es nicht.

Niemand weiß es.

Ich werde auf den Beifahrersitz von Noahs Auto geschoben und angeschnallt. Bewegungsunfähig sehe ich Bäume und Landschaften an mir vorbeiziehen, während mein Blick starr aus dem Fenster gerichtet ist. Die untergehende Sonne blendet mich, aber ich kann meinen Kopf nicht wegdrehen. Ich spüre die besorgten Blicke, die Noah mir alle paar Sekunden zuwirft. Sie brennen auf meiner Haut und ich fühle mich so schutzlos. Dabei sind es nicht mal die Blicke von Noah, die dieses Gefühl in mir auslösen …

Zuhause angekommen spricht Noah kurz mit seiner Tochter, die daraufhin in dem Zimmer ihres Bruders verschwindet. Wir gehen ins Schlafzimmer, ich werde auf das Bett gesetzt. Zusammengesunken sitze ich da, den Blick in die Ecke gerichtet, zu nichts in der Lage.

Ich kann noch nicht klar darüber nachdenken, was ich erfahren habe, ich muss das Ganze erst verarbeiten.

Erschöpft wache ich auf und sehe mich um. Mein Körper fühlt sich nicht mehr ganz so schwer an wie gestern. Noah liegt nicht neben mir im Bett. Ich stehe auf und gehe Schritt für Schritt auf die geschlossene Schlafzimmertür zu. Ich drücke die Klinke herunter und kaum, dass sich ein kleiner Spalt zwischen Rahmen und Tür aufzeigt, vernehme ich die Stimmen von Elena und Noah in der Küche.

„Was ist denn eigentlich passiert? Kim sah gestern wirklich nicht gut aus, als du sie nach Hause gebracht hast."

„Ich weiß", die Niedergeschlagenheit in Noahs Stimme ist nicht zu überhören. „Okay, ich sage es dir, aber du musst mir versprechen, nichts davon Nicky zu erzählen, verstanden?"

„Du machst mir Angst, Papa."

„Es tut mir leid, Kleines." Er atmet einmal tief durch. „Michael ist vor ein paar Wochen aus dem Gefängnis entkommen. Es gab einen Gasangriff auf die Einrichtung und er konnte fliehen."

„Ich weiß", antwortet Elena. „Das habt ihr mir bereits erzählt."

„Was?", fragt er nachdenklich, ehe es ihm wieder einzufallen scheint. „Ach ja, stimmt."

„Außerdem, Papa, hast du schon mal was vom Internet gehört? Oder so etwas, was jeden Abend im Fernseher kommt. Es nennt sich Nachrichten."

„Ich komme immer noch nicht damit klar, dass du schon so erwachsen bist."

„Ist schon okay", sagt Elena und in ihrer Stimme schwingt Verständnis mit. Verständnis dafür, dass ihr Vater oftmals sehr vorsichtig und überfürsorglich ist, was seine Kinder betrifft. „Sagst du mir jetzt, was genau passiert ist?"

„Michael ist in Kims früheres Wohnhaus eingebrochen. Er hat eine blutige Botschaft in ihrem alten Schlafzimmer hinterlassen: *Ich werde dich erlösen!*"

„Das ist ja krank!"

„Ich weiß. Und es ist leider auch noch nicht alles. Er hat alle Nachbarn aus dem Haus umgebracht." Noahs Stimme wird leiser als er diese Worte ausspricht. Elena saugt erschrocken die Luft ein.

Und die Katzen, denke ich. *Er hat nicht nur Mrs. Altenmeier und meine anderen Nachbarn ermordet, er hat auch jede Katze getötet. Einzeln. Alle nacheinander. Bis alle tot waren. Er hat niemandem am Leben gelassen.*

Ich lasse endlich die Klinke los und lehne mich an den Türrahmen und lasse mich in eine kauernde Position hinabrutschen. Den Spalt öffne ich nicht weiter. Ich hocke einfach da, angelehnt an das Holz des Rahmens. Tränen lösen sich und bahnen sich ihren Weg über mein Gesicht. Ich kann sie nicht stoppen, aber ich kann das Schluchzen unterdrücken, um mich nicht bemerkbar zu machen.

„Das hört sich an wie in einem schlechten Horrorfilm."

„Mhm. Er dreht völlig am Rad. Wir können nur hoffen, dass er durch seine Ausraster im Moment Fehler macht."

„Verstehe. Um Nicky und mich braucht ihr euch nicht zu sorgen. Ich habe gestern Abend, kurz nachdem ihr gekommen seid, Oma angerufen. Nicky und ich werden erstmal zu ihr gehen. Dann braucht ihr euch keine Sorgen um uns zu machen. Ihr könnt uns die Polizisten mitschicken, die mir seit ein paar Tagen überallhin folgen. Dann könnt ihr euch ganz auf Michael konzentrieren und wir sind in Sicherheit."

„Das ist eine gute Idee, mein Schatz. Ich danke dir! Tatsächlich habe ich auch gestern Abend mit meinem Vater telefoniert und ausgemacht, dass ihr eine Weile zu ihnen geht." Er stoppt in seinem Ansatz einer Umarmung. „Hey, warte mal. Woher weißt du von den Polizisten?"

„Glaubst du wirklich, ich würde nicht merken, dass mir jemanden auf Schritt und Tritt folgt. Ich war mir als erstes unsicher, wer das ist. Aber nachdem du dich neulich unserem Alarmsystem hingegeben hast und es ein weiteres Mal überprüft hast, dass es wirklich funktioniert, war mir klar, dass du uns noch mehr als sonst versuchst zu schützen."

„Ich hätte es dir sagen sollen", entschuldigt sich Noah.

Die Tür öffnet sich ein Stück mehr und der Spalt wird breiter. Ich sehe noch, wie sich die beiden aus der Umarmung lösen, ehe Noahs Blick von der Bewegung der Tür angezogen wird und er zu mir herübergelaufen kommt.

***

MICHAEL:

Sie. Muss. Sterben.

Sie. Muss. Sterben!

SIE. MUSS. STERBEN!

Die Ader auf seiner Stirn schwillt an, während dieser Satz in seinem Kopf herumrauscht wie das Blut in seinen Ohren. Schwarze Nebelschwaden verdunkeln sein Bewusstsein und alles, was er im Moment wahrnimmt, ist der Satz, dass Kim sterben muss.

Stillschweigend steht er in der Mitte seines Wohnzimmers. Seine Augen sind starr ins Leere gerichtet und es wirkt, als wäre er geistig auf einem anderen Planeten. Dabei bekommt er alles in seiner Umgebung mit.

Das Zischen von einer nicht ganz zugedrehten Flasche mit Sprudelwasser durchstößt sein Trommelfell wie ein Vorschlaghammer.

Der Lärm der Autos auf dem Highway, der gar nicht so weit entfernt ist, erinnert an seine Gedanken, die genauso schnell und laut durch seinen Kopf brettern.

Die Fliege, die immer wieder zwischen dem Fernseher, der Wand und dem Esstisch hin- und herfliegt und nie länger als ein paar Sekunden am gleichen Ort bleibt …

Es macht ihn wahnsinnig!

Michael hebt ruckartig seine Arme. Sie greifen den Stuhl, der vor ihm am Tisch steht, und befördern ihn mit viel Schwung gegen die Wand, an der nur ein paar Augenblicke zuvor noch die Fliege herumschwirrte.

Er hat sie nicht erwischt!

Hilfesuchend bewegt sich das fliegende Insekt in Richtung Fernseher. Michael schnappt sich einen anderen Stuhl und wirft diesen ebenso der Fliege hinterher. Das

Holz kracht in den Flachbildfernseher. Es ertönt ein lautes Krachen und Risse zeichnen sich auf dem Bildschirm ab, während der Stuhl ein Bein verliert und laut auf den Boden knallt.

Diesmal hört er kein elendiges Summen mehr.

Trotzdem ist es noch nicht genug.

Er wischt mit seinen Unterarmen über eine Kommode, auf der sich Papierstapel türmen. Wie in einem Wirbelsturm kreisen die Blätter in der Luft, ehe sie auf den Boden hinabgleiten und diesen bedecken wie einen Schneeteppich.

Michael wünscht sich, dass es Blut wäre, was den Boden besudelt.

Dass es statt Blätter Körperteile wären.

Dass er bis zum Knöchel in fremden Gedärmen stünde.

Die Vorstellung, wie das Blut von Hunderten von Leuten an seinen Händen klebt, ist seinem Hass noch nicht genügend.

Er will es spüren.

Nein, er muss es spüren!

Er schmiedet in binnen weniger Sekunden einen neuen Plan.

Einen besseren Plan.

Einen *perfekteren* Plan!

Keine Geschichten mehr.

Keine wohlüberlegten Handlungen mehr.

Keine Briefe mehr.

Er will Blut!
Er will Opfer!
Er will einen Rausch!

**

KIM:

Der Abend dämmert vor sich hin, als ich auf dem Weg zu meinem Auto bin, das die Straße hinunter parkt. Nach der Arbeit konnte ich es mir nicht nehmen lassen, nochmal zu meinem alten Wohnhaus zu fahren, das nun als Tatort die Beamten im schwachen Licht auf Trab hält.

Mein Gesicht ist noch immer nicht von dem Tränenfluss getrocknet, der erst vor wenigen Augenblicken versiegt ist.

Ich konnte es mir auch nicht nehmen lassen, mich erneut vor die mit Kreide gezeichnete Umrandung zu stellen, in der gar nicht so lange zuvor noch meine ehemalige Nachbarin gelegen hatte. Mrs. Altenmeier war zwar alt, aber noch nicht so alt, dass man schon einen Grabstein hätte aussuchen können. Sie war fit und glücklich. Ihre Katzen waren wie ihre Kinder, doch auch sie hat Michael eiskalt aufgeschlitzt. Ich bin froh, dass es Mia gemeinsam mit Kuti übernommen hat, Will auf den neusten Stand zu bringen, ihm von dem Mord an seiner großen Liebe zu erzählen. Will und Mrs. Altenmeier kannten sich schon seit der Schulzeit. Diese Frau lebte, seit sie klein war, in dieser Wohnung. Will hat sie mit ihrem ersten Ehemann verkuppelt, der vor ein paar Jahren an einer Herzsache verstorben ist und nach fast einem ganzen Leben der Freundschaft zwischen den beiden kamen sie vor einem Jahr zusammen.

Doch nun ist sie tot!

Grausam ermordet! So wie auch ihre geliebten Katzen.

Ich bemühe mich, meine Tränen zurückzuhalten, um nicht wieder zu heulen anzufangen.

Ich erreiche mein Auto und drücke beim Schlüssel auf das Symbol, das den Verriegelungsmechanismus öffnet, als mir jemand auf die Schulter tippt. Ich fahre herum, die Hand ausgeholt, um mich so schnell wie möglich gegen einen Angriff zu verteidigen.

„Nicht. Ich will nur reden", ruft der kleine, pummelige Mann, der mit seinem langen, ungepflegten Bart vor mir steht.

„Wer sind Sie? Und hat Ihnen keiner beigebracht, dass man sich nicht an Frauen heranschleicht? Vor allem nicht, wenn es dunkel ist!" Ich mache meiner Verärgerung Luft, so erschreckt worden zu sein und untermale meinen Standpunkt mit wildem Handgefuchtel.

„Ich stelle mich einmal vor. Ich heiße Arno Gustavo und ja, das hat mir tatsächlich keiner beigebracht, aber ich hätte wissen müssen, dass Sie, obwohl Sie Polizistin sind, genauso hysterisch wie alle Frauen werden, was völlig überdramatisierend ist."

„Bitte was? Überdramatisierend? Vergessen Sie es …" Ich lege meine Hand an den Griff der Beifahrertür, um meine Tasche dort in den Fußraum zu stellen, doch erneut hält mich der kugelige Mann ab.

„Nun warten Sie doch. Ich habe einige Fragen an Sie."

„Wer sind Sie nochmal?"

„Mein Name ist Arno Gustavo. Ich bin Journalist und hätte gerne eine Stellungnahme bezüglich der aktuellen Ereignisse und eine Beantwortung all meiner Fragen."

„Das ist schön für Sie, aber ich sage Ihnen das Gleiche, das ich allen Reportern sage. Wenden Sie sich bitte an die Presseabteilung des Präsidiums. Ich möchte mich dazu nicht äußern."

„Das ist interessant, aber war abzusehen. Es bekräftigt Ihr Bild in den Medien nur. Vielleicht kann es ja passieren, dass Sie so mit der ganzen schlechten Publicity nicht mehr tragbar für die Polizei werden. Ich meine, Sie beschmutzen nicht nur Ihre eigene Person, sondern auch Ihre Kollegen und das Präsidium."

„Bitte was? Das ist doch kompletter Schwachsinn", rechtfertige ich mich.

„Sind Sie sich sicher?"

„Moment. Haben Sie nicht diesen Artikel über mich veröffentlicht."

„Jawohl. Das war ich. Schön, dass Sie ihn gelesen haben. Wie hat er Ihnen denn gefallen?"

Ich spüre, wie die Wut anfängt, kleine Knoten in meinem Bauch zu knüpfen und mir dadurch der Geschmack von bitterer Galle die Speiseröhre hochsteigt.

„Nein, er hat mir nicht gefallen. Was fällt Ihnen eigentlich ein, so einen Scheiß zu publizieren? Ich erfreue mich ganz und gar nicht an dem Leid anderer und den Tod meines Bruders habe ich nicht gewollt."

„Das sieht auf dem Bild hier ganz anders aus." Er kramt eine Ausgabe der Zeitung aus seiner Umhängetasche und wedelt damit vor meiner Nase herum, während sein rechter Finger immer wieder auf das Bild von mir im Teenagealter vor der Grundschule meines kleinen Bruders tippt.

„Ja, weil Sie es frisiert haben, Sie Schwein!", schreie ich nun wutentbrannt.

„Es macht Ihnen doch bestimmt nichts aus, wenn ich dieses Interview aufzeichne."

Bevor ich reagieren kann und ihm ins Gesicht brülle, dass es mir sehr wohl etwas ausmacht und er sich zum Teufel scheren solle, holt der Journalist schon sein Handy aus der Jackentasche und drückt auf den roten Button. Es erscheinen die Buchstaben „REC" und ein roter Punkt nebendran beginnt, zu blinken.

„Ist die Polizei derzeit überfordert mit de…"

„Hören Sie nicht zu? Ich sage gar nichts. Wenden Sie sich an die Presseabteilung und lassen Sie mich zufrieden."

Damit will ich nun endgültig das Gespräch abbrechen. Ich öffne die Fahrzeugtür und lege meine Tasche ins Auto. Die triumphierenden Rufe des Mannes, ich würde meine Karriere damit zerstören, ignorierend setze ich mich hinter das Steuer und fahre los.

Kapitel 12

MICHAEL:

Die Frau steht im Garten und hat ihren Blick auf die Pflanzen gerichtet, die gerade mit dem Gartenschlauch gewässert werden. Ein paar der Blumen und Sträucher sind schon mehr braun als grün und ihr wird bewusst, dass der Winter immer näher rückt. Noch stechen allerdings bunte Farbtupfer in der Rabatte hervor und lassen einen letzten Gruß des Sommers zurück.

Bis zum nächsten Jahr...

Ihr Blick fällt auf die Axt, die unweit neben ihr am Baum lehnt und mit der sie eben schon einen dicken Ast abgetrennt hat, der über das Grundstück ragte. Sie macht die Gartenarbeit gern und ist froh, die Verantwortung dafür übertragen bekommen zu haben. So hat sie zumindest eine Beschäftigung, bis sie wieder einen festen Arbeitsplatz findet. Sorge macht ihr nur der kommende Winter, denn zu dieser Jahreszeit gibt es hier draußen nicht viel zu tun und so wird sie sich wohl oder übel ein neues Hobby suchen müsse.

Ein Kinderlachen ertönt und hinter der Frau hüpft ein kleines Mädchen mit einem Papierdrachen über die Wiese.

„Dafür ist es noch zu früh, Bea-Schatz. Du musst dich noch etwas gedulden bis der Herbstwind erst richtig da ist", lachte die Frau beim Anblick ihrer Tochter.

Aufgeben will die Kleine jedoch nicht. „Wenn ich ganz schnell renne, klappt es bestimmt."

Damit beginnt sie, um das Haus ihre Runden zu drehen und den gelben Drachen an einer Angelschnur hinter sich herzuziehen. Die Frau dreht sich lächelnd wieder zu ihren Pflanzen um und wechselt mit dem Gartenschlauch die Position. Es könnte alles so friedlich sein, doch ihre Gedanken verdunkeln sich schnell.

Die Familie über ihnen hat ebenfalls einen kleinen Jungen in Beas Alter, doch die Kinder sieht man in letzter Zeit kaum noch. Seit die Frau mit Mann und Tochter in dem Haus eingezogen ist, türmen sich Schatten in ihrem sonst so langweiligen, aber immerhin ruhigen Leben.

Hinter geschlossenen Türen und durch Löcher in den Zäunen tauschen sich die Menschen, die hier wohnen, aus und verbreiten ihr Misstrauen.

Es ist nicht so, dass die beiden Eltern – wobei nur der Mann der leibliche Vater der Kinder zu sein scheint – nicht immer sehr höflich sind, wenn man ihnen begegnet, doch die beiden sind Polizisten und stecken in einem richtig verzwickten und beängstigenden Fall.

Über den Serienkiller hat die Frau alles in den Zeitungen gelesen und im Fernsehen sowie im Radio gesehen und gehört. Alle Informationen über den skrupellosen Killer hat sie aufgesogen und in manchen Nächten kein Auge mehr zugetan. Immer wieder wurde betont, dass dieser Michael persönliche Motive habe und es auf die beiden Hauptermittler abgesehen haben soll. Doch wie erklärt dies die ganzen toten Menschen, die völlig unbeteiligt waren und sterben mussten.

Die Frau hat immer wieder versucht ihren Mann davon zu überzeugen, ein weiteres Mal umzuziehen, doch dieser hat stets abgelehnt, da er hier eine sichere Wohnung und einen festen Arbeitsplatz in der Nähe hat. Das Sicherheitssystem sollte ihnen Schutz versprechen, doch macht es ihr nur noch mehr Angst, denn man benötigt nur solche Maßnahmen, wenn man auch in Gefahr schwebt. Das hier ist kein sicheres Zuhause mehr für sie und die kleine Bea.

Sie würde heute Abend, wenn ihr Mann wieder da ist, einen erneuten Versuch starten, ihn von einem Wohnungswechsel zu überzeugen. Es würde bald sowieso Zeit für ein Eigenheim. Ein eigenes Haus, ohne extra Verriegelungen an Türen und Fenstern, die bei Einbruch direkt die Polizei herkommandieren. Ein Haus, in das man ohne Pin gelangt, die Fremden den Eintritt verwehren soll. Ein Haus, mit einem Eingangsbereich, der nicht videoüberwacht wird.

Die Frau stellt das Wasser ab. Die Pflanzen sind genügend versorgt und langsam wird es kühl. Sie blickt sich um und bemerkt erst jetzt, dass es verdächtig still geworden ist. Ist ihre Tochter nicht eben noch lachend um das Haus gerannt? Sie wartet, doch es taucht keine Bea auf und ein ungutes Gefühl macht sich im Bauch der Frau breit.

„Bea?", ruft sie, erhält aber keine Antwort.

Mit zügigen Schritten macht sie sich daran, das Haus zu umrunden und hofft, auf ihre Tochter zu stoßen. Auf der anderen Seite steht sie vor der Eingangstür, doch auch hier ist niemand. Einzig der rote Punkt an der Überwachungskamera gibt ihr ein Zeichen. Langsam macht sich Panik in ihr breit. Sie rennt weiter und kommt wieder an der gleichen Stelle im Garten raus, an der sie gestartet ist.

„Bea?", ruft sie nun lauter und betet, dass sie gleich um eine Hausecke gerannt käme. Auf einmal hört sie ein Rascheln hinter sich und dreht sich blitzartig um. Hinter der Heckenbegrenzung tritt jemand hervor.

„Bea, du hast mir einen Schreck eingeja…" Die Frau verstummt, als sie erkennt, dass die Person nicht ihre Tochter ist.

Ein großer Mann steht dort und sie erkennt ihn sofort.

„Mr. Jordan? Von oben?" Noch während sie die Worte ausspricht, merkt sie an der Ausstrahlung des Mannes und dem kalten irren Blick, dass dies nicht ihr Nachbar ist, der vor ihr steht. Sofort schießen ihr die Bilder aus den Nachrichten wieder in den Kopf und ihr Herzschlag scheint eine Sekunde auszusetzen. Langsam tritt sie einen Schritt zurück, da blitzt etwas Scharfes in der Hand des Mannes auf und ohne Vorwarnung bewegt er sich ruckartig auf sie zu. In ihrem Blickfeld taucht die Axt auf, die immer noch einsam am Baum lehnt. Mit dieser kann sie sich verteidigen und sie rennt instinktiv darauf zu, doch eine starke Hand packt sie an der Schulter und stößt sie zu Boden. Es fühlt sich an, als hätte der Aufschlag all ihre Luft aus den Lungen gepresst und keuchend hebt sie den Kopf. Ihre Tochter! Bea ist alles, an was sie denken kann. Sie muss sie finden und in Sicherheit bringen. Sie spürt etwas in ihren Rücken stechen, doch der Schmerz setzt erst ein, als die Waffe wieder herausgezogen wird. Sie schreit und versucht sich dem Angreifer, nein, nicht irgendeinem Angreifer, es ist Michael Peters, zu entwinden. Doch das Gewicht des Mannes hält sie unten und weitere Stiche prasseln wild und unkontrolliert auf ihren Rücken ein. Der Schmerz scheint zu explodieren und die Frau sieht das Leben schon an ihr vorbeiziehen, da taucht ein kleines Mädchen mit schreckgeweiteten Augen und gelbem Papierdrachen an einer Hausecke auf. Ein letztes Mal wird ihr Verstand ganz klar und sie konzentriert sich auf Bea.

Sie muss hier weg! Warum bleibt sie dort stehen?
Lauf! Bitte!

„Mama?", schnieft die Kleine verwirrt. Sie versteht nicht, was sich dort vor ihren Augen abspielt. Der nette Mann aus dem Stockwerk über ihnen sitzt im Garten auf ihrer Mama und rammt ihr immer wieder etwas in den Rücken. Rote Flüssigkeit breitet sich auf ihrer Kleidung und der Wiese aus und jedes Mal, wenn der Mann das Messer aus dem Rücken ihrer Mama zieht, gibt es ein schmatzendes Geräusch. Eine innere Stimme rät ihr davon zu laufen, doch sie kann sich nicht bewegen, ist wie gebannt von dem Grauen vor ihr.

„Lauf weg! Geh ins Haus und bring dich in Sicherheit!"

Die Stimme ihrer Mutter reißt sie aus der Starre und hastig tragen sie ihre kleinen Beinchen davon, während Tränen unkontrolliert an ihren Wangen herunterströmen. Sie muss nur zurück ins Haus. Die Pin kennt sie, denn sie musste versprechen, keinem anderen davon zu erzählen.

Wenn sie erst einmal im Haus war, würde sie Mr. Todd um Hilfe bitten, dann würde alles wieder gut werden. Bea öffnet gerade die Haustür, als sich eine Hand von hinten um ihren Mund legt.

„Danke fürs Reinlassen."

Mr. Todd hat die Schreie im Garten vernommen und dann die panischen Rufe seiner Nachbarin. Schnell ist er aufgestanden und zum Fenster gelaufen, wobei schnell in seinem Alter bedeutet, beim Versuch, nicht den Rücken zu verrenken, etwas mehr Eile an den Tag zu legen. In seiner Wohnung im Erdgeschoss hat er einen weitläufigen Blick auf den hinteren Garten und vor zehn Minuten waren die junge Mutter und ihre Tochter noch dabei, die letzten Blumen des Jahres zu bewässern. Das kleine Mädchen, das seine Enkelin sein könnte, hätte er je eigene Kinder gehabt, hat sich bemüht ihren gelben Papierdrachen zum Fliegen zu kriegen. Nun schaut Mr. Todd aus seinem Fenster und blankes Grauen erfasst ihn, als er seine Nachbarin von gegenüber reglos und blutüberströmt auf dem Rasen liegen sieht. Panisch schnappt er sich sein Telefon und versucht während dem Laufen die Notrufnummer zu wählen. Er erreicht gerade seine Wohnungstür, als er den Krach im Hausflur wahrnimmt.

Was geht hier nur vor?

Er öffnet die Tür und bleibt wie versteinert stehen.

Ist das nicht der Polizist von oben? Was tut er da?

Er hält die kleine Bea festumklammert, während diese wild um sich schlägt und den Schirmständer umgetreten haben muss.

„Hören Sie auf damit, draußen liegt ...“

Er schafft es nicht den Satz auszusprechen, denn auf einmal treten die Augen des Mädchens hervor und dann wird ihr Körper ganz schlaff. Jetzt erkennt Mr. Todd auch die roten Blutspuren an den Händen des Mannes, der nichts mehr von dem freundlichen Nachbarn hat, für den ihn Mr. Todd immer noch hält.

Achtlos wirft er den kleinen Körper beiseite, dann stellt er sich auf und richtet sein Messer auf den alten Mann.

Mr. Todd bemerkt nun endlich die drohende Gefahr und will schnell die Tür wieder schließen, doch der Mann ist schneller und hindert ihn daran. Mit seinem ganzen Gewicht wirft er sich gegen die Tür und Mr. Todd wird von der vollen Wucht getroffen. Er geht zu Boden und spürt den Schmerz, der durch seine Wirbelsäule schießt.

Mit eisblauen Augen und keinem Funken Menschlichkeit in ihnen starrt der Angreifer auf den ächzenden Mr. Todd herab.

Im Hausflur hört man eine Wohnungstür aufgehen und eine Stimme ruft besorgt die Treppe herunter.

„Ist alles in Ordnung da unten?"

Schritte kommen die Treppe herab und der Mann mit dem eisigen Blick neigt den Kopf leicht zur Seite, dann widmet er sich wieder seiner Beute und hebt das Messer über seinen Kopf.

„Rufen sie die Polizei! Schließen Sie sich in Ihrer Wohnung ein und …"

Die restlichen Worte gehen dem alten Mann in einem Gurgeln unter, als ihm die Klinge in die Kehle gerammt wird.

„Scheiße, scheiße, scheiße", flucht Nathan Jones.

Er hat den Fehler gemacht die Haustreppe ein paar Stufen hinabzusteigen, denn dadurch hat er den leblosen Körper des kleinen Mädchens am Fuße dieser gesehen. Gerade befolgt er die letzten Worte seines Nachbarn und verbarrikadiert sich in seiner Wohnung.

Von draußen ertönen verstörende Geräusche und mit zitternden Fingern wählt er den Notruf. Nur ganz kurz hat er Mr. Todd gesehen, doch das hat gereicht, um zu begreifen, dass etwas Schlimmes in diesem Haus passiert. Das Mädchen ist tot und ein Kerl sticht mit einem Messer brutal auf den alten Mann ein.

Aufgebracht geht Nathan in seinem Wohnzimmer auf und ab, während sein Smartphone tutet, dann wird sofort abgenommen und eine weibliche Stimme meldet sich.

„Polizeinotrufzentrale, Saetang am Apparat, wie kann ich Ihnen helfen?"

Fast hat er sich bei der plötzlichen Abnahme erschreckt, dann reißt er sich zusammen.

„Hallo, ich glaube, hier werden gerade Leute ermordet. Bei mir Zuhause ... ich weiß nicht ... was muss ich jetzt tun?"

„Bewahren Sie Ruhe. Wo befinden Sie sich gerade?"

Nathan nennt der Frau die Adresse und dass er sich in seiner Wohnung eingeschlossen hat.

„Alles klar, Hilfe ist auf dem Weg. Bleiben Sie, wo Sie sind, und lassen Sie alles verschlossen."

Als ob ich freiwillig die Tür wieder aufschließen will, denkt er sich.

Nachdem das Telefonat beendet ist, dreht er sich wieder zu seiner Wohnungstür um. Die Geräusche sind verebbt und er hat gar nicht bemerkt, wie still es auf einmal geworden ist. Nervös tigert er umher. Sein Blick fällt in den Garten und würgend weicht er zurück.

Hat er vorhin nicht geglaubt, Schreie zu hören? Er ist sich nicht sicher gewesen, da er laute Musik über seine Kopfhörer gehört hat. Das ist die Mutter des Mädchens, die dort unten in einer Blutlache liegt.

Hatte sie sich vorhin nicht noch um den Garten gekümmert? Und hatte dort nicht noch eine Axt am Baum gelehnt?

In der Sekunde, als ihm dämmerte, was gleich passieren wird, setzen auch schon die Schläge ein und er sieht, wie das Holz seiner Wohnungstür durch die Hiebe Stück für Stück eingeschlagen wird.

Scheiße, scheiße, scheiße!

Hektisch sieht sich Nathan in der Wohnung um, ob er sich mit irgendetwas verteidigen kann. Doch der Typ hat eine verdammte Axt, ein Küchenmesser wäre dagegen im Nachteil.

Das Bad! Er kann sich im Bad einschließen, auch wenn die Tür dort noch einfacher einzuschlagen ist. Es könnte ihm Zeit verschaffen. Hastig rennt er ins Badezimmer. Kaum hat er die Tür zugeschlossen, hört er wie die Wohnungstür endgültig zerschmettert wird.

Nathan sprintet zum Fenster und öffnet es. Er befindet sich im ersten Stock, er kann also das Risiko wagen und dadurch fliehen. Hinter sich gräbt sich die Axt mit einem tiefen Schlag in die Tür zwischen Nathan und dem Irren.

Er hat ohnehin keine Wahl. Er klettert auf die Fensterbank und späht auf das Pflaster unter sich. Es splittert und in dem Moment, in dem Nathan sich vor Schreck umdreht, sieht er die Tür bersten.

Er muss handeln, jetzt!

Adrenalin rauscht durch seinen Körper, als er sich abstößt, und er schließt während des Falls die Augen. Bei seinem Aufprall knackt es unschön in seinem Fußgelenk. Egal und wenn er humpeln muss, Hauptsache weg von hier. Er drückt sich in den Stand und läuft wenige Schritte weg vom Haus, da taucht die Gestalt des Wahnsinnigen oben am Fenster auf. Kurz darauf fliegt eine Axt durch die Luft und trifft dem Fliehenden am Rücken. Er geht zu Boden und rührt sich nicht mehr.

***

MICHAEL:
Ich stehe in der Wohnung, in der sich Kim immer am sichersten fühlt.
Hier bin ich.
Endlich.
Sie ist leer, doch ich gebe einen Scheiß darauf. Der Flur erstreckt sich in das Familienwohnzimmer, die Sonne wirft goldenes Licht auf das Parkett.
Es tropft.
Ich schaue nach unten.
Etwas Rotes hat einen Fleck auf dem Boden hinterlassen.
Mein Messer.
Ich halte es immer noch in der Hand.
Blut tropft in regelmäßigem Abständen an der Klinge herab.
Eine Frau, ein Kind, ein alter und ein junger Mann.
Ihre Gesichter habe ich schon vergessen. Doch dort ist noch eine fünfte Person. Ich kann sie nicht zuordnen. Sie zerfließen alle zu einem fleischfarbenen Strom.
Ich balle meine Hand fester um den Messergriff.
Hier stehe ich nun. Dort, wo ich immer sein wollte.
Oft habe ich von draußen durch die Fenster gesehen, doch nie konnte ich näher an sie ran.
Gottverdammtes Alarmsystem!

Jetzt beschützt euch nichts mehr. Ich bin in eurer geliebtes Heim eingedrungen. Wie ein Raubtier in das Nest seiner Beute. Mich hält nichts und niemand mehr auf. Ich lasse nicht zu, dass mir noch irgendjemand im Weg steht. Nicht Noah, nicht Kim!

Mit langsamen Schritten umrunde ich den Esstisch, während ich mit meinen Fingern über die glatte Holzoberfläche fahre. Hier haben sie also jeden Tag beisammengesessen und ihre Mahlzeiten abgehalten. Wie eine normale und glückliche Familie. Etwas, das mir immer verwehrt wurde. Etwas, das ich nie besaß und nun auch nie besitzen werde.

Wie aus dem Nichts zerstöre ich die Ruhe, indem ich mein Messer in den Tisch ramme. Natürlich kann ich eine dicke Tischplatte nicht mit einem kleinen Messer zerstören, doch das ist mir egal. Immer wieder steche und schneide ich wutentbrannt auf den Tisch ein, wobei ich immerhin unansehnliche Schrammen und Kratzer hinterlasse.

Ich atme einmal tief ein.

Meine Hände zittern. Sie haben noch nie gezittert.

Ein Gefühl macht sich in mir breit. Ich kann es nicht greifen, doch es lässt mein Blut in den Adern brodeln.

Mein Atem wird schneller und mein Herzschlag nimmt zu, pocht immer lauter, als müsste es bald aus meiner Brust springen.

Schauer gehen durch meinen Körper.

Hitze schießt in meinen Kopf.

Meine Muskeln spannen sich an.

Ich merke erst jetzt, wie fest ich meine Zähne zusammenbeiße.

Etwas passiert mit mir, was noch nie zuvor passiert ist.

Ich verliere die Kontrolle!

Schwarze Wolken verdrängen jegliche vernünftigen Gedanken in meinen Kopf. Da ist nur noch Zorn, blanker Zorn. Meine Sicht verschwimmt, als hätte jemand zwei Motive übereinandergelegt.

Da erkenne ich plötzlich die fünfte Person in dem Wirbel aus Bitterkeit. Arno Gustavo ... der Reporter ... der Weg zum Haus hier. Der Pechvogel ist mir begegnet und hat als erstes meine Klinge zu spüren bekommen.

Einen Moment rühre ich mich nicht, lasse alle Gefühle zu. Im nächsten Moment explodiert etwas in mir und ich sehe nur noch rot.

Da ist ein Tisch, der umgeworfen wird. Es sind meine Hände, die den Impuls gegeben haben.

Ein lauter Schlag und er liegt am Boden.

Etwas fliegt durch das Zimmer.

Es sind Bilder, die am Boden aus dem Rahmen brechen.

Glas splittert.

Lachende Gesichter, die in die Kamera sehen.

Plötzlich sind sie alle zerrissen.

Jemand schreit.

Meine Kehle brennt.

Möbel werden umgestoßen.

Das Sofa zerschlitzt.

Teller und Gläser zerschellen an den Wänden.

Plötzlich bin ich woanders.

Ein Zimmer, in dem ein Doppelbett steht.

Es ist ordentlich gemacht.

Im nächsten Augenblick ist die Decke weggerissen und mein rot verfärbtes Messer zieht Spuren in der Matratze, bis die Füllung herausquillt.

Frauenklamotten liegen zerstreut herum, sie müssen aus dem Schrank gekommen sein, dessen Tür nur noch halb in der Angel hängt.

In meiner linken Hand spüre ich plötzlich etwas Kleines.

Was ist das?

Eine Kette?

Wie kommt die dahin?

Wo habe ich sie her?

Ich weiß es nicht mehr.

Sie hat einen kleinen blauen Anhänger. Es ist Kims Schmuckstück. Erinnerungen flackern vor meinen Augen auf, wie sie die Kette getragen hat.

Mit voller Kraft schmettere ich sie davon.

Ich laufe aus dem Zimmer.

Da höre ich etwas.

Ich grunze und suche nach der Quelle.

Da wieder!

Ein Mauzen!

Eine getigerte Katze schaut mit großen Augen aus einem anderen Zimmer. Sie lugt um die Ecke und beobachtet mich.

Zischend sauge ich die Luft ein.

Fell ... in meinen Händen ... Blut ... ein animalisches Schreien.

Ich atme schwer.

...

Langsam wird mein Verstand wieder scharf. Die Wut ebbt ein Stück ab und ich sehe das Resultat vor mir.

Ich sinke auf die Knie und verberge das Gesicht in meinen Händen.

Das alles ... ist so ... wunderschön.

Ich fange an zu lachen und kann nicht mehr aufhören.

Wie berauscht richte ich mich auf und drehe mich mit weit aufgerissenen Augen und ausgestreckten Armen um die eigene Achse.

Warum habe ich das nicht schon so viel früher getan? Es fühlt sich unbeschreiblich an.

Doch einen letzten Schritt muss ich noch gehen.

Ein großes Finale.

Aber nicht hier.

Nicht jetzt ...

Noch nicht.

***

NOAH:

Polizeisirenen schallen durch die Straßen und Blaulicht wird in den Scheiben der Familienhäuser reflektiert.

Ich biege wie betäubt um die Kurve, die ich schon so oft genommen habe, als ich von der Arbeit nach Hause gefahren bin. Diesmal ist es anders, denn dieses Mal weiß ich, dass mich dort keine gemütliche Couch und auch keine Geborgenheit erwarten würde, sondern ein Tatort. Ich habe das Gefühl, dass in letzter Zeit irgendwie alles Schlag auf Schlag passiert.

Als der Anruf von Nathan Jones, meinem Nachbarn, einging und er die Situation schilderte, war mir sofort klar, was passiert sein musste. Erst ist er bei Kims alter Wohnung gewesen und nun war er hier.

Ich weiß nicht, wie er das Alarmsystem umgehen konnte, doch das zählt jetzt nicht. Wichtig ist bloß sicherzustellen, dass es Überlebende gibt. Am Telefon hat Jones von Ermordeten gesprochen und bei dem Gedanken zieht sich mein Magen wieder ganz zusammen.

Ich bin nur froh, so verdammt froh, dass die Kinder nicht im Haus waren. Sie sind bei ihren Großeltern und ich habe sofort Polizisten dort hingeschickt, um sie mit auf das Polizeirevier zu nehmen, sollte es Michael als nächstes zu meinen Eltern verschlagen. Kim sitzt neben mir und schaut aus dem Fenster. Ihre Augen sind glasig und ihre Schultern versuchen ein Beben zu unterdrücken.

„Hey, wenn du magst, kannst du auch im Auto bleiben. Du musst es dir nicht ansehen, wenn es dir zu schwerfällt."

Sie blickt mich an und scheint zu überlegen.

„Ich weiß es nicht. Ich werde das entscheiden, wenn wir dort sind."

Ihre Stimme klingt erschöpft. Ich kann es ihr nicht verübeln, denn ich habe bald auch keine Kraft mehr noch schockiert zu sein.

„Wo gehen wir dann hin?", fragt sie mich und ich verstehe zuerst nicht, was sie meint. Dann dämmert es mir. Wir haben ja soeben unsere Wohnung, unser Zuhause verloren. Eine Tatsache, die ich verdrängt habe.

Was würde nun aus uns und den Kindern werden?

„Wir werden vermutlich ein Hotel zugewiesen bekommen. Mit Sicherheitspersonal und Decknamen, sodass unser Aufenthalt geheim bleibt."

Kim nickt. Ich weiß nicht, was ich sonst noch sagen soll. Vielleicht gibt es auch einfach nicht mehr zu sagen.

Auch ich möchte nicht in ein Hotel für wer weiß wie lange, doch uns gehen die Alternativen aus. Wir haben es nicht geschafft Michael zu stoppen, bis die Katastrophe passieren musste. Und es waren viele Katastrophen. Er hat mir so viel genommen. Kim so viel genommen. Unsere Leben verdreht. Er hat uns alles geraubt. Unsere Sicherheit, unser gemeinsames Glück, fast eines meiner Kinder, unser Zuhause.

Ich biege um die letzte Kurve und fahre unsere Straße entlang bis vor unser Wohnhaus. Sofort lege ich eine Vollbremsung ein und schrecke Kim damit auf.

Sie schaut aus dem Fenster und sieht, was ich sehe:

Vor dem Haus liegt niemand anderes als Nathan Jones.

Seine Glieder sind ausgestreckt und in seinem Rücken steckt eine Axt.

Kaum bin ich aus dem Fahrzeug gesprungen, trifft zeitgleich ein Rettungswagen ein.

Schnell knie ich mich neben den jungen Mann, der auf der gleichen Etage uns gegenüber wohnt. Ich fühle seinen Puls. Schwach, ganz schwach, aber immerhin noch da. Ein röchelndes Geräusch entsteigt seiner Kehle.

Kim ist ebenfalls aus dem Auto gestürmt und winkt nun die Sanitäter zu uns.

„Versuchen Sie nicht zu sprechen, wenn es nicht sein muss. Sie werden sofort ärztlich versorgt."

Er hält nun ganz still und wir treten zurück, um die Leute vom Rettungsdienst ihre Arbeit machen zu lassen.

Ein weiteres Polizeiauto hält und ein paar Kollegen stoßen zu uns.

Kim weist sie direkt an: „Wir wissen nicht, ob der Gesuchte nicht noch im Gebäude sein könnte. Wir müssen also erst einmal alles absuchen und auf weitere Opfer aufmerksam machen. Seien Sie auf der Hut und passen Sie darauf auf, den Tatort nicht zu verwüsten."

Ich bin beeindruckt, wie schnell Kim wieder in ihre professionelle Haltung zurückverfallen ist. Keine Spur mehr von ihrer vorherigen Ausgezehrtheit.

Sie ist nun wieder ganz die Polizistin. Ich lächle leicht und mein Optimismus kehrt etwas in den Vordergrund.

„Also los."

Mit gezückten Waffen betreten wir den Hausflur und erleiden sofort den nächsten Schreck. Das kleine Mädchen aus einer der unteren Wohnungen liegt starr und mit aufgerissenen Augen vor der ersten Treppenstufe. Ich muss die Zähne fest zusammenbeißen, denn sie ist ungefähr im gleichen Alter wie Nicky. Leider sieht man unmittelbar, dass jegliche Hilfe hier zu spät kommt. Sie ist tot. Ich habe schon befürchtet und mich auf dem Weg hierher darauf vorbereitet, jegliche Hausmitglieder tot vorzufinden, doch hat mir Nathan Jones noch etwas Hoffnung gegeben, dass es nicht alle erwischt haben könnte. Ich frage mich, was mit den Eltern passiert ist, doch das kommt noch zu seiner Zeit. Die Wohnungstür zu dem alten Mr. Todd steht offen und ich bedeute ein paar der Kollegen, sich im Erdgeschoss umzusehen, während Kim, eine weitere Polizistin und ich nach oben gehen. Es fühlt sich verkehrt an über den Leichnam des kleinen Kindes zu steigen, doch wir müssen weiter.

Oben gibt es die Wohnung von Jones und die von Kim und mir.

Wir widmen uns erst der Wohnung von Jones, dessen Tür eingeschlagen ist, vermutlich mit der Axt, die noch in ihm steckt. Es fühlt sich einfach falsch an, sich unsere Wohnung als erstes vorzunehmen. Wir durchqueren seine Räume, doch finden nichts. Nur die Badezimmertür ist ebenfalls eingeschlagen und das Fenster geöffnet.

Ich vermute, er hat sich hier versteckt und wollte aus dem Fenster fliehen.

Unten sehe ich wie die Sanitäter den Mann stabilisiert haben und nun vorsichtig und langsam auf eine Trage heben. Ich schicke ein Stoßgebet in den Himmel, obwohl ich nicht weiß, wer dieses erhören soll.

Wir verlassen die Wohnung wieder und stehen nun vor unserer eigenen.

Mit achtsamen Schritten gehen wir unseren Flur entlang. Man erkennt sofort, dass Dinge hier durch die Gegend geworfen worden sind und als ich durch eine Tür in unser Schlafzimmer luge, sehe ich die aufgeschlitzte Matratze. Rote Striemen leuchten auf dem Weiß und mir wird klar, dass das Blut unserer Nachbarn noch an seinem Messer geklebt haben muss.

Kleidungsstücke liegen überall verteilt, als sei eine Bombe mitten im Raum hochgegangen.

Kim und die Kollegin stoßen zu mir.

„Die Kinderzimmer und das Bad sind zwar ebenfalls verwüstet, aber leer. Bisher scheint sich Michael vor allem im Schlafzimmer ausgetobt zu haben", raunt sie mir zu. Wohnzimmer und Küche bleiben also noch übrig.

Da scheint Kim etwas zu bemerken. Sie geht um das Doppelbett herum und hebt etwas Kleines vom Boden auf. Ich erkenne den blauen Kristallanhänger, der Kim einiges bedeutet und scheinbar gewaltvoll durch das Zimmer geschleudert worden ist. Behutsam hebt sie ihn auf und steckt ihn sich in eine Hosentasche.

Sie nickt mir zu, was ich als Zeichen auffasse weiterzumachen. Wir betreten unser Wohnzimmer, den Mittelpunkt unseres Familienlebens und finden dieses völlig zerstört vor.

Der große Esstisch ist umgeworfen, der Boden ist übersäht mit Scherben von zerbrochenem Geschirr und den Fetzen unserer Fotos. Mir wird schlecht bei dem Gedanken, dass Michael während unserer Abwesenheit unser Zuhause infiltriert und alles von innen heraus vernichtet hat. Jegliche Freude und Behaglichkeit, die dieses Wohnzimmer eigentlich verkörpert, liegen mitsamt den anderen Trümmern am Boden. Bloß noch eine Erinnerung, wie es einmal war, denn nichts könnte diese Narben, die in unser Mobiliar geritzt wurden, wieder verheilen lassen.

„Oh Gott", höre ich Kim erstickt hinter mir aufheulen und ich drehe mich zu ihr um. Sofort erblicken meine Augen den Grund für ihre Reaktion und warum sie nun langsam und völlig verstört auf die Knie sinkt.

An der Wand hängt eine kleine getigerte Katze. Ihr Kopf ist seltsam verdreht und büschelweise fehlt ihr das Fell. Am schlimmsten ist jedoch, dass sie mit einem abgebrochenen Stuhlbein mehr oder weniger an die Wand genagelt wurde. Das Bein durchspießt ihren Bauch und Blut läuft an der Tapete herunter.

„Mimi", flüstere ich.

Kims Körper wird vom Schütteln ergriffen und sie hält sich selbst fest, indem sie ihre Finger in die Dienstjacke krallt. Tränen strömen unkontrolliert aus ihren fest zugekniffenen Augen, während ihr Mund zu einem stummen Schrei geöffnet ist. Ich lasse mich neben ihr zu Boden und fasse sie fest, als ihr Körper sich gegen mich lehnt, scheinbar zu kraftlos, um sich selbst noch zu halten.

Die andere Kollegin reißt ihren Blick von der toten Katze, offenbar bemüht darum, den Würgereiz zu unterdrücken.

„Hier oben ist alles leer, gehen Sie zu den anderen Kollegen und lassen Sie Bericht erstatten", weise ich sie an, damit sie nicht weiter untätig herumsteht. Ich will nicht, dass Kim so begafft wird. Die Polizistin verschwindet und ich versuche Kim anzusprechen, die nun laut schluchzt.

Behutsam drehe ich ihren Kopf in die andere Richtung, damit sie Mimi nicht sehen muss, wenn sie die Augen öffnet.

„Psst. Ich bin hier. Kannst du mich ansehen?", rede ich beruhigend auf sie ein.

Schwer öffnen sich ihre Lider und ihre Augen sind ganz rot und verquollen.

„Wir sollten hier wieder raus, okay?"

Sie atmet schnell. „Aber ... Mimi?"

„Es ist alles gut. Kannst du aufstehen?"

Ihr Atem geht immer schneller und ich sehe, wie sich ihr Brustkorb rapide hebt und senkt. Sie wispert etwas, doch ich verstehe nicht, was sie sagt. Ihre Schulter fangen an zu beben und kalter Schweiß tritt auf ihrer Stirn auf.

Oh verdammt!

Ich lasse sie los, damit sie zurückweichen kann und nicht von mir festgehalten wird, während sie sich immer wieder mit den Händen über das Gesicht fährt.

„Ich ... muss ... raus", stößt sie abgehakt hervor.

Dann richtet sie sich schwankend auf und flieht Hals über Kopf aus der Wohnung und nach unten ins Freie.

Unvermittelt folge ich ihr und stoße draußen fast mit der Polizistin von eben zusammen.

„Mr. Jordan? Ich …"

Ich versuche nicht grob zu sein, als ich sie beiseiteschiebe. *Hat sie Kim denn eben nicht bemerkt?*

„Einen Moment bitte."

Ich sehe Kim etwas abseits auf einer kleinen Steinmauer sitzen. Vorsichtig kniee ich mich vor sie und spreche ganz sanft.

„Versuch zu atmen. Ganz ruhig und kontrolliert."

Ich zähle ihr die Sekunden vor, in denen sie ein- und dann wieder ausatmen soll und langsam normalisiert sich ihr Zustand.

Wo ist eigentlich der Krankenwagen mit den Sanitätern, frage ich mich nun.

„Es geht wieder. Danke", spricht sie ganz leise, doch immerhin wieder an einem Stück. Ich nehme ihre Hand und so bleiben wir eine Weile in der Position verharrend. Sie auf der Mauer kauernd und mit verweintem Gesicht, ich auf dem Schotter hockend und zu ihr aufblickend.

Ich merke, dass wir beobachtet werden, und drehe den Kopf, um die anderen Kollegen vorzufinden, wie sie uns besorgt beobachten. Offenbar wollen sie etwas von mir.

Ich drücke Kims Hand und sage: „Ich bin gleich wieder da, okay?" Sie nickt.

Ich überquere den Eingangsbereich vor dem Haus und erreiche meine Mitarbeiter. Die Polizistin tritt vor und verkündet mir: „Das Haus ist leer. Wir haben niemanden mehr gefunden, außer einem toten Mann in der rechten Wohnung unten und eine Frau im Garten hinter dem Haus."

Die Frau muss die Mutter des kleinen Mädchens sein und bei dem Mann kann es sich nur um Mr. Todd handeln.

Allerdings fehlt ein Bewohner des Hauses.

„Sonst niemanden mehr? Es wohnt noch ein weiterer Mann im Haus. Er ist der Vater des Mädchens."

In Gedanken vermute ich allerdings schon, dass er sich zu gegebener Zeit nicht im Haus befunden hat, da ich zwar selbst viel auf der Arbeit bin, aber festgestellt habe, dass auch der Familienvater erst sehr spät nach Hause kommt. Ich weiß nicht, welchen Beruf er ausübt, doch vielleicht hat ihn dieser heute gerettet. Andererseits müssen wir ihm nun die unvorstellbaren Nachrichten überbringen und ich würde den auf ihn zukommenden Schmerz nicht als Segen bezeichnen. Vielleicht ergeht es ihm mit dem Schicksal sogar noch viel schlimmer als seiner Frau und Tochter.

Meine Kollegin schüttelt den Kopf. „Nein, nur die vier Toten."

„Alles klar, ich wer… Warten Sie einmal ... die *vier* Toten? Das Mädchen, die Frau, der Mann. Das sind drei. Nathan Jones ist doch nur verletzt und wurde, da es keine weiteren Hilfsbedürftigen gab, mit dem Krankenwagen weggefahren. Nicht wahr?"

Die Polizistin sieht zu Boden. „Kurz bevor Sie aus dem Haus kamen, erreichte uns die Meldung, dass der Patient noch auf dem Weg verstorben ist."

Ich muss erst einmal tief durchatmen. Ich hatte wirklich gehofft, dass jemand Michaels Angriff überleben würde.

„Okay." Mehr bringe ich nicht hervor.

Die Polizistin scheint jedoch immer noch nicht fertig zu sein. Erwartungsvoll blicke ich sie an.

„Vor ein paar Minuten kam eine Durchsage. Die Leiche des Reporters Arno Gustavo wurde erstochen am Straßenrand aufgefunden. Offiziell hat das zwar nichts mit dem Blutbad hier zu tun, aber ich dachte …"

„Nein, nein. Danke, dass Sie mir davon erzählt haben. Das könnte dennoch wichtig sein."

Ich blicke zu Kim, die ihren Kristallanhänger in den Händen hält und daran herumspielt.

„Es müssen sich jedoch andere Ermittler darum kümmern, denn ich möchte Kim fürs Erste von hier wegbringen."

Damit kehre ich den Kollegen den Rücken zu und laufe zurück zu meiner Freundin.

Sie schaut auf, als ich vor ihr stehen bleibe.

„Sollen wir weg? Ich kann uns aufs Revier fahren oder zu Mia und Abby, wenn du etwas Abstand willst. Ich muss den Chef noch fragen, wohin wir danach vorübergehend ziehen werden, aber lass uns schonmal fort, ja?"

Kim verzieht den Mund leicht. Es ist kein richtiges Lächeln, aber ein „Mach dir keine Sorgen um mich, es ist schon besser geworden"-Mundwinkelhochziehen.

„Ich will erstmal ins Auto, anstatt auf dieser unbequemen Steinmauer zu sitzen." Sie steht auf und wir steigen in mein Fahrzeug ein. Ich warte noch, bevor ich den Motor starte, denn Kim will noch etwas loswerden.

„Ich habe gehört, über was ihr gesprochen habt. Das auch Nathan Jones verstorben ist und die Sache mit dem Reporter."

Ich lasse mich erschöpft in den Sitz zurückfallen.

„Glaubst du, dass Michael ihn auch umgebracht hat?", frage ich.

„Möglich wär's. Er ist komplett am Durchdrehen."

Anscheinend hat Michael seine guten Pläne, die uns so lange zum Narren gehalten haben, aufgegeben und hat nun beschlossen die Apokalypse höchstpersönlich für uns aufzufahren.

„Vielleicht macht er jetzt seinen Fehler."

Erstaunt blicke ich Kim nun an.

„Du hast mir mal gesagt, dass Michael irgendwann einen Fehler machen muss, und ich glaube das hier ist sein größter Fehler. Er ist unberechenbar, aber ohne einen Plan ist er auch angreifbar."

In ihren Augen erkenne ich verschiedene Emotionen. Da sind Trauer, Wut, Abscheu, aber auch Entschlossenheit.

„Damit könntest du recht haben. Ich glaube langsam auch, dass wir in diesem Fall bald einen Höhepunkt erreicht haben."

***

MICHAEL:

„Nein, nein, nein!", schreit er durch das Wohnzimmer seines eigenen verwüsteten Hauses.

Er schnappt sich die Stehlampe, die hinter dem umgeworfenen Sofa bisher unversehrt geblieben ist, und schmeißt diese gegen den bereits zerstörten Flachbildfernseher, der nur noch halb auf dem Regal steht, über dem er vorher gehangen hat.

„Es ist noch nicht genug! SIE lebt noch und SIE hat auch noch nicht genug durchgemacht!" Michaels Stimme durchschlägt die beginnende Nacht wie ein Vorschlaghammer.

Der Wahnsinn packt ihn mit gierigen Krallen und fährt in seinen Körper, um ihn von innen zu zerreißen. Michaels vergiftete Gedanken schleudern in seinem Kopf wild umher. Er schreit und Tränen rinnen ihm über sein Gesicht, doch es sind keine Tränen der Traurigkeit, sondern Tränen der blanken Wut und des bevorstehenden Terrors.

In seinen Gedanken sieht es ähnlich aus wie in seinem Haus.

Verwüstung, Zerstörung, Hass.

Er fasst einen neuen Entschluss.

Die bisherigen Opfer reichen ihm nicht.

Es ist noch nicht genug Blut geflossen.

Kim hat seinen Plan durchgekreuzt.

Seine Pläne durchkreuzt.

Plural.

Es ist nicht der Erste gewesen, der ihretwegen nicht fortgeführt werden konnte.

So war es nicht geplant.

So sollte es nicht sein.

Er hatte es anders gewollt.

Er hatte es sich anders vorgestellt.

Regeln und Pläne sind nicht umsonst da.

Man muss sich daranhalten. Kim und Noah haben nun mehr als einmal die Regeln gebrochen.

Sie gehören disqualifiziert!

Sie dürfen nicht mehr mitspielen.

Und wer nicht mitspielt, muss sterben!

Er muss nun neu ansetzen. Das Spiel hat sich nun geändert. Es geht nicht mehr um Kim. Es geht nicht mehr um die Geschichte und das Happy End von Michael mit ihr. Ab sofort geht es um die unverzügliche Eliminierung der schlechten Verlierer.

Noah, auf den es Michael ursprünglich mit seiner allerersten Mordserie abgesehen hatte, ist nun egal. Soll er doch Kim haben.

Kim hat Michael gar nicht verdient.

Michael ist besser als alle Menschen.

Und das würden alle Menschen auch noch zu spüren bekommen.

Aber am meisten Kim. Denn sie hat Michael nicht nur das Herz gebrochen, sondern auch seinen Stolz verletzt. Und das würde sie auf jeden Fall büßen.

Nichts ist dafür besser als der grausame und bedeutungslose Tod.

Niemand würde sich jemals an sie erinnern.

Niemand würde ihr nachtrauern.

Niemand würde irgendwann noch wissen, wie sie aussieht.

Sie würde ein Geist der Vergangenheit sein.

Ein Geist ... verblichen und auf der ewigen Suche nach Erlösung.

„Sie muss sterben!" Als würde dieser Satz zu seinem Mantra, springt er in seinen Gedanken hin und her.

Ein Plan muss her, um Kim endgültig zu besiegen.

Nein, keinen Plan.

Sie hat die Tendenz dazu, Pläne zu durchkreuzen.

Aber wenn es gar keinen Plan gibt, ...

Ein böses Lächeln schleicht sich in sein Gesicht.

Michael wirft einen Blick auf die Uhr, die neben dem Türrahmen auf dem Boden liegt. Das Glas ist zersplittert, aber bei genauem Hinsehen lässt sich eine Uhrzeit entziffern.

Perfekt.

Das ist genau die richtige Uhrzeit für ein Date an einem Samstagabend.

Entschlossen strafft Michael seine Schultern, drückt seinen Rücken durch und hebt würdevoll seinen Kopf, ehe er mit einem hämischen Grinsen sein Haus verlässt und sich auf den Weg macht, seinen Pla…

… sein *Ziel* zu erreichen!

***

MICHAEL:

Ungeduldig schließt Michael seine Finger um das Lenkrad. Anders als sonst nimmt er diesmal keine Rücksicht auf den Verkehr. Es scheint ihm völlig egal zu sein, dass er von der Polizei aufgrund seiner Fahrweise angehalten werden könnte.

Blauer Kristallanhänger … schönes Dekolleté … Bluse … Strickjacke … Nummer 23 …

Unbewusst drückt er das Gaspedal noch weiter durch und rauscht an den anderen Fahrzeugen vorbei. Eine Hupe ertönt, doch das lässt seinen Fuß nur noch schwerer auf dem rechten Pedal lasten.

Teurer Wein … Chiara … Baseball …

Wie hypnotisiert starrt Michael auf die Fahrbahn vor sich. Sein rechter Fuß kennt nur eins der Pedale. Seine Gedanken kennen nur ein Ziel. Seine Erinnerung nur einen Moment aus der Vergangenheit.

Halb elf … 7:52 Uhr … ungefähr drei Minuten …

Ohne einen Blinker zu setzen, zieht Michael mit quietschenden Reifen, die über den Asphalt schlittern, vom linken Fahrstreifen zur Ausfahrt hinüber. Nur knapp erwischt er die scharfe Kurve und landet nicht in dem Schild, auf dem in großen Buchstaben „City" leuchtet.

Babysitter ... Sprint ... 7:39 Uhr ... schlechter Empfang ...

***

NOAH:

„Sie sind sich sicher, dass es Ihnen gutgeht?", fragt Kim am Telefon. Ihre Haare sind zu einem strengen Zopf gebunden und ihre Klamotten hat sie gestern Abend lange ausgewählt. Mit ihrem äußeren Auftreten versucht sie, den Schein zu wahren, dass es ihr gut ginge. Dabei kann sie vielleicht der Kollegschaft im Präsidium was vormachen, aber garantiert nicht mir.

Sie sollte gar nicht hier sein.

So oft wacht Kim nachts auf, geplagt von Alpträumen, seit wir vor ein paar Tagen in das Hotel umgezogen sind. Doch wenn ich sie darauf anspreche, erzählt sie mir immer, es ginge ihr gut. Es ist offensichtlich, dass dem nicht so ist – erst der Vorfall mit Schmitz, dann die beiden Blutbäder – aber ich lasse sie in dem Glauben, dass ich ihr das abkaufe.

Ich denke, dass sie das im Moment braucht. Es ist wahrscheinlich der einzige Weg, sich vor einem Zusammenbruch zu bewahren.

Fake it until you make it.

Und Kim sagt, es ginge ihr gut, bis das auch wieder der Fall ist. … oder bis sie merkt, dass es ihr nicht mehr gut geht.

Und um ehrlich mit mir selbst zu sein, geht es mir genauso. Michael ist mein Bruder. So ungern ich das zugeben will. Er hat seine Mordserie wegen mir begonnen und wäre Kim nicht in seinen Fokus gerückt, wäre nun ich derjenige, der sich an allem die Schuld geben würde. Ich weiß, dass Kim unruhig schläft, weil ich mich selbst in der Nacht nur hin und her wälze.

Im Gegensatz zu Kim weiß ich, dass die Schuld für die Taten allein bei Michael liegt. Jedoch habe ich bei alldem nicht so viele Opfer beklagen müssen. Kim erwischt das alles wesentlich härter als mich. Auch wenn das zweite Blutbad mein Zuhause zerstört und den Tod meiner Nachbarn verursacht hat, ging das erste der beiden auf Kims Kosten. Mal abgesehen davon, dass Mimi umgebracht worden ist.

Ich merke, wie Kim manchmal heimlich Fotos ihrer Katze auf dem Handy ansieht und sich dann in regelmäßigen Abständen Tränen aus dem Gesicht wischt. Es tut mir so unfassbar leid, aber ich weiß auch nicht, wie ich sie trösten sollte.

Was könnte ich tun, um ihr diesen Schmerz zu nehmen?

Mir ist klar, dass ich dazu nicht in er Lage bin. Ich kann lediglich versuchen, ihr Beistand zu leisten, bis der Schmerz mit der Zeit weniger würde.

„Mhm. Das ist verständlich", fährt sie nach einer kurzen Pause fort, in der ihr Gesprächspartner wohl geantwortet hat.

Wieder entsteht eine Pause.

„Ja, ich komme morgen mit ein paar Blumen auf dem Friedhof vorbei."

Ich streiche Kim behutsam über den Arm, der nicht das Telefon hält, sondern verzweifelt mit dem offenen Reißverschluss ihrer Jacke spielt. Ich sehe ihr in die Augen und erkenne, wie sie mit den Tränen kämpft. Ich ahne, um wen es geht, und drücke ihre Schulter, um sie spüren zu lassen, dass sie nicht allein ist.

„Klar, kein Ding. Wenn Sie es morgen nicht schaffen, schaue ich nach dem Rechten. Das mache ich total gerne."

„Ja, wie gesagt. Kein Ding. Dann weiterhin alles Gute und bis bald!"

Sie legt auf und dreht sich zu mir um. Mit hochgezogener Augenbraue sehe ich sie an und frage: „Luke?"

„Ja", gibt sie zerknirscht zu. Ehe ich etwas zu der Träne sagen kann, die sich gerade aus ihren Wimpern befreien will, fährt ihre Hand ins Gesicht und wischt sie schnell beiseite. „Ich fühle mich immer noch verantwortlich … und ja, ich weiß, dass es nicht meine Schuld ist." Sie atmet tief durch. „Wenn ich morgen auf den Friedhof zu Susans Grab gehe, schaue ich noch, ob da alles okay ist. Luke kann nicht."

„Ich begleite dich."

„Danke, Noah."

„Was machst du eigentlich auf der Wache? Bist du nicht freigestellt?"

„Theoretisch ja. Aber was soll ich machen? Unser Zuhause gibt es nicht mehr. Michael hat alles zerstört. Mimi ist tot! An den Wänden klebt das Blut unserer Nachbarn. Das halte ich nicht aus. Und den ganzen Tag im Hotel sitzen will ich auch nicht."

„Und deshalb willst du lieber arbeiten?"

„Ja, es lenkt mich ab und außerdem muss Michael endlich endgültig aufgehalten werden."

„Und das willst du tun?", hake ich nach.

„Das weiß ich noch nicht, aber allein werde ich es nicht schaffen."

„Dafür hast du ja mich." Ich nehme sie in den Arm, dann klingelt auf einmal erneut das Telefon auf ihrem Schreibtisch.

„Bitte nicht schon wieder Luke", murmele ich. Kim fühlt sich seit dem *Zwischenfall* auch ohne die ständigen Anrufe von Luke schlecht genug.

Kim nimmt den Hörer ab und beginnt das Gespräch: „Polizei. Mordermittlung. Foster hier. Wie kann ich Ihnen helfen?"

Wie beim Telefonat mit Luke vorher entsteht auch hier wieder eine Pause, in der mir nichts anderes übrigbleibt, als still abzuwarten, bis Kim antwortet und mir dann daraus meine Schlüsse zu ziehen.

„Mit wem spreche ich denn?"

„Nein, das empfinde ich nicht als *egal*", zitiert sie wahrscheinlich gerade die andere Person und schüttelt dabei den Kopf.

Mit einer Handbewegung ziehe ich Kims Aufmerksamkeit auf mich und signalisiere ihr, den Anruf auf Lautsprecher zu stellen, sodass ich mithören kann:

„Vertrauen Sie mir, gute Frau. Das hat wirklich keinerlei Signifikanz für mein Anliegen. Wichtig ist nur, dass sie sofort zum Handeln bereit sind."

Die Stimme, die blechern durch den Hörer dringt, klingt verzerrt, als würde der Anrufer nicht wollen, dass man ihn identifizieren kann.

„Also nochmal. Prägen Sie es sich gut ein, denn es bleibt keine Zeit für irrelevante Bagatellen. Wie gesagt, es muss schnell gehandelt werden: Der Mann, Michael Peters, der in der Stadt für Unruhe sorgt und Ihre Katze auf dem Gewissen hat, ist auf dem Weg ins *La Viletta*. Wie in Ihrer alten und derzeitigen Wohnung will er dort alles kurz und klein hauen, wie man so salopp zu sagen pflegt. Die Menschen dort sind in großer Gefahr. Noch haben Sie eine Chance, vor ihm da zu sein und ihm eine Falle zu stellen. Ich bin mir bewusst, dass es das letzte Mal schief gegangen ist, möge Susan Schmitz in Frieden ruhen. Aber vertrauen Sie mir! Diesmal schaffen Sie es. Er hat all seine Prinzipien über Bord geworfen und ist auch nicht mehr so vorsichtig wie zuvor. Das ist Ihre Gelegenheit. Nutzen Sie sie oder leben Sie mit den folgenden Konsequenzen!"

Mit diesem Satz ertönt ein Piepton und der Anruf wurde beendet. Verstört sieht Kim zu mir herüber.

„Glaubst du, da ist was dran?"

„Ich bin mir ehrlich gesagt nicht so sicher", gebe ich zu. „Woher weiß der Anrufer so viel? Ich bin mir nicht sicher, ob das ein schlechter Scherz von jemanden ist, der sich nur wichtig machen will. Allerdings sind wir momentan nicht in der Lage, dass auf die harte Tour zu testen. Wir können nicht das Risiko eingehen, dass diese Person vielleicht doch recht hat. Ich würde hinfahren."

„Gut. Ich mache alles klar und sage dem Chef Bescheid. Wir sehen uns unten bei den Autos."

Kapitel 13

NOAH:

Auf dem Weg zum *La Viletta* denke ich über den anonymen Hinweis des Anrufers nach. Kim und ich sind uns beide nicht sicher, ob sich da bloß jemand einen Spaß erlaubt oder nicht. Doch woher sollte die Person die ganzen Insider-Infos besitzen? Es ist sehr merkwürdig.

„Da fällt mir ein", spricht Kim das Thema nun ebenfalls an, während wir durch die nachmittäglich belebten Straßen fahren. „Erinnerst du dich noch an die Verfolgung, nachdem Susan angeschossen wurde? Das gestellte Date damals, da ist Michael entkommen, weil ein Funkspruch verlauten ließ, dass er angeblich gefasst wurde. Doch es stellte sich heraus, dass dem nicht so war, sondern dieser Rückzug letztendlich seine Flucht hat glücken lassen."

Ich erinnere mich noch deutlich, doch durch die vielen auf uns einschlagenden Erlebnisse kurz darauf hatte ich keine Zeit mehr, mich näher damit zu befassen.

„Ich habe das Gefühl, du willst andeuten, dass das damals definitiv kein Missverständnis war?"

„Ganz genau. So ein Funkspruch wird nicht als Scherz durchgegeben und schon gar nicht von unseren Kollegen in dieser Situation. Nachdem das alles passiert ist, hatte ich schon wieder einen Grund nachts schlecht zu schlafen, da mich die Frage nicht losgelassen hat, ob jemand aus unseren Reihen vielleicht mit Michael kooperiert."

Ich ziehe scharf die Luft ein. Wenn das stimmen würde, dann würde das erklären, warum Michael uns in allen Schritten voraus ist ... oder es zumindest war.

„Du meinst, jemand aus unserem Präsidium lässt Informationen an Michael durchsickern? Denn damit hätte er immer genau gewusst, was bei uns – zumindest auf dem Arbeitsplatz – los ist."

Neue Erkenntnisse wurzeln in meinem Kopf und erschaffen eine ganz neue Sichtweise auf einfach alles.

Könnte es wirklich möglich sein, dass ein Kollege oder eine Kollegin mit Michael gemeinsame Sache macht? Dass sich jemand, der eigentlich auf der gleichen Seite wie Kim und ich stehen sollte, an unserem Leid erfreut und sogar dazu beiträgt?

Dieser Gedanke will nicht so recht in meinen Kopf passen. Wer sollte sowas tun? Und vor allem so unbemerkt? Alle, die an diesem Fall arbeiten, sind Leute, mit denen Kim und ich schon früher mal zusammengearbeitet haben.

Doch wenn das wirklich stimmen sollte ... Wem können wir dann noch trauen?

Gleich sind wir beim *La Viletta* und können selbst überprüfen, ob unser Mann die Wahrheit gesagt hat.

Wobei, schießt es mir jetzt durch den Kopf, *warum sollte uns die Person jetzt helfen Michael zu fassen, wenn sie doch für ihn arbeitet? War es also doch nur ein Streich?*

„Aber falls es so eine Person bei uns geben würde, wer könnte es sein und wie finden wir das heraus? Und was sind ihre Motive? Wieso hilft sie uns jetzt?"

Ich weiß natürlich, dass Kim auf so viele Fragen auf einmal keine Antwort hat, doch ich muss meinen Gedanken etwas Freiraum geben.

„Das weiß ich auch noch nicht so genau, aber ...''

Sie verstummt, als ein Funkspruch durchkommt. Es ist der Chef höchstpersönlich, was ungewöhnlich ist und mir sofort signalisiert, dass etwas nicht stimmen kann.

„Wagen ... '', knistert seine Stimme durch die Lautsprecher. „Sie sind ohnehin auf dem Weg zum La Viletta, bleiben sie dran, eben kam ein Notruf, dass dort ein Mann einen Mordanschlag verübt. Es soll sich um Michael Peters handeln. Weitere Einsatzkräfte werden geschickt.''

Mehr müssen wir nicht hören. Mit Blaulicht und Sirene gebe ich Gas, um in Kürze die Gastronomie zu erreichen.

Verdammt, wir würden zu spät kommen!

Mit quietschenden Reifen bleiben wir kurz vor dem Eingang stehen und sehen Menschen, die sich panisch durch die Türen zwängen und sich in alle Richtungen verstreuen.

Das ist wirklich nicht Michaels normales Verhalten, er hätte niemanden entkommen lassen und dafür gesorgt, dass wir erst über seine Leichen stolpern, wenn er schon lange fort ist.

Mit unseren Pistolen bewaffnet fliegen wir regelrecht aus unseren Sitzen.

Ein Mann kommt auf uns zu gerannt. „Da sind noch Leute drinnen, Sie müssen ihnen helfen!''

Ich hatte gehofft, dass alle fliehen konnten, damit wir ihn im Restaurant in Schach halten können, bis Unterstützung da ist, aber unter diesen Umständen müssen wir unverzüglich eingreifen.

„Bringen Sie sich in Sicherheit, wir kümmern uns um den Rest", gebe ich an den aufgebrachten Mann weiter, dann nicken Kim und ich uns zu und wir treten vor das Lokal.

Die Menschen, die fliehen konnten, sind nun offenbar alle draußen, denn es kommt uns niemand mehr entgegen gestoben. Ich öffne die Tür und wir betreten mit erhobenen Waffen den großen Raum, in dem sonst immer Tische und Stühle fein säuberlich aufgestellt und dekoriert sind. Nun jedoch gleicht das Ganze eher einem Schlachtfeld. Die Tische sind umgeworfen und das Essen liegt zermatscht auf dem Boden zwischen zertrampelten Blumen und zerknüllten Servietten. Ich zähle drei Menschen, die blutend am Boden liegen und sich nicht bewegen. Eine Frau sitz noch auf einem Stuhl, ihre Arme hängen schlaff herab und ihr Kopf ist nach hinten gefallen, während ihre Kehle von einem Ohr bis zum anderen aufgeschlitzt wurde.

In einer hinteren Ecke drängen sich zwei Frauen zusammen und auf der anderen Seite hat sich ein Mann unter einem noch stehenden Tisch verkrochen. Sie kommen nicht raus, denn mitten im Raum versperrt eine große Gestalt ihnen den Weg. Michael steht mit dem Rücken zu uns, in seiner Rechten hält er ein scharfes Steakmesser, mit dem er immer wieder auf einen vierten Körper zu seinen Füßen einsticht.

Just in dem Moment, in dem wir das Etablissement betreten, verharrt er mitten in seiner Bewegung und wirft einen Blick über seine Schulter. An seinem Profil klebt Blut und kaum hat er uns erkannt verzieht sich sein Mund zu einem irren Lächeln und seine Augen scheinen noch etwas kälter zu glänzen.

„Wenn das nicht mein geliebter Bruder und meine verlorene Liebe sind. Hallo Kim."

So nicht. Heute werden wir nicht mehr zögern.

Kim und ich haben uns geschworen ihn bei der sich nächstbietenden Gelegenheit zu töten. Michael wird nie wieder einen Menschen umbringen!

Ohne lange zu fackeln, ziele ich auf sein Abdomen und drücke mit wild entschlossenem Blick ab. Die Kugel saust los, doch Michael hat schnell reagiert und so streift sie ihn nur an der Seite.

Blanker Hass und Schmerz lassen ihn sein Gesicht verziehen.

Nun ist Kim am Zug, aber ihre Kugel schlägt knapp neben ihm in der Wand ein. Wir müssen aufpassen nicht die noch lebenden Opfer zu erwischen.

Michael sprintet derweil los und in den anderen Restaurantabschnitt, der durch einen gebogenen Durchgang in der Wand erreichbar ist. Ich sehe, wie er am Ende durch eine Schwenktür in die Küche flieht. Kim und ich waren oft genug hier, um zu wissen, dass die Küche zwei Ausgänge hat. Michael will also durch den Ausgang hinten im anderen Lokalraum wieder nach draußen fliehen. Aber nicht mit uns. Kim gibt mir schnell ein Zeichen, dass sie zurück rennen wird, um ihm den Fluchtweg zu versperren. Ich werde ihn hier also weiterverfolgen. Mit beiden Ausgängen blockiert landet er mitten im Kreuzfeuer, da kann er sich nicht einfach wegducken. Diesmal werden wir ihn kriegen! Das müssen wir einfach.

Kim macht also kehrt und läuft zurück. Ich spüre das Adrenalin in meinen Adern rauschen und habe zum ersten Mal seit langem das Gefühl, endlich etwas verändern zu können. So lange haben wir Michael hinterhergejagt, doch konnten wir immer nur seiner Blutspur folgen. Nun ist er zum Greifen nah. Ich passiere gerade eine kleine Durchreiche, die dafür genutzt wird, das Essen aus der Küche direkt an die Kellner zum Servieren weiterzugeben. Auf einmal schießen daraus zwei Hände hervor und ehe ich reagieren kann, packen sie mich und mein Kopf wird heruntergerissen. Ich spüre einen Schlag, dann ist kurzzeitig alles schwarz.

Ein lauter Knall sorgt dafür, dass ich wieder zu mir komme. Stöhnend und ächzend richte ich mich auf. Dass meine Waffe fort ist, fällt mir sofort auf.

Ich spähe durch die Durchreiche und mein Herzschlag setzt aus, als ich Kim sehe, die am Boden liegt, während sich ihr Kragen langsam rot färbt.

Dann ertönt ein weiterer Schuss.

***

MICHAEL:

Ich genieße das Gefühl des Blutes, das an meinen Händen klebt wie rote Handschuhe im Winter. Es ist elektrisierend, sich einfach gehen zu lassen.

Sie werden kommen. Kim und Noah werden kommen und dann kann ich die Sache zu Ende bringen.

Ein würdiges Finale.

Der Mann zu meinen Füßen ist zwar schon längst tot, doch ich muss einfach weiter auf ihn einstechen. Es tut so gut.

Und Kim? Sie muss sterben! Sie hat sich gegen mich gestellt, ihre Seite klar gewählt. Ich muss also einen anderen Weg wählen, als ihr ständig hinterherzujagen. Und Noah? Er soll endlich das verlieren, was ihm nie zustand. Nur wegen ihm hat das alles angefangen. Er hat Rechte erhalten, die mir mein Leben lang verweigert blieben, doch nun werde ich die Waage wieder ins Gleichgewicht bringen.

In einer Ecke kauern zwei Frauen, ein Mann hält sich hinter einem Tisch versteckt. Wenn mein Bruder und Kim nicht bald auftauchen, müssen die nächsten eben dran glauben. So einfach ist das.

Als hätten sie meine Drohung gehört, vernehme ich auf einmal etwas hinter mir. Türen öffnen sich. Es geht los!

Ich werfe einen Blick über meine Schulter und lächle.

„Wenn das nicht mein geliebter Bruder und meine verlorene Liebe sind. Hallo Kim."

Die beiden sehen mich mit hasserfüllten Blicken an, während ihre Waffen auf meinen Rücken gerichtet sind. Sie werden nicht zögern. Das ist mir klar.

Dennoch muss ich etwas Zeit und Abstand gewinnen, sonst bin ich vor den beiden tot.

In Noahs Augen blitzt etwas und es scheint, als würden sich die beiden telepathisch austauschen. Ich sehe, wie mein Bruder seinen Kiefer anspannt.

Instinktiv weiche ich aus, da rauscht auch schon eine Kugel an mir vorbei und erwischt mich leicht an der rechten Seite. Unmittelbar danach zieht Kims Schuss an mir vorbei, nur knapp verfehlt, weil ich mich durch meine Bewegung weiter zu den beiden Frauen in der Ecke befördert habe. Sie will die Unschuldigen natürlich nicht verletzten.

Aber erkennt sie denn nicht, dass ich genauso unschuldig bin?

Dass ich nur meine Aufgabe erfülle, während Noah offensichtlich derjenige ist, der seine Familie, sein Hab und Gut unverdient vor die Füße geschmissen bekommen hat. Ich bin dazu auserwählt, die Ungerechtigkeit seit meiner Geburt wieder ins Lot zu bringen, doch dieser selbstgefällige Mann versucht mich daran zu hindern und will alles für sich behalten.

Wer ist hier der Schuldige? Aber ich habe schon längst gemerkt, dass ich Kim so nicht mehr retten kann, daher laufe ich nun schnell in den anderen Restaurantteil und sie folgen mir mit etwas Abstand.

Schwingend werfe ich mich durch die Tür am Ende des Raumes in die daran anschließende Küche. Mit einer Hand halte ich meine Seite, die zwar blutet, aber nicht gefährlich verletzt ist. Weh tut es trotzdem.

Ich blicke mich um. In der Küche gibt es zwar scharfes Werkzeug, jedoch nichts, was mir bei der Überbrückung der Distanz zwischen Kim und mir hilft. Die beiden haben schließlich Schusswaffen. Auf der anderen Seite führt eine zweite Tür zurück in den ersten Abschnitt des Lokals. Draußen höre ich Schritte, die sich aufteilen. Sie wollen mich also einkesseln. Da bemerke ich, dass die Schritte, die den Gang zu der Tür, durch die ich eben gekommen bin, weiterverfolgen, etwas schwerer sind.

Noah!

Das ist meine Chance. Angetrieben durch meinen Zorn rase ich zu der Durchreiche, die noch vor der Tür in die Wand eingebaut ist und bekomme im Bruchteil einer Sekunde Noahs Weste zu fassen. Ich zögere nicht lange und packe seinen Kopf, den ich mit Wucht auf die Platte schlage. Bewusstlos geht er zu Boden und ich entnehme ihm dabei die Waffe.

Ein Störenfried ist damit weg und ich habe zudem nun eine Pistole. Das Blatt hat sich gewendet, anscheinend hat das Schicksal meinen Sieg vorhergesagt.

Schon im nächsten Moment wirbelt Kim durch die andere Tür in die Küche. Unsere Blicke streifen sich. In ihrem erkenne ich Verwirrung, da ich plötzlich eine Waffe habe und Noah nirgends zu sehen ist.

In meinem Blick liegen hingegen Genugtuung und etwas Traurigkeit.

So hätte es nicht kommen müssen, aber du lässt mir ja keine andere Wahl.

Ich drücke zweimal hintereinander ab und bewege meine Hand zwischen den Schüssen nach oben. So treffe ich sie einmal in der Bauchregion, um ihr vor ihrem Tod den Bastard zu nehmen, den sie mit Noah gezeugt hat, und ein weiteres Mal irgendwo in der Nähe ihres Herzen. Sie wird von der Wucht zurückgerissen und fällt zu Boden.

Ich gehe die paar Meter zu ihr und hebe nun die Waffe an meine eigene Schläfe.

In diesem Leben kann ich dich nicht mehr retten, also musste ich dich erlösen.

Ich werde dir folgen und im Tod werden wir nach all der Zeit endlich vereint sein. Noah wird dort keinen Einfluss mehr auf dich ausüben können und du wirst mich verstehen.

Noah wird zurückbleiben und endlich den gleichen Verlust und Schmerz durchleiden, den ich all die Jahre auf den Schultern tragen musste.

Es wird Gerechtigkeit herrschen.

Ich muss schmunzeln. Im Endeffekt hätte es auch nur so geschehen dürfen. Ich bin unbesiegbar gegen diese Tölpel und mein Ableben wird durch meine eigene Hand herbeigeführt.

Ich allein entscheide über Leben und Tod und hiermit beende ich mein eigenes Zeitalter.

„Bis bald, Kim."

Damit drücke ich ab und alles wird dunkel.

***

KIM:

„Kim ... Kim! Oh Gott, bitte komm zu dir."

Ich höre eine Stimme. Sie klingt nah und gleichzeitig so fern.

Wem gehört sie?

Egal, ich will weiter in diesem Zustand bleiben, denn mein Körper fühlt sich so leicht an.

Doch dann spüre ich eine Hand an meiner Wange und mit dem Gefühl meines physischen Körpers treten auch ohne Vorwarnung die Schmerzen auf. Links unter meinem Schlüsselbein tut es höllisch weh und mit einem Ruck katapultiert sich auch mein Bewusstsein in die Realität zurück.

Ich liege auf harten Fließen und als ich meine Augen öffne, blendet mich ihr grelles Weiß. Instinktiv blinzle ich mehrmals, bis ich mich an das helle Licht gewöhnt habe. Ein Gesicht taucht über mir auf, die Stirn in Sorgenfalten gelegt und in den blauen Augen glitzern Tränen.

„Noah?", frage ich mit belegter Stimme.

Seine Mundwinkel ziehen sich nach oben und ein schluchzendes Lachen entfährt ihm.

„Ja, ich bin hier."

Ich will mich aufrichten, doch der Schmerz zwingt mich zurück und auch Noah drückt mich sanft wieder nach unten.

Ich versuche die Herkunft meiner Schmerzen zu lokalisieren, um so abschätzen zu können, wo ich getroffen wurde. Denn die Schmerzen kommen nicht nur von Nähe meines Schlüsselbeines. Ich hebe langsam meinen Arm und taste über meine Magengegend. Ein stechender Schmerz lässt mich bei der Berührung zusammenfahren.

„Was ist passiert?", frage ich panisch, während ich etwas Rotes im Augenwinkel sehe.

Noch bevor Noah antworten kann, kommen Erinnerungsfetzen zurück.

Michael steht mit einer Pistole in der Küche ... von Noah keine Spur. Ich habe meine Waffe auf ihn gerichtet, doch er kam mir zuvor. Erst jetzt verstehe ich, dass ich angeschossen worden sein muss.

Aber wo ist Michael jetzt?

„Du wurdest angeschossen und Michael ist tot", erklärt Noah, als hätte er meine Gedanken gelesen.

Ich erinnere mich, dass Michael nicht sofort auf meinen Oberkörper gezielt hat. Er muss als Erstes auf meinen Bauch geschossen haben.

Mein Kind!

Ein Tränenschwall schießt mir in die Augen und ich versuche Noahs Arm zu greifen. Meine Fingern bohren sich in seine Jacke.

„Wie schlimm ist es?", keuche ich verzweifelt und meine andere Hand wandert erneut zu meinem Bauch, von dem ein wellenartiges Stechen in meinen Körper strahlt. Bevor ich allerdings meine Finger auf meine Körpermitte legen kann, streicht Noah vorsichtig meine Hand beiseite, ohne mir zu antworten.

Wie hatte Michael das wissen können?

Er war sich sehr bewusst darüber, wo er hinzielt und auch mit seinen Kenntnissen der menschlichen Anatomie kann es kein Fehler gewesen sein, dass Michael auf meinen Uterus gezielt hat.

Ehe ich dazu komme weiter nachzufragen, ertönen Schritte von irgendwo weiter weg. Noah steht auf und läuft zur Küchentür.

„Wir sind hier", ruft er jemandem zu, dann kommt er zu mir zurück.

„Es wird alles gut, die Sanitäter müssen dich mit ins Krankenhaus nehmen. Aber es wird alles wieder gut."

Er wiederholt sich vor Sorge, also nehme ich vorsichtig seine Hand und er drückt sie leicht.

Ich habe noch so viele Fragen, doch die werden wohl oder übel erst einmal warten müssen, denn auf einmal kommen drei Sanitäter in die Küche und widmen sich mir. Zwei weitere betreten die Küche und machen etwas weiter vorne, was ich nicht sehen kann, allerdings haben sie es dabei deutlich weniger eilig.

Mit einer Wundauflage auf meinem Schlüsselbein und Oberkörper werde ich ähnlich wie Nathan Jones vor einigen Tagen auf eine Trage gehoben und die Sanitäter tragen mich in Noahs Begleitung aus der Küche. Einer der zwei Herren übt Druck auf die Kompresse auf meinem Bauch aus und der Schmerz verteilt sich in Form eines Kribbeln in meinem Körper.

Krampfhaft erinnere ich die Sanitäter alle paar Sekunden daran, dass ich schwanger bin und es auch bleiben will. Ich brülle vor Schmerzen, dass sie mein Kind retten und dafür sorgen sollen, dass alles wieder gut werden würde.

Bevor die Tür wieder zu schwingt, erhasche ich noch einen schnellen Blick auf eine weitere Person, die dort blutend am Boden liegt. Ich weiß, es ist Michael, den ich dort tot am Boden sehe, doch versetzt es meinem Herz einen tiefen Stich. Mit den nun sanften Zügen und geschlossenen Augen, könnte es sich auch um Noah handeln, der dort leblos liegt. Ich habe Michael ja schon oft gesehen und weiß, dass es sich bei den beiden um eineiige Zwillinge handelt, doch Michael hatte immer dieses böse Funkeln in den Augen und seine Mimik war geprägt von Hass. Nun sieht er schon fast friedlich aus, als handele es sich nicht um einen kaltblütigen Serienmörder.

Er ist tatsächlich tot. Ich kann es kaum glauben, aber die schreckliche Zeit ist endlich vorüber.

Keine Morde mehr, keine Briefe, keine ständige Angst ...

Die Sonne scheint durch das Fenster in mein Krankenzimmer und wärmt mich. Es ist mittlerweile richtig kalt draußen geworden. Noch nehme ich die Kälte nur beim Lüften wahr, doch sobald ich entlassen werde, kann ich die Frische auch wieder im Freien genießen.

Sie hat irgendwie etwas Klärendes und bedeutet mir, dass auch die letzten Spuren der erdrückenden Zeit von Michael sich langsam auflösen.

Die Uhr zeigt mir fünf vor vier an, was bedeutet, dass Mia und Tucker jeden Moment hier sein müssten.

Seit ich vor ein paar Tagen auf die Intensivstation eingeliefert wurde, durften sie mich noch nicht besuchen. Nur Noah war bei mir, doch der muss sich jetzt, da ich über den Berg bin, wieder um seine Kinder und die Fertigstellung der Berichte kümmern. Sobald ich hier raus bin, hat er unser Leben hoffentlich schon wieder etwas in die Normalität zurück gerückt.

Die Ärzte meinen, ich hätte riesiges Glück gehabt, da der Schuss im worst case auch mein Herz hätte zerreißen können. Doch die Chirurgen konnten es ohne größere Komplikationen flicken. Ich wurde, seit ich hier bin, mehrfach geröntgt und bis jetzt sieht alles gut aus. Die Kugel liegt jetzt gesäubert auf dem Nachtischchen neben mir und ich hebe sie als Erinnerung daran auf, überlebt zu haben. Ich war letzten Endes stärker als Michael.

Bei dem Schuss in meinen Oberkörper wurde eine Rippe getroffen, weshalb mir tiefes Ein- und Ausatmen noch immer sehr schwerfällt.

Der Schuss in mein Abdomen ging daneben. Also natürlich wurde ich getroffen, aber die Fruchtblase ist noch so klein, dass sie nicht meinen ganzen Bauchraum einnimmt und daher ist die Kugel knapp an dem Embryo vorbeigeschossen.

Auf einmal vernehme ich Stimmen im Flur vor meiner Zimmertür und kurz darauf klopft es an.

„Kommt rein", rufe ich, da ich schon erkannt habe um wen es sich handeln muss.

Mia reißt sofort die Tür auf und hechtet an mein Bett. In ihrer Hand hält sie einen riesigen Blumenstrauß aus orangenen und gelben Blüten, zwischen denen eine Gute-Genesung-Karte steckt.

„Kim, oh mein Gott, Kim! Wie gut, dich endlich zu sehen. Wie geht es dir? Du musst uns alles erzählen", regnen ihre Worte schon auf mich ein, ehe Tucker die Tür geschlossen hat.

„Jetzt stress sie nicht gleich so. Du siehst doch, dass sie noch im Bett liegen muss und Ruhe braucht", nörgelt Tucker und tritt nun auch an meine Seite.

Ich muss auflachen, was mir so sehr wehtut, dass ich es sofort bereue und meine Klappe halte. Trotzdem spüre ich, wie gut mir ihre Anwesenheit tut.

„Es ist so toll, dass ihr hier seid", keuche ich nach einem Augenblick, in dem der Schmerz etwas abschwellen konnte.

Die beiden strahlen.

„Wir wäre auch schon früher hier gewesen, aber die Ärzte haben nur Noah den Besuch gestattet."

Die Ärzte hatten mir erklärt, dass sie erst sicherstellen wollten, dass ich mich auf dem sicheren Weg der Besserung befinde, bevor sie anderen den Besuch erlauben.

Tucker zieht seine Jacke aus und nimmt sich einen Stuhl. Mia zeigt unnötigerweise auf den Blumenstrauß, als hätte ich ihn sonst übersehen.

„Die sind von Abby und mir, wobei Abby die Blumen ausgesucht hat." Sie bemerkt, dass eine Vase fehlt und legt den Strauß daher erstmal auf den Beistelltisch. Ich würde das Personal später nach einer fragen.

Nachdem auch Mia sich aus ihrer Jacke geschält und sich neben mich gesetzt hat, fragt sie direkt: „Wie geht es dir jetzt eigentlich?"

„Schon viel besser, aber es wird wohl noch etwas dauern, bis ich wieder ganz fit bin." Ich erzähle den beiden das Gleiche, was die Ärzte mir schon über meine Situation erzählt haben. Meine Stimme ist recht leise, da meine schmerzende Rippe und die Narben an meinem Herzen und meinem Bauch mich stets daran erinnern, dass das Sprechen anstrengend und schmerzbereitend ist. Tucker atmet hörbar aus.

„Dann können wir wirklich froh sein, dass du so glimpflich davongekommen bist." Mia stimmt ihm zu.

„Ja, wir haben uns ganz schön Sorgen gemacht, als wir gehört haben, was passiert ist. Allerdings musst du uns jetzt nochmal genau berichten, wie eigentlich alles ablief.

Michael ist also tatsächlich tot. Diesmal auch wirklich und in echt?"

Ich verstehe die Nachfrage, da Michael uns ja schon einmal hat glauben lassen, dass er tot sei, nur um dann doch wieder quicklebendig auf dem Erdboden aufzutauchen.

„Ja, dieses Mal ist er wirklich und ganz richtig tot. Er liegt zudem schon im Leichenhaus und wird bald bestattet."

„Eigentlich verdient er es gar nicht eine Bestattung zu bekommen. Wenn es nach mir ginge, dann würde ich ihn einfach in die nächste Güllegrube werfen."

Ein nachvollziehbarer Gedanke, der mir sehr gefallen würde.

„Miiaa. Der Staat verfolgt niemanden über den Tod hinaus, schon vergessen?" Tucker rollt mit den Augen.

„Das weiß ich doch, aber dann kann es mir trotzdem missfallen." Mia verschränkt schnippisch die Arme.

„Nur gut, dass er auf einem eher abgelegenen Friedhof verbuddelt wird, nicht dass er am Ende noch neben den Opfern liegt."

Ich bin ebenfalls froh, dass diese Versetzung auf einen anderen Friedhof, anstelle unseres lokalen, genehmigt wurde und die Hinterbliebenen an den Gräbern ihrer Verstorbenen ungestört trauern können.

„Aber nun erzähl endlich, was im La Viletta passiert ist", drängt Mia nun wieder.

„Ja, ist ja gut, aber ich habe ebenfalls nicht alles mitbekommen und muss mich auf Noahs Bericht stützen."

Noah hat mir alles genaustens erzählt, aber auch er war kurzzeitig bewusstlos gewesen.

„Also", beginne ich und Mia und Tucker beugen sich gespannt vor. „Wir sind dem Notruf ins Lokal gefolgt und dort stand Michael und hat alles und jeden niedergemetzelt, der in seiner Nähe stand. Das hatte nichts mehr von einem Plan. Als er uns bemerkt hat, haben wir natürlich auf ihn geschossen, aber er wurde nur von Noahs Kugel gestreift und ist in den hinteren Teil und in die Küche geflohen. Noah und ich haben uns aufgeteilt, um ihn dort von zwei Seiten zu überrumpeln."

Es dauert gefühlt eine halbe Ewigkeit, bis ich diese paar Sätze ausgesprochen habe, weil meine flache Atmung mich zwingt, zwischendurch mehrere Pausen zu machen und ein paarmal zu atmen, bevor ich wieder ansetzen kann.

„Während ich auf dem Weg zur anderen Seite war, hat Michael Noah anscheinend durch die Essensdurchreiche bewusstlos geschlagen und seine Waffe an sich genommen.

Als ich die Küche betrat, war ich schon sehr verwundert, dass Noah nicht da war, schließlich hatte er den kürzeren Weg. Dann hat Michael auch schon auf mich geschossen und ich war erstmal weg. Noah hat mir erzählt, dass er von dem Schuss wieder zu sich kam und mich blutend am Boden sah. Er dachte schon ich wäre tot und wollte zu mir, als er sah, wie Michael sich anschließend selbst in den Kopf schoss. Tja und dann kam ich wieder zu mir und wurde von den Sanitätern mitgenommen. Den Teil kennt ihr ja."

Während ich erzähle, sehe ich immer wieder verschiedene Ausdrücke auf den Gesichtern meiner Freunde. Ungläubigkeit, Sorge, Entsetzen und schließlich Erleichterung.

Mia ergreift schließlich das Wort. „Wie heftig."

Das beschreibt es ziemlich passend, finde ich.

„Aber warum hat sich Michael selbst erschossen, bevor er überhaupt Noah etwas tun konnte?", überlegt Tucker nun laut.

„Das habe ich mich auch schon gefragt und deswegen gestern mit Pavlovic telefoniert."

Naja. So genau stimmt das nicht. Da mir das Sprechen wirklich schwerfällt, habe ich Noah gestern eine Nachricht geschrieben, als er bei mir war, mit meiner Bitte, Pavlovic anzurufen und ihr genau diese Frage zu stellen. Noah ist meiner Aufforderung nachgekommen und hat das Gespräch auf Lautsprecher geschaltet, damit ich Dajanas Fazit mithören konnte.

Mia schnappt entsetzt nach Luft. „Sie rufst du an, aber wir müssen so lange warten, bis wir dich sehen dürfen?"

Tucker rollt schon wieder mit den Augen. „Jetzt nimm das doch nicht so persönlich, ich hätte das auch wissen wollen."

Ich nicke Tucker dankend zu, ehe ich weiter berichte.

„Jedenfalls meint sie, dass Michaels Gottkomplex wohl dafür gesorgt hat, dass er mir das Leben nehmen wollte, weil ich mich ja offensichtlich gegen ihn entschieden habe. Mit dieser Art von Abweisung kam er nicht klar und wollte sich im Anschluss umbringen, damit wir den Tod teilen und Noah ohne mich zurückbleibt. Er wollte anscheinend, dass Noah ebenfalls etwas Wichtiges verliert, da er sich ja von Anfang an seinem Bruder unterlegen gefühlt hat.

Zudem fühlte er sich selbst in seinem Wahn unantastbar und so hätte er niemandem außer sich selbst gestattet, ihm das Leben zu nehmen."

Das Detail mit dem Bauchschuss lasse ich weg. Auch wenn die Gefahr, die von Michael ausging, nun gebannt ist, haben wir es immer noch nicht Nicky gesagt und entschieden, wann wir diese Information an die große Glocke hängen. Diese Entscheidung möchte ich auch nicht ohne Noah treffen. Mia wird mich im Nachhinein, wenn sie es dann erfährt, wahrscheinlich aus ihren Memoiren streichen, aber ich halte trotzdem erstmal meine Klappe.

Mia schüttelt nur den Kopf. „So ein Feigling. Er selbst hat seine Opfer gnadenlos gequält, bis er sie getötet hat, doch bei sich selbst wählt er natürlich den schnellsten und einfachsten Abgang. Dabei entzieht er sich auch ganz nebenbei noch der Verantwortung. Aber das ist vielleicht auch besser so, denn er war ja schon einmal eingesperrt und nun ist er mit Gewissheit fort."

Genau diesen Gedanken habe ich auch schon gehabt. Zwar hätte ich mir gewünscht, das Michael für seine Vergehen büßt, doch so können wir wenigstens wieder ruhig schlafen, da wir wissen, dass er nun für immer fort ist und uns nicht mehr weh tun kann.

„Seine Rechnung ging vor allem überhaupt nicht auf, denn du bist schließlich noch am Leben, Kim. Worüber wir alle sehr froh sind." Tucker greift nach der Patrone auf meinem Nachttisch und dreht sie in der Hand.

„Tucker hat Recht. Du hast ihn schlussendlich trotzdem daran gehindert seine Tat vollständig auszuführen und ihn damit ein Schnippchen geschlagen, einfach weil du überlebt hast."

Es ist schwierig sich dabei heroisch zu fühlen, denn ich hatte einfach nur Glück, aber der Gedanke, dass Michael sein finales Ziel nicht erreicht hat, sorgt dennoch für Genugtuung.

Tucker legt die Kugel zurück auf meinen Nachttisch, dann verschränkt er die Hände hinter seinem Kopf und ein breites Grinsen zieht sich über sein Gesicht.

„Ihr habt ja keine Ahnung, wie lange ich gewartet habe, bis ich endlich diesen Witz reißen kann, aber es muss sich gelohnt haben."

„Oh nein..." Mia vergräbt ihr Gesicht in den Händen und ich verstehe nicht ganz, was jetzt passiert. Erwartungsvoll sehe ich Tucker an. Er räuspert sich.

„Ich bin sehr froh, dass Michael endlich nicht mehr hee-hee~r ist."

Stille. Dann begreife ich und verziehe gequält das Gesicht, während ich jedoch mein gigantisches Grinsen nicht unterdrücken kann.

„Tuuuckeeeer...!"

Epilog

KIM:

Zum endgültigen Abschluss des gesamten Alptraums, der uns die letzten Monate jede Nacht begleitet hat und uns tagsüber wie ein Schatten gefolgt ist, lädt Noah mich spontan zum Essen ein. Noch am selben Abend will er mit mir den *Noodle Dragon* besuchen.

Seit das *La Viletta* vorübergehend wegen des fortschreitenden Neubaus schließen musste, sind wir schon zwei Mal dort gewesen. Ich finde das Etablissement ziemlich gemütlich und einladend, mit seinen tiefblauen Wänden und den warm leuchtenden Papierlampen. Natürlich trägt auch die Tatsache, dass sich das Restaurant größtenteils auf Nudelgerichte spezialisiert, erheblich zu meinem Urteil bei.

Heute Abend geht es also erneut dorthin, doch obwohl es keinen besonderen Anlass gibt und wir uns einfach die Zeit nehmen wollen, uns von den schrecklichen Ereignissen rund um Michaels Schreckensherrschaft zu erholen, wirkt Noah sichtlich nervös.

Als ich aus dem Bad komme, fummelt er mit seinen Fingern ungeschickt an seinem Hemdkragen herum.

„Alles in Ordnung bei dir?", grinse ich und richte ihm das dunkelblaue Hemd, bis es ordentlich sitzt. Ich selbst trage ein rotes Oberteil, mit weichen und romantisch fallenden Ärmeln und zudem einen Ausschnitt, der einen ausladenden Einblick in mein Dekolleté verleiht. Kurz sehe ich Noahs Blick in ebenjene Richtung schweifen, bevor er mir wieder in die Augen blickt.

„Alles bestens", grinst er verschmitzt zurück und ich klapse ihm gespielt empört auf die Schulter. Seine hellen blauen Augen sehen mich verträumt an. Sie gleichen denen von Michael exakt, doch liegt in ihnen so viel mehr Wärme und Liebe, wodurch ich mich stundenlang darin verlieren könnte. Seine Haare sind mittlerweile etwas gewachsen und ein paar Strähnen fallen ihm in die Augen. Ich streiche sie zurück und lächle, was er sofort erwidert.

„Du bist heute irgendwie komisch drauf", stelle ich kichernd fest.

„Ach ja?"

Erneut schaut er mich mit diesem Ausdruck an, als sähe er mich zum ersten Mal. Das Gefühl, welches mir dabei den Rücken hinunterfährt, während er mit seiner Hand darüberstreicht, ist nicht unangenehm.

„Ja, du bist irgendwie … "

Ich werde mitten im Satz unterbrochen.

„Wollt ihr nicht langsam mal los?" Elena steht im Türrahmen unseres Hotelzimmers und schaut uns erwartungsvoll an. Sofort lösen Noah und ich uns ein Stück voneinander, um sie besser ansehen zu können. Nachdem schrecklichen Anschlag auf unser Zuhause mussten wir vorübergehend in ein Hotel ziehen, bis wir etwas Neues finden. Natürlich hätten uns auch Noahs Eltern oder Mia und Abby aufgenommen, aber der Platz hätte niemals für vier Personen gereicht. Jetzt suchen wir nach einem Haus, in das fünf Personen reinpassen und welches wir kaufen können.

„Da ist ja jemand ganz wild darauf, den Babysitter zu spielen", scherzt Noah. „Du kannst es ja kaum noch abwarten, uns los zu sein."

Elena würde heute Abend auf Nicky aufpassen, während wir essen gingen. Sonst waren die Kinder an solchen Tagen immer bei Noahs Eltern untergekommen, doch Elena ist ohnehin schon alt genug, um allein zu bleiben und wir vertrauen ihr. Dennoch beneide ich sie nicht und hoffe, dass das Hotelzimmer am Ende der Nacht noch steht.

„Haha", macht sie nur und in diesem Moment kommt auch schon ein völlig überdrehter Nicky aus dem Nebenzimmer, in dem die Kinder untergebracht sind, geschossen. Hinter ihm her weht ein rotes Bettlaken als improvisiertes Cape.

„Huiiii, ich bin Nicky-Man!"

Er wirbelt einige Male um unsere Beine herum, ehe er im Badezimmer verschwindet. „Was ist das denn für ein bescheuerter Name?", ruft Elena hinterher. „Superhelden müssen doch ihre wahre Identität geheim halten, weißt du?"

Sie sieht uns wieder an und ich sehe in dem Moment wohl etwas zu schadenfroh aus, denn sie verdreht nur die Augen und meint: „Im Ernst, ich habe alles im Griff, ihr könnt jetzt gehen."

„Okay, okay." Noah hebt abwehrend die Hände und reicht mir meinen Mantel, während er sich ebenfalls eine Jacke überzieht.

„Du erinnerst dich noch, oder? Abendessen gibt es in einer halben Stunde und dann habt ihr eineinhalb Stunden Zeit, um zu essen, Nicky soll sich spätestens um neun Uhr bettfertig machen und darf bis halb Fernsehen. Kein Zucker mehr nach sieben und niemals nach Mitternacht füttern", rattert er noch einmal herunter, was Elena die Augen noch mehr verdrehen lässt.

„Ja, doch. Ich weiß", bestätigt sie und schiebt uns anschließend förmlich zur Tür hinaus. Kaum stehen Noah und ich im Hotelflur, müssen wir beide lachen wie zwei verliebte Teenager, die in Bezug waren, etwas Verbotenes zu tun.

„Also dann", sagt Noah schließlich und reicht mir seinen Arm. „Wollen wir?"

Ich kichere erneut. „So galant." Dann ergreife ich seinen Arm und wir steigen die Treppenstufen hinab.

Der *Noodle Dragon* ist gut besucht, doch es ist eine angenehme Anzahl von Personen. Nicht zu voll, aber belebt genug.

Wir setzen uns an einen Fensterplatz und ich streiche mit der Hand über das edle Holz in rotbraun. Einige Goldelemente, die natürlich nicht echt sind, aber das Lokal edler erscheinen lassen, glitzern im Licht der vielen bunten Papierlaternen, die an der Decke aufgehängt wurden.

Ich blicke nach draußen. Es wird zu dieser Jahreszeit schon früh dunkel und so sehe ich neben der Reflektion meiner selbst und der des Restaurants hauptsächlich die bunten Lichter, der anderen Geschäfte um uns herum. Leute gehen ein und aus und tauchen von einem Schein in den nächsten.

„Bei Dunkelheit ist es schön hier, nicht wahr?", fragt Noah und greift meine Hände über den Tisch.

„Ja, aber generell ist alles seit kurzem so … friedlich", verlaute ich.

„Du meinst, seit Michael …" Er muss den Satz nicht aussprechen. Zwar liegt mir nichts an ihm und ich bin froh, dass er endlich tot ist und seine Existenz keine Risse mehr in fremde und unser Leben reißen kann, doch will ich heute Abend nicht über ihn reden. Das ist es nämlich was bleibt und was mir schon so häufig auf meiner Arbeit widerfahren ist – an die Täter erinnern sich Menschen über Generationen hinweg, sie werden quasi zu Legenden gemacht, doch die Opfer, die eigentlichen Figuren der Geschichte, geraten meist in Vergessenheit. Das ist nicht fair, daher will ich Michael endlich aus meinen Gedanken verbannen.

„Ja, es ist einfach erleichternd und wir können ab jetzt weiterleben und uns mit neuen Dingen beschäftigen. Das ist ein sehr befreiendes Gefühl."

Noah nickt, als wisse er nur ganz genau, was ich meine und höchstwahrscheinlich tut er das auch. Wir haben die

Hürden und Abgründe zusammen überwunden und nur durch den jeweils anderen konnten wir stark bleiben.

Ein Kellner in rotem Seidenhemd kommt zu uns und wir bestellen unsere Getränke und das Essen gleich gemeinsam. Kaum ist er auch schon wieder verschwunden, nimmt Noah das Gespräch wieder auf, lenkt es jedoch in eine andere Richtung und es ist das erste Gespräch seit langem, dass über solch unbefangene Themen wie die schönsten Sommer unserer Kindheit geführt wird. Dann wird unser Essen gebracht – ein Gericht, bestehend aus fünf verschiedenen Nudelsorten und mit unterschiedlichen Soßen.

Warum nur eine, wenn man gleich fünf haben kann?

Genüsslich probiere ich mich durch die verschiedenen Geschmäcker und seufze befriedigt. Noah lacht bei meinem Anblick auf und ich muss ebenfalls kichern.

„Das muss für dich der reinste Himmel sein, oder?" Er grinst immer noch. Ich mache mir gar nicht erst die Mühe den Mund zu leeren und nicke nur energisch.

Satt und mit zufriedenen Gesichtern sitzen wir etwas später vor unseren geleerten Tellern. „Was sagst du eigentlich zu Elenas neuer Bekanntschaft?", fragt Noah auf einmal.

„Ha!", mache ich und Noah schaut mich irritiert an. „Ich habe mich schon gefragt, wann du auf ihn zu sprechen kommst, seit die beiden sich bei der Hochzeit kennengelernt haben."

Noah ist und bleibt eben doch ein besorgter Vater, aber nach dem Fiasko mit ihrem letzten Typ, ist dies auch nachvollziehbar.

„Immerhin haben sie sich letztens erst zum Eis essen verabredet."

Es stimmt, Elena und Matthew – so heißt der Neffe von Sanders – haben noch während der Hochzeitsfeier ihre Kontaktdaten ausgetauscht und schienen sich gut verstanden zu haben. Ein erstes Treffen war danach schnell erfolgt und würde vermutlich auch nicht das Letzte bleiben.

„Mach dir mal keinen Kopf", beruhige ich ihn. „Matthew scheint ein anständiger Typ zu sein und Elena ist schlau genug, nicht denselben Fehler erneut zu machen."

„Aber Sanders' Neffe?" Noah verzieht ungläubig das Gesicht, sodass ich auflachen muss.

„Er scheint seinem Onkel in bestimmten Charakterzügen allerdings etwas nachzuhängen, denn er ist deutlich lebhafter und aufgeschlossener, als ich ihn bisher mitbekommen habe."

Noah stößt erleichtert die Luft aus. „Na, da bin ich aber froh. Ich brauche nicht noch eine Miniversion dieses alten Griesgrams." Bei der Vorstellung, dass der junge Matthew mit ebenso einem Gesichtsausdruck und Schnauzer durch die Gegend laufen könnte, pruste ich los.

„Außerdem", setze ich an, nachdem mein Lachen wieder etwas verebbt ist. „Außerdem haben Elena und ich letztens erst darüber gesprochen und sie scheint fürs erste sowieso kein Interesse an einer Beziehung zu haben, da sie alles momentan noch verarbeiten muss und ihren Freiraum will, also male dir ja nicht gleich wieder Horrorszenarien aus."

Noah schaut mich überrascht an und meint dann betont verletzt: „Waas? Mit *dir* redet sie über sowas und mich lässt sie außen vor? Ihren *eigenen Vater*?"

Ich schmunzle amüsiert und gebe ebenso theatralisch zurück: „Tja, manche Gespräche sind eben Mädchensachen."

„Das ist auch gut so. Es ist schön, dass sie endlich wieder jemanden dafür hat." Noahs Stimme ist wieder sanft und eindrücklich. „Deinetwegen ist unsere Familie endlich wieder komplett." Röte schießt mir ins Gesicht und ich schaue berührt auf die Tischdecke. In dem Moment kommt der Kellner und räumt unser Geschirr ab.

„Hat es Ihnen geschmeckt?", fragt er.

„Ja, sehr gut", bestätigen wir beide und der Mann geht zufrieden zurück in die Küche.

Noah trinkt einen Schluck aus seinem Glas, dann beugt er sich zu mir über den Tisch nach vorne und raunt verschwörerisch: „Und bald sind wir sogar zu fünft."

Ich streichle mir sanft über die kleine Wölbung an meinem Bauch und lächle in mich hinein.

„Du tust so, als wäre es immer noch ein Geheimnis, mittlerweile weiß es doch schon jeder."

Noah schaut ebenfalls auf meinen Bauch. „Stimmt, obwohl wir es nie offiziell ankündigen mussten."

„Flurfunk. Mia. Vermutlich plant sie schon eine Babyparty."

„Auf sie ist Verlass. Wir sollten ohnehin unser weiteres Vorgehen planen." Noah fummelt an seiner Serviette herum und wirkt auf einmal wieder so nervös wie er auch im Hotel vor dem Spiegel stand.

Ich runzle die Stirn, weil ich mir nicht sicher bin, auf was er hinauswill. „In ein paar Tagen bin ich wieder bei der Frauenärztin, aber sie meinte, es sei noch zu früh, um das Geschlecht zu bestimmen." Nicky wünscht sich unbedingt einen kleinen Bruder, Elena plädiert auf eine Schwester.

„Ich weiß, das meinte ich auch nicht. Einerseits sollten wir uns endlich eine neue Wohnung suchen oder sogar vielleicht ein Eigenheim, etwas aus der Stadt heraus. Dort gibt es nämlich ein paar schöne kleine Einfamilienhäuser. Aber wir sollten deswegen noch einmal in Ruhe gucken." Die Vorstellung von einem eigenen kleinen Haus gefällt mir gut.

In meinen Gedanken träume ich schon von einem kleinen Garten, in dem das Baby groß werden könnte und von größeren Zimmern als in der Wohnung zuvor. Zwar gefiel es mir bei Noah gut, doch lagen wir alle eng beieinander und standen uns nicht selten mal im Weg, vor allem wenn Nicky wieder seine verrückten Ideen in der ganzen Wohnung umsetzen wollte.

„Und dann wäre da noch eine andere Sache", holt mich Noah aus meiner erträumten Zukunft in die Gegenwart zurück.

„Ja?" Ich komme schon wieder nicht ganz mit, als Noah auch schon anfängt zu sprechen.

„Kim, du kamst ohne Ankündigung und ganz plötzlich in mein Leben. Zu dem Zeitpunkt habe ich gedacht, dass ich nie wieder jemanden finden würde, den ich so bedingungslos lieben könnte. Du hast mich seither begleitet und unterstützt und zusammen haben wir so viel durchgemacht und gekämpft."

Mein Herz fängt an in meiner Brust wie wild zu pochen und schon wieder schießt mir die Röte ins Gesicht.

„Noah, ich … "

Noah lässt mich allerdings nicht zu Wort kommen und so lasse ich ihn weiter aussprechen, was er mir zu sagen hat.

„Es war nicht immer leicht, das stimmt, aber du bist seither mein Hoffnungsfunke in der Dunkelheit. Du bringst mich zum Lachen, hast es geschafft, dass Nicky und Elena dich von Herzen lieben und warst immer da, wenn es mir schlecht ging. Ich könnte noch ewig, all die kleinen Dinge aufzählen, die ich so an dir liebe, doch das würde vermutlich zu lange dauern." Er lächelt schüchtern und ich spüre, wie mein Herz gleich droht überzulaufen von den ganzen Glückshormonen, die seine Worte in mir wie Feuerwerke freisetzen. „Jedenfalls ist mir eines in der Zeit klar geworden, nämlich, dass ich nicht mehr ohne dich leben möchte und jetzt da wir bald selbst Eltern werden, fehlt nur noch diese letzte Ergänzung, der letzte Schliff zur Vollkommenheit …"

Auf einmal steht Noah vom Tisch auf und alles scheint nur noch in Zeitlupe zu laufen, so überwältigt bin ich. Ich nehme kaum noch die Umgebung war. Nur noch Noah, der jetzt eine kleine schwarze Schachtel aus seiner Tasche hervorzieht und vor mir auf die Knie geht. Das goldene Licht spiegelt sich in seinen blauen Augen wider, als er zu mir aufsieht. Er öffnet die Schachtel und in ihr kommt ein zarter silberner Ring zum Vorschein. Er ist schlicht gehalten, mit einem einzigen kleinen Diamanten bestückt, doch er ist wunderschön. Ich halte den Atem an und merke nicht, wie mein Mund offensteht.

„Kim Foster, möchtest du meine Frau werden und mich heiraten?"

Tränen sammeln sich in meinen Augen und ein aufgeregtes Kribbeln breitet sich in meiner Brust, meinem Bauch und schließlich meinem ganzen Körper aus.

In diesem Moment habe ich nur eine einzige Antwort an den Mann, den ich so sehr liebe: „Ja!"

Ein erleichtertes und überglückliches Lachen breitet sich auf seinem Gesicht aus und ich breche ebenfalls in Freudentränen aus, ehe ich noch einmal wiederhole: „Ja, ja, ja!"

Dann falle ich neben ihm auf die Knie und um seinen Hals und wir halten uns weinend, lachend in den Armen. Als wäre ein Damm gebrochen, brechen die Geräusche des Lokals auf mich ein, welches ich völlig ausgeblendet habe. Überall um uns herum klatschen und jubeln die Menschen, die ihr Essen unterbrochen haben, um den Antrag mit anzusehen. Ich spüre, wie Noah meine Hand nimmt und den Ring an meinen Finger gleiten lässt. Dann zieht er mich nach oben und wir stehen Arm in Arm, bevor er seine

Lippen sanft auf meine drückt. Dies ist ein Versprechen, niemals wird einer mehr ohne den anderen sein, wir werden fortan aufeinander aufpassen wie nie zuvor und ab heute werden wir nicht glücklicher sein. Es ist an der Zeit, das Alte hinter uns zu lassen und einen neuen Abschnitt in unserem Leben zu beginnen. Einen ohne Komplikationen und nicht geprägt von Angst, sondern erfüllt von Freude und Liebe.

Von jetzt und für immer.

Danksagung

Zuallererst wollen wir den Menschen danken, die uns geholfen haben, dieses Buch zu verwirklichen.

Vielen lieben Dank an:

Michael Gebhardt, **Laura Fischer** sowie besonders **Ina Radzio** und **Miri,** die ganz tolle Testleser*innen waren und das Buch auf Logik, Rechtschreibung und Grammatik untersucht haben.

DANKE!

Außerdem geht ein großer Dank an **Ina Schäfer**, die uns stets unterstützt und das **Fotostudio Kromlinger**. Ihr macht so tolle Fotos von uns.

DANKE!

Ihr seid alle mega toll und wir sind so unendlich dankbar, euch zu haben und mit euch gemeinsam diesen Weg zu gehen ♡

Des Weiteren danken wir natürlich unseren Familien, die uns immer noch lieben, obwohl sie genau wissen, was manchmal in unseren Köpfen abgeht und die wegen uns wahrscheinlich irgendwann noch in der Geschlossenen landen werden ;)

DANKE!

Über die Autorinnen

Isabel Ludschoweit war bereits im Grundschulalter von Mordfällen begeistert. Während andere gleichaltrige Kinder gerne einmal Prinzessin oder Tierärztin werden wollten, wollte Isabel forensische Anthropologin werden. Auch wenn sie  diesen Wunsch nun verworfen hat, bleibt ihre Faszination für Kriminalfälle auch nach dem Abitur bestehen. Kombiniert mit ihrer Vorliebe und ihrem Talent zum Schreiben entstand dieses Buch. In ihrer Freizeit ist Isabel in verschiedenen Theatergruppen aktiv und hat den braunen Gürtel in Karate.

Johanna Finkernagel wurde von ihren Lehrern in der Unterstufe als äußerst zurückhaltend und ruhig beschrieben. Heute ist Johanna jedoch sehr energiegeladen und steckt voller Kreativität. Beides setzt sie dazu ein, ihren Freundeskreis mit verrückten Ideen zu unterhalten. Besonders  beliebt sind ihre karikativen Zeichnungen, vor denen niemand verschont bleibt. Ihre Kreativität bringt sie außerdem mit Hilfe ihrer Begabung zum Verfassen von Texten verschiedener literarischer Gattungen zum Ausdruck.

Gewalt und Mord an Tieren
Diese Auflistung erhebt keinen Anspruch auf
Vollständigkeit. Zudem widersprechen die in diesem Buch
beschriebenen Strukturen religiösen Haltungen und
könnten bei gläubigen Menschen Unbehagen auslösen.

„Es hat einen Moment gedauert, bis ich erkannt habe, dass er es ist."

Isabel Ludschoweit und Johanna Finkernagel
The Diary – Band 1 der Tagebuch-Morde
298 Seiten
ISBN: 978-3-7597-7645-7

Zwei Polizisten, Kim und Noah, stoßen bei ihrem Fall auf einen Serienkiller und decken so noch mehr Mordfälle auf. Zudem finden sie bei einer Leiche ein Tagebuch, in das die Opfer zuvor ihre grausamen Morde hineinschreiben mussten. Die Beiden kommen dem Mörder immer näher und müssen früher oder später feststellen, dass dieser mit ihnen spielt und sie nur das finden lässt, was er möchte.

Kim und Noah bemerken, dass sie viel mehr mit dem Killer verbindet als die Morde.

„Das hier ist keine simple Drohung oder ein Tagebucheintrag. Das hier ist ein verdammter Liebesbrief!"

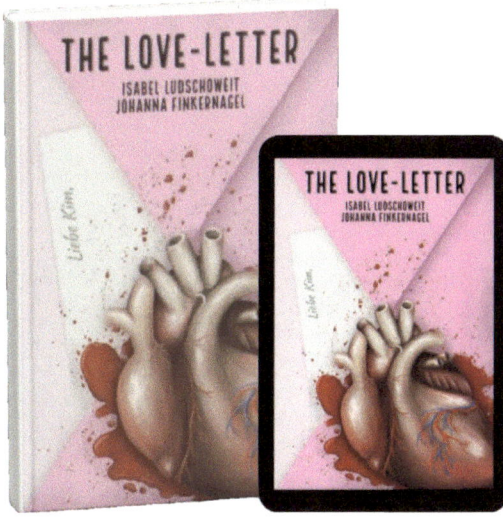

Isabel Ludschoweit und Johanna Finkernagel
The Love-Letter – Band 2 der Tagebuch-Morde
378 Seiten
ISBN: 978-3-7597-0526-6

Das Polizistenduo, Kim und Noah, atmet auf, als sie Michael endlich das Handwerk gelegt haben. Die Familien der Opfer würden keinen Prozess bekommen, doch endlich ist der Horror vorbei.

Das denken sie zumindest …

Es dauert nämlich nicht lange bis neue Leichen auftauchen und das Muster ist so perfide, dass es sich eigentlich nur um Michael handeln kann. Hat er das Feuer doch überlebt?

An den Tatorten tauchen Liebesbriefe an die Hauptermittlerin auf.

Werden die grausamen Morde etwa ihr gewidmet?